倉本聰の姿勢

倉本聰の姿勢

震災後の今だからこそ
かみしめたい
「黒板五郎のことば」

「電気がなかったら暮らせませんよッ」という純の言葉に、「夜になったら眠るンです」と答える五郎。30年以上前に書かれたドラマは、まるで現代を予言していたように思える。「北の国から」で書かれたメッセージを今一度かみしめたい。

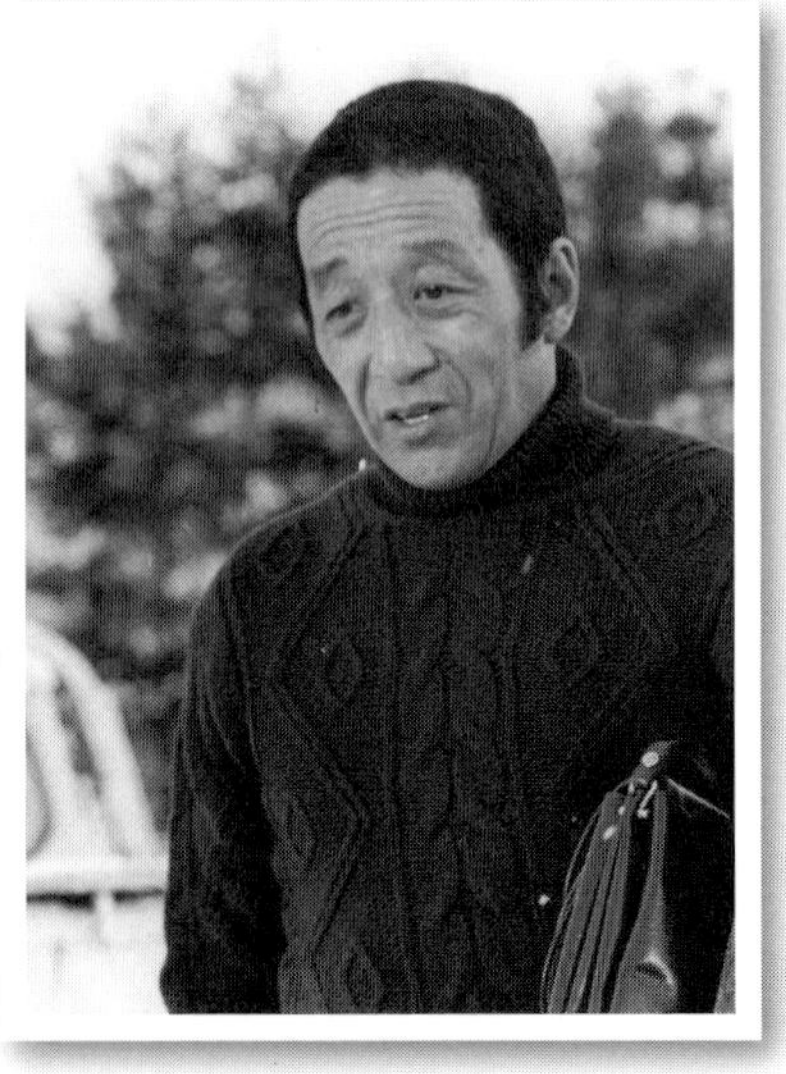

純　「電気がなかったら暮らせませんよッ」
五郎「そんなことないですよ（作業しつつ）」
純　「夜になったらどうするの！」
五郎「夜になったら眠るンです」

『北の国から　第1話』

純　「水道の蛇口がどこにもないンです」
五郎「水道そのものがないンですよ」
純　「――！」
五郎「この裏の森はいって行くときれいな沢が流れてます。それがこれからうちの水道です。蛍と水くんで来てください」
純　「ミ――。何にくむンですか?」
五郎「鍋か何かがあったでしょう」
純　「あるけど――。汚くて使えません」
五郎「ちょうどいい、洗ってきれいにして来てください」

『北の国から　第1話』

五郎「ここの生活に金はいりません。
欲しいもんがあったら――
もしもどうしても欲しいもンがあったら
――自分で工夫してつくっていくンです」
純「（ふん然）だ、だけどそんなこといったって！」
五郎「**つくるのがどうしても面倒くさかったら、**
それはたいして欲しくないってことです」

『北の国から　第2話』

純「ぼくが自分でやるンですか⁉」
五郎「そりゃそうですよ。上は君たち三人が寝てるンだし、
中で男は君だけなンですから」
純「だって――じゃァお金ください！　予算がなければ」
五郎「（ほがらかに）お金があったら苦労しませんよ。
お金を使わずに何とかしてはじめて、
男の仕事っていえるンじゃないですか」

『北の国から　第4話』

五郎「——秋までに新しい家を建てる」
純「家を!!?」
五郎「ああ」
純「家って——だって——、そんなお金」
五郎「金はかけない。自分たちで建てる」
純「自分たちで⁉　そんなのムリですよォ」
五郎**「そんなことないさ。**
チャレンジすればできる。
電気だって水道だって
ちゃんと自分らで
やったじゃないか」

『北の国から　第16話』

五郎「あれは人には手伝わせない。
だれの手も借りずにおれだけで作るンだ」
純「——」
五郎「おれ一人住むための家なンだからな」
純。
五郎「（明るい）お前の部屋も、蛍の部屋もない、
おれ一人のんびり暮らすための家だ」
純。
五郎「だからとことん愉しんで作る。
作る愉しみを何年も満喫する」
間。
五郎「暖炉は石を一個ずつ探し、じっくり考えて積み上げ——。
森に面してベランダを作り、
——でっかいリビングとおれの寝室と。
ああ！　それにな、異常なほどでっかい浴室！
足をのばしてもとどかない、馬鹿でかい風呂のある浴室を作るンだ。
水は沢から引き、電気は引かない。
天窓があって、星だけが見える。星のない日はさっさと寝ちまう」

『北の国から　第16話』

和夫「井戸掘るったって金がかかるぞ。だいたいボーリングは一メートル一万」
五郎「いや自分で掘る」
和夫「自分で⁉」
五郎「昔、おやじも掘ったっていってた。三十尺も掘りゃア出るンでないかい？」
和夫「三十尺ってお前ほとんど十メートルだぞ！」
五郎「うン」
和夫「業者にたのめ。金は貸すから」
五郎「（明るく）イヤ自分で掘る」
和夫「掘れるもンかバカ」
五郎「（明るく）イヤ何とかする」
和夫「無理だ」

五郎、急に明るくふり向く。

五郎「こういう唄を知ってるか中ちゃん」
和夫「──」
五郎「〽**やるなら今しかねえ**
やるなら今しかねえ
六十六のおやじの口ぐせは
やるなら今しかねえ」

『北の国から92　巣立ち』

五郎「金のあることが大きかったんじゃない。失ったことが大きかったんだ」

純「――」

五郎「失ってオイラ――、でかいものつかめた」

純「――」

五郎「すっかり忘れてた、大事なこと思い出した」

純「――（見る）」

五郎「金があったら、そうはいかなかった」

間。

純「どういう意味ですか？」

五郎。

間。

――ちょっと笑う。

五郎「金があったら金で解決する」

純「――」

五郎「金がなかったら――智恵だけが頼りだ」

純「――」

五郎**「智恵と――、自分の――、出せるパワーと」**

『北の国から92　巣立ち』

シュウ「最ッ高！　でも、電気がないとテレビもないわけ？」
五郎「ない」
シュウ「新聞は？」
五郎「とってない」
シュウ「世の中のことは、じゃァどうやって知るンですか？」
五郎「ハハハ、べつに知らんでも死にやァせんのよ。
いっぱい知らされるとかえって疲れる。ア、よくみんないうべ？
知る権利って。オラのは逆なの。知ラン権利ちゅうの。
知らんでいたいの。そのほうが楽なの」
シュウ「（芯から感動して）最高——」

『北の国から92　巣立ち』

五郎「（明るく）人に喜んでもらえるってことは純、
金じゃ買えない。ウン。金じゃ買えない」

『北の国から92　巣立ち』

五郎「考えてみるとさ、今の農家は、気の毒なもンだとオレは思うよ。どんなにうまい作物作っても、食ったやつにありがとうっていわれないからな」

純。

五郎「誰が食ってるか、それもわからねぇンだ」

純。

五郎「だからな。おいらは」

純「——」

五郎「小さくやるのさ」

純。

五郎「(笑う)ありがとうって言葉の聞こえる範囲でな」

『北の国から92　巣立ち』

五郎の声「金なんか望むな。倖せだけを見ろ。
ここには何もないが、自然だけはある。
自然はお前らを死なない程度には充分毎年喰わしてくれる。
自然から頂戴しろ。そして謙虚に、つつましく生きろ。
それが父さんの、お前らへの遺言だ」

『北の国から92　巣立ち』

人間・倉本聰

倉本聰が、新聞、雑誌、エッセイなどで発する言の葉は、読む人の心にグサリと突き刺さってくる。それは、あらゆる場所、あらゆる時間で、彼独特の感性のアンテナを張りめぐらしているからに違いない。

忙しさにかこつけて、真実の姿に目をそむけている現代人にとって、これらのメッセージは、これからの人生の大きな指針になっていくことだろう。

＊＊＊

今、この災害からの再生にあたり、われわれは岐路に立たされている。とるべき道は、二つある。

一つは、これまでのような豊饒さ便利さをもはや捨て切れないとあきらめる道である。それにはこれまでのようなエネルギーを必要とするから、いかに自然エネルギーを今後開発しようとしても、当分の間は原発というものに頼らざるを得ないこととなる。その場合今回のような、あるいは今回以上の想定外の事態の発生を、われわれは覚悟してかからねばならない。

あなたはその覚悟を持つことが出来るか。

いまひとつの道は、これまでのぜいたく、便利を少しでもあきらめ、質素な昔に帰る道である。バブル期以前の暮らしまででも良い。それでも原発はかなり不要になる。

ただし。その場合にもかなりの覚悟がいる。

夜の街は暗くなる。

終夜営業のコンビニはなくなる。

テレビの深夜放送もなくなる。

自販機は街から姿を消す。

電化製品から待機電力がなくなり、機能するまでにやや時間がかかる。リモコンもなくなってわれわれは一々電化製品まで歩いてスイッチを押しに行かなければならないようになるかもしれない。

あなたはそういう覚悟が持てるか。

便利とは人間がサボルということである。

人間が本来持っているはずの体の中にあるエネルギー。

そのエネルギーの消費を抑えるということである。そのエネルギーの能力に応じて、急ぐことを避け、身の丈に合わせた人間生活を身分相応になし遂げることが、本来のつつましい暮らしではなかったか。

『北海道新聞「3・11からの再生」』

＊＊＊

人は誰から生まれたのだろうか。

子供は誰の手で成人したのだろうか。

恩義も筋道もなく自由というものが、ここまで勝手に叫ばれていいのか。

貧しいけれど肩寄せ合って、幸せに生きていたあの頃の暮らしを、僕は時々思い出す。家族の寝息がしっかり聞こえ、家族の匂いを嗅いでいた時代。豊かさがそれを奪ってしまったと、僕は時々泣きたい気持ちになる。豊かになったら幸せになったとは僕にはどうしても思えない。いわゆる豊かさと幸せの量はどこかで反比例している気がしてならない。そしてそれを推し進めている元凶は、己の収入が上がれば良いという哲学なき人間である気がしてならない。

豊かな不幸か、貧しい幸せか、僕はためらいなく後者をとりたい。

「貧幸」という言葉をノートに書きつけた。

『疾しき沈黙』

＊＊＊

戦後五十余年。あの敗戦に起点を置いた時、現代日本のここまでの繁栄、これほどの豊かさが果たしてあの当時我々の目指したものだったのか。

我々はあの頃の貧しさから脱却し、まがりなりにも相応の富を得た。だが富を得るとそれでは満ちたらなくなった。「ベースアップ」と「前年比」という単語があたかも当然の権利のように日本人全ての常套句となり、際限なき上昇を夢見て猛進した。

目標というものがなかった気がする。

哲学というものが欠けていた気がする。

ゴールのないマラソンを走っていた気がする。

我々は今、いったん立ち止まり、既にとっくに駆け抜けてしまったゴールの情景を探すべきではないのか。

『ゴールの情景』

＊＊＊

昔、男たちは土の匂いがした
昔、男たちは汗の匂いがした
昔、男たちは枯草の匂いがした
昔、男たちは焚火の匂いがした

昔、男たちは太陽の下にいた
昔、男たちは力持ちだった
昔、男たちは自分の意見を持った
昔、男たちは大声で笑った
昔、男たちは神様を畏れた

昔、男たちはロビンソン・クルーソー
昔、男たちは老いてもトム・ソーヤ
昔、男たちはいたずら好きの少年

今、男たちは若くして老成し
今、男たちはコロンの匂いをさせ
今、男たちは自分の意見を持たず
今、男たちは筋力を失い
今、男たちは汗を嫌悪し
　できるだけ動かず
自分のエネルギーの消耗を恐れ
その分他のエネルギーに頼り
ボタン一つで快適な温度、
快適な環境に身を置けることが
　豊かさであると錯覚している

僕は
枯草の匂いをさせていたい

『左岸より』

＊＊＊

たしかに僕はヘビースモーカーです。だが僕の作家としての思考回路は、五十年間煙草と直結して成立しており、左手の中指と人差指の間に煙草があって煙が立ちのぼり、時折それを口へ運んで吸いこむ、という連鎖行動がないと、創意が全く湧いて来ない。いわば煙草というものを媒介に、創作の神様が下りてくる。〝北の国から〟という二十一年続いたドラマは、四十三万本のマイルドラークによって書くことが出来た。それでも百害あって一利なしと云うか！

大体みなさんは健康健康と経本のように御云《おっしゃ》るが、健康に永生きして何をなさりたいのか。只意味なく永生きしようというなら、使う目的がないのに只金儲けがしたい、金を貯めたいというホリエモンなどと同じことではあるまいか。僕は命は別に縮めても良い。生きている以上良いものが書きたい。故に神様に下りて戴く為に体に悪くても、心に良い為にこうして煙草を吸っているのです。

『愛煙家通信No.２「僕は煙草を吸う」』

＊＊＊

何もしないこと、削り落すこと、それは勿論演技のみならず物を書く上でも同じことである。ついでに生き方もそうしたいものなり。

『新・新テレビ事情』

＊＊＊

見るまえに跳ぶのが悪いくせである。

明日はないのだと信じこんでいる。だから思いついたことどもについては先に延ばさない、すぐせねばならぬ。とにかく跳んでしまう、それから考える。

『冬眠の森』

＊＊＊

「美には利害関係があってはならない」

この言葉は僕には衝撃だった。よく判らないが衝撃だった。何か意味なく感激してしまった。美には利害関係があってはならない。

『愚者の旅』

＊＊＊

物にはそもそもの根本がある。根本が進化して複雑となり、複雑はそのうち煩雑となり、煩雑の姿のまま常識に化けて社会を動かしていく基盤となる。即ち人は五合目あたりを常識点とすると、そもそもということを考えなくなる。三合目ではどうだったのか、一合目ではどうだったのか、海抜ゼロ地点ではどうだったのか、物の起源が判らなくなる。

どうして我々は税金をおさめるのか。

どうして政治家は選挙区のことばかり口にするのか。どうして彼等は権力を欲するのか。どうして彼等は総理大臣になりたがるのか。どうして道路はこんなに要るのか。どうして地上の夜というものをこんなに眩しく染め上げたいのか。どうして、どうして、どうして、どうして。

こういう難問に遭遇したとき、僕は麓へと帰ることにしている。五合目にいったん設置されてしまった常識というものを覆すことは岩盤を崩すように難しい作業だが、思考の上でだけなら自由にできる。麓にいったん視点を戻すと、五合目の常識の不可解な部分、そしてその誤った登山路を取ってしまった理由《わけ》などが霧が晴れるように、見えることがある。だから僕は作品を創るとき、物を書くとき、思考するとき、常に麓へ帰ることを鉄則としている。麓は低ければ低い方が良い。三合目よりは一合目。一合目よりは海抜ゼロ地点。

『疾しき沈黙』

＊＊＊

今の生活を変える、ということ。政治家、学者、財界人、あらゆる人たちと話してみて、みな一様にそのことには同意する。ただし、その後で一言つけ加わる。

「そうは言っても」。

この一言の犯罪性は重い。

そうは言っても暮らしがあるから。そうは言っても戻れないから。そうは言っても金が欲しいから。

そうは言っても、というこの一言を何度僕たちは聞かされることだろう。

理想は持つが現実がある。理想が正しいと判っていても、そうは思っても現実は崩せない。そうは言ってもというこの一言が変革推進のネックになっている。そうは言っても既得権は捨てられない。そうは言っても旨いものが喰いたい。理想と現実の間に立ちはだかるベルリンの壁のようなこの一言があらゆる改革を阻んでそそり立つ。つまり、改革を進めるためには「そうは言っても」というこの堅牢頑迷な壁を乗り越えるか、壊すかしなければならない。だが、その破壊という行為には、非常な度胸と実践力が要る。しかもその度胸を持たなくてはいけないのは一人一人の我々自身である。見て判るように永田町や霞が関にはそんな度胸の持ち主はいないから、我々がその度胸を固めないと変革なんて進むわけがない。


『疾しき沈黙』

＊＊＊

あなたは文明に麻痺していませんか。

車と足はどっちが大事ですか。

石油と水はどっちが大事ですか。

知識と智恵はどっちが大事ですか。

理屈と行動はどっちが大事ですか。

批評と創造はどっちが大事ですか。

あなたは感動を忘れていませんか。

あなたは結局何のかのと言いながら、
わが世の春を謳歌していませんか。

『谷は眠っていた』

＊＊＊

二十余年の中で感動したことがある。

塾生たちに、生活必需品は何か、というアンケートをとったところ、一位が水。二位がナイフ。三位が食料という結果が出たことである。あるテレビ局が興味を持って渋谷の若者から同じアンケートをとったら、一位が金、二位がケイタイ、三位がテレビという答えが出た。このことを諸氏はどのように受けとめられるだろうか。

同じ塾生のアンケートの答えの、十四位に、「人」というのが数票入っていて僕は奇妙な感動を覚えた。人を必需品といえるかどうかは別としてたしかに僕らは一人では生きられない。人とのつながりということは確かに生きることの重大要素である。


『うらやましい人「北の国から」03年版ベストエッセイ集』


人にほめられる。

人を喜ばす。

人に感謝される。

およそ子供っぽくとられるかもしれないが、人の生甲斐をつきつめて行くと、案外ここらに本当の答えが坐っているように思えるのである。

板前という職業を幸せな仕事と僕が思うのは、それに比較して食材を生産する農業者の仕事がその対極にあるからである。

流通の発達した現代にあって、農業に従事する人々の顔はどんどん消費者から見えなくなっている。

彼らが土と、天候と戦い、苦労に苦労を重ねた揚げ句、うまい作物を作りあげても、それを食べた者からの感謝の言葉は殆ど彼らの耳に届かない。

近在に住む農家さんからその作物を分けていただき、それを食べたら余りにうまかったので、電話をかけて礼を言った。礼というより「うまかった！」と言った。すると相手は涙ぐむのである。そういう風に言われたことが、ここ十数年全くなかった。うれしい！　明日から又仕事にハリが出る。そうか！　うちのはうまかったか！

＊＊＊

そう言って涙ぐむのである。

人に感謝する、感謝される。

その感謝の声が相手に届くことは、人間社会の基本ではあるまいか。


『ゴールの情景』

＊＊＊

その頃うちは貧しかった。

母は心を病み、ボケが始まり、ちょっと前のこともすぐに忘れた。

その母が死ぬ前年の正月のことだった。貧しいはずの母が僕らにお年玉をくれた。ちいさなのし袋に入れられた千円札のお年玉。僕と妹と弟に、珍しく母はお年玉をくれた。

母はとっても嬉しそうだった。お年玉をもらう習慣が我が家にはそれまでなかったから、僕らはびっくりして顔を見合わせた。ところが。それから10分ほどして、母はまた嬉しそうにお年玉をくれた。もうもらったよとおどろいて云うと、母は一瞬ショックを受け、そうだったっけと悲しそうに引っ込めた。ところが更に10分ほどしてから、母は再びいかにも嬉し気に、僕らに又お年玉を差し出したのである。

僕らは今度は逆らわずいただいた。

その時もらった2枚の千円札を、使うことが出来ずに母の死後まで僕は持ち続けた。それは単なる千円という価値の金券ではなく、一万にも十万にも相当するまったく別の価値を持った宝物に思えた。

そういうことがなかったかと、ある日塾生に問うてみたら、半数以上があると答えた。


一人の少年が故郷を捨てて東京に出る時、貧しい父は長距離便のトラックの運転手に子どもを託し、そのお礼にと2枚の1万円札を運転手に押しつける。走り出してから運転手が少年に云う。その金は取れない。見てみろ、ピン札に泥がついている。お前の親父の指についてた泥だろう。お前がずっと持って宝にしろ。

そういうドラマを書いたことがある。お札には時にドラマがある。それをくれた人ともらった自分との、間に横たわる小さなドラマである。それを単なる金券と見るか、捨てがたい記憶の記念品と見るか。そのことでお札の価値は急変する。

70を過ぎた僕は今でも時折、使うに使えないお札を頂戴してしまうことがある。そういうお札は大切にしまっておく。

『「お札」三井住友フィナンシャルグループ　広告』

＊＊＊

戦前。僕らには神様がいた。

どんな、と特定することは出来ない。キリスト教でも神道でも、どんな神様でもかまわない。即ち宗教に関係なくとも、何か超然たる神の如き存在を多かれ少なかれ心に持っていた。そして己の行動原理を、その神に見られて恥ずかしくないかどうか、そこに求めて自らを規制した。

戦後、日本はこの神を捨てた。追放したといった方がよいかもしれない。代わりに法律が取って代わった。

『富良野風話』

＊＊＊

森の時計はゆっくり時を刻む。だが、人間の時計はどんどん速くなる。

『カムイミンタラ「萬葉の森をめざして⑤」』

＊＊＊

ハイダが僕に教えてくれたものは大きい。

一つは民族全体が、老人から子供まで一人残らず、自然に生かしてもらっている、故に自然の暮しの一部と捉え、神に近い信仰を、自然に対して持っている点である。何よりそのことが優先する。

環境というものをブームと考えたり、ビジネスチャンスと思ったりという下痺た思考は豪も持たない。

環境さえきちんと保っていれば、いつでもそこから職は得られるし、いっぱい得られるから余分に獲って他へ売り金を儲けようという、どこかの国民のような発想は持たない。

自然さえしっかり守っていれば、自然は人間を守ってくれる。だから自然を犯すことを何より恐れるし、まちがっても、しない。

似たようなことをかつてアイヌ民族の長老であった故

萱野茂先生に云われたことがある。

「かつてアイヌはその年の産む自然の利子の一部だけで食べさせてもらっていた。住むことも着るものも同じようにその年の自然の利子の一部からいたゞいた。しかし日本人は、自然という元金に手をつけてしまっている。

元金を喰いつぶして行ってしまったら、利子はどんどん減っていくということに、経済観念の発達した日本人がどうして気づこうとしないンだろうか」と。

ガンと頭を殴られた気がした。


『カムイミンタラ「萬葉の森をめざして⑤」』

＊＊＊

森に住んでいるといろいろなことを教えられますよ。春になって、朝、川筋の柳に耳をつけると、水を吸い上げるサーッという音が聞こえる。木は全部「水の柱」だっていうことがわかります。富良野のラベンダー畑の絵葉書を見て、「ラベンダーがきれい」で終わっちゃう人が多い。視覚しか使っていない。けれど、実際の花畑では虫の羽音がしている。花の匂いもある。風も吹いている。そこには視覚、聴覚、嗅覚、触覚、味覚、五感のすべてがある。ラベンダー畑の後ろには、ジャガイモの花が紫に、白に、ピンクに咲いていて、ものすごくきれい。ところが、せっかく富良野まで来て、ラベンダーだけを見て、その後ろを見ようともしない人が多いのも、不思議ですよね。

定年になってから生き生きしてくる人もいるのに、すごく老ける人がいるでしょう？　それは五感を訓練せず、労力を惜しむからだと思いますよ。労力を惜しむと、挑戦することをやめてしまう。人生を惜しむ感覚があっちゃいけないと思います。

僕は富良野塾で「樹は根によって立つ。されど根は人の目に触れず」と教えるんです。言葉で表現されたものの向こう側にあるもの、目に見えない根を想像しないと、作家は書けないし、役者は演じられない。

人が生きるということも、すべては五感を磨いて、まず受信することから始まると思う。そうしてこそ、発信し挑戦することができるんです。

『「樹は根によって立つ」人生へんろ
～「いま」を生きる30の智恵～』

＊＊＊

我々が子供や孫や子孫に遺すべきものは、金や株券や不動産ではなく、なによりもまず豊かな地球。

『**失われた森厳**』

＊＊＊

「煙草をお止めになって下さい」

この語に至っては頭に血が昇る。

いくら当方が煙草を吸おうが、他人に迷惑さえかけないでいるなら俺の問題、口を出さんで欲しい。そのことで早く命を縮めようが本望なンだからそれでいいじゃないか。

生きてるくせに生きてない。殆ど死んだも同然の暮らし。それぐらいならバンバン煙草も吸い、出来ることなら女とやりまくり、生きてるぞ生きてるぞと思い切り生を謳歌して、そしてボッキリ折れて死にたい。その際出来るだけ痛くないように。

『**富良野風話**』

＊＊＊

先輩にその昔言われたことがある。その先輩が死の床につき最後の見舞いに行ったときである。お前は天狗になり易い。叱られる人を常に三人持て。この遺言でもあった忠告を僕は必死に守りつづけている。叱ってくれる人が次第に他界し、三人という枠に空席が生じるとあわてて新しい一人を加える。今は叱ってくれる人の一人は僕より歳下になってしまったが、それでも死ぬまで三人という枠は堅持しようと心に決めている。

叱ってくれる人間を持つことは人を楽にし、至極、得である。叱る人間に恐らく利はあるまい。人を叱るのは嫌なことであり、できれば避けて通りたいからである。

それでも敢えて叱るということは、いわば無償の愛情である。

叱る人間の少なくなった世の中を、不幸な世の中だと僕は思っている。叱られることと叱ることを、可能な限り僕は続けたい。

『**失われた森厳**』

＊＊＊

僕は親爺から莫大な遺産をもらっていた。

僕らが自然の一部であること。損得を考えず真直ぐに生きること。闘うことを恐れてはならぬこと。自分の価値観は自分で決めること。感動すること。感動させること。創ること。遊ぶこと。そして狂うこと。それらを僕は生前の親爺から事のはしばしに伝授されており、思えばそれこそ生前贈与の何ものにも代えがたい遺産だったのだ。


『愚者の旅』

＊＊＊

かつて、名優笠智衆さんに学んだことがある。

笠さんはその頃既に八十歳を越えられ、仕事をたのんでも仲々腰を上げてくださらなかった。

しかし漸く重い腰を上げて下さると、これが最後です、この仕事で自分はもうやりません、と宣言され、そうしてすばらしい演技をなさるのである。

後がもうない、と思う時人は、命を賭けた仕事が出来る。

そのことはこれまで僕の仕事を最後に亡くなられた何人かの名優、飯田蝶子さん、織賀邦江さん、加東大介さん、そして田中絹代さん、いずれのケースにも見うけられたことだった。

笠さんの仕事に搏たれて以来、僕はそれまでの仕事の受け方を更めた。まず、停年のない自分の暮らしに、自ら停年を設定した。後五年間とその時決めた自分自身との停年の時はもはや三年前過ぎてしまった。しかしその停年までの五年間、そして停年を過ぎた後の歳月、僕は自分への仕事の向き方が、以前とは明らかに変わったように感じている。

残りの時間を考えること。

それも一つの生きる術《すべ》である。


『ゴールの情景』

＊＊＊

君は都会で金を儲けたまえ。

僕は田舎でこつこつ木を植える。


『失われた森厳』

＊＊＊

おやじが早く他界したので、おふくろは娘時代に覚えた茶道を若い人たちに教えながら細々と僕らを育ててくれた。僕が脚本家として一応稼げるようになってからも、おふくろはその生活を止めようとせず、半分趣味のように意地のようにほとんど金にもならぬその仕事に打ち込み、そうして遂に過労で倒れた。その時僕はおふくろをしかり、もう僕が稼げるようになったのだから、これからは僕がおふくろを食わす番なのだから、無理をすることは止めてくれと、強引にお茶を取り上げてしまった。それから半月も経たぬうちに、おふくろの精神は突然壊れた。激しい躁鬱がいきなり発生し、それから6年間躁と鬱の荒波にもまれて結局そのまま逝ってしまった。

おふくろが死んでから、遺書が出てきた。その遺書は僕を愕然とさせた。中身にではない。おふくろがそれを書いた時期についてである。おふくろはその遺書を、僕が彼女からお茶を取り上げたその直後に書いていたのである。僕は呆然とし、そのことについて何ヶ月も考えた。そうしてひとつの結論に達した。

人は他人から与えられることはうれしい。だが、与えることはもっとうれしい。いや、人に与えること、人の役に立っているという意識こそがそもそも人間の生き甲斐なのではあるまいか。

考えてみると自分の生き甲斐も結局そこに尽きる気がする。脚本を書くことの最終目的は、金を得ることではなく、人様の心を洗うことである。洗ってきれいにしてさしあげることである。感動という名の洗剤で暮らしの汚濁を洗い流してあげることである。そしてそのことが出来たとき、僕の心は初めて充足する。

フランスの劇作家ジャン・ジロドゥの言った言葉を僕は時々思い出す。

「街を歩いていたらよい顔をした人に出逢った。彼は良い芝居を見た帰りに違いない。」

周囲に良い顔を増やすこと。それこそが結局幸せの根っこなのだ。

『「生き甲斐」三井住友フィナンシャルグループ　広告』

林中無策・抄

倉本聰

序

一八六七年、坂本竜馬は向後の国家構想を藩主山内容堂に建白する為上京する船中で八か条にわたる建白書を書いた。いわゆる船中八策である。

二〇一一年、大阪市長橋下徹はこれに倣って維新八策なるものを打ち出した。

規模はちがうがいずれも国家を憂い、この国このまゝでは駄目になると、改革の指針を示したものだろう。

坂本竜馬当時31歳。橋下徹その時42歳。それに比べて愚生は77歳。竜馬が船中八策を書いた齢にはまだ芽を出したばかりの脚本家で、意識も何もなくチロチロとプロデューサーたちの目を窺っていたし、橋本が知事から市長へ転身し維新塾なる壮大な計画を発表した齢には、北海道の富良野という僻地の、その又山奥の布礼別なる谷合いで、富良野塾という極めて地味な塾の塾生と、それこそ泥んこになりながらひたすら大地と格斗していた。

愚生は日本を変えようなどという大それた発想を持ったこともなく敗戦以来めまぐるしく進むいわゆる日本の成長というものを、あれよあれよと横目で眺めつゝ、世界の進化、豊かさの膨張に、ひたすら圧倒され無意識に感化され、どんどんむずかしくて判らなくなり、一方で時折この感化、ある種の麻痺感覚は、もしかしたら感化というよりは一種の汚染、麻薬中毒に似たものではないのかという云い訳のような不安にさいなまれながら77年間呆然と過して来た。

幼少期親から常に云はれていた。

金銭のことを口にしてはいけない。金のことを口にするのは品のないことだ。

だがそれが今、経済至上主義という奔流の中で日毎ぼろぼろと壊されてゆく。それを生業《なりわい》とする人々が世の中に充満してしまったのだから僕らには何も口をはさめない。それはい、。只、その経済至上主義が、金を得る為なら何をしても許される、そうした神をも畏れぬ所業の結果として、我々の拠って立っている大地そのもの、即ち自然というものまで犯して行くのを見ているとこれ以上黙ってはいられない気がする。それならいっそ何もしない方がい、。八策などと云はず、無策の方が罪がない。

真の無策は
山を荒さず
川を荒さず
村を破らず
人を殺さざるべし

足尾銅山鉱毒事件で田中正造の唱えた言をもじれば、そういう結論に達してしまう。

正しいかどうか責任は持てない。

しかし竜馬や橋下徹が、複雑な世の中で複雑に論ずるより、僕らは今ヒトの生き方の原点に立ち戻って零から発想することが必要なのではないか。

たとえば江戸期に直耕を唱え、孔子も孟子も釈迦すらも、米を自ら作ろうとしなかったすべての識者を認めなかった秋田藩の哲学者安藤昌益のいささか過激な原点回帰の方が、僕には今甚だ眩しく思える。

そんな混沌に立ち至っている僕の半生を検証してみたい。

第一章　闇へ

荒れた森の中に足を踏み入れた。

背丈程もある熊笹が生い茂り、地べたの高低が足でしか探れない。突然落ちたりふいに上ったり。その中に一抱えもあるシラカバの古木或いはシナ、タモ、ハルニレ、ハン、ドロ、ヤナギ、いずれも僕の年齢を超える大木たちがつっ立っている。中にはそれらに寄りかゝるように、何本もの倒木が行く手を阻《はば》み濃密な木の香りが僕を包みこむ。

多分その森は原始林とはいえず、何十年か前に一度は人の手が入ったものだろう。しかしその後に放置されたまゝ、歳月が自然の恣《ほし》いまゝにした、いわば完全な自然林だった。

暗かった。

湿っていた。

荒れ果てていた。

そこは山腹の傾斜地であって、行く手の谷底に沢があるらしく風が時折水音を運んできた。

樹冠を何かが突然走り抜け、足元からいきなり羽音が飛び立った。すると梢を風が轟と過ぎ頭上を覆う木の葉の匂いが様々なスパイスを送りつけてきた。その葉たちの間に小さく青い空が見えた。体を支えるべく手をついた大樹の肌に何ヶかの獣の爪跡が残っていた。

「クマだ？　コクワの実を採りに上ったンだべ。こゝらは元々クマの巣だ？、したっけナンモ心配はいらん。こゝらのクマは気立てが良いから」

案内してくれた地元の寅サンが陽灼けした顔でニッと歯を出した。

圧倒的な心細さと、こみ上げてくる興奮の中で、この森に棲もうと僕は決めていた。

42歳。僕はまだ若く、都会の生活を捨て去った決意と鬱積していた体内のエネルギーがいきなり皮膚から溢れ出す気がした。

*

一年経って小さな小屋が出来た。

工務店の手ちがいでその小屋にはまだ電気が来ていなかったが、焦る気持を抑えかねてシュラフとローソク、それにジャック・ダニエルの瓶だけを持ってとりあえず初夜を過すことにした。

山中のこの小屋には市の水道など入るわけもなく、下を流れる沢の上流から簡単な濾過装置をつけパイプで水を引き、それを当分の水道とした。これは数年間そのまゝ利用したが、装置が余りにも単純なものだったから、雨の降った日には蛇口から出る水は忽ち濁り、コップの底に砂の細片が溜ったりした。だが別に大して気にもならなかった。

初めて自然の洗礼を受けたのは、入植第一夜。その夜のとばりが下りてからである。

九月の下旬。それも曇天の夜だったから、日が落ちて間もなく漆黒の闇に包まれた。それは何というか、後に流行った言葉で云えば想定外の眞暗闇だった。掌をかざしても指がもう見えない。ローソクを掲げなければ足元も判らない。都会の闇と全くちがう、どこにも微かな余光すら残っていない、何重にも墨を重ね塗りしてその上に更に仕上げの黒を左官の匠が塗り尽したような闇。

何よりその闇には質感があり、突然気圧がふくらんだように周囲から僕を押し潰して来た。闇が明白な敵意を持ち、都会からやってきたこの若僧を威嚇するように攻め立ててくるのだ。

船酔いに似た気分に襲はれた。

恐怖のあまり心臓の鼓動が次第に音たてて響き出し、ローソクの炎の心細いゆらぎがその闇を照らしてはすぐに敗北する。何かがそこにいる！　無数にそこにいる。敵意で嘲笑う明らかな何かが。ジャック・ダニエルを懸命に探す。それが見つからない。ローソクのゆらぎだけが何かの影を写す。影がよろよろと舞っている。肺がせりあがる。あった！　ジャックのふたを開ける。そのまゝ口へトクトクとそゝぎこむ。熱い援軍が胃の腑にしみ通る。やさしい声が体内から囁く。遅レテスイマセン。到着シマシタゼ。臆病者はホッと息をつく。

窓外の闇に充満する虫の声。突然それらがぴたりと止まる。来タ！　何が!?　もしかしたら羆が！　ローソク片手に入口へ向かってつまづきながら猛然と走る。鍵を確認する。ちゃんと閉っている。表へ叫ぶ。誰カソコニイルカ！　闇は答えない。再び大声で悲鳴のように叫ぶ。誰カソコニイル！　判ッテルゾ！　出テコイ！　出てこられても甚だ困る。

虫のすだきが再び巻き起こる。

身じまいを整し、自分の狼狽を悟られまいと口笛吹いてシュラフへと戻る。口笛が鳴らない。それでも男らしく恰好つけて己れの臆病を悟られまいとしている。誰に対して!?　見ている誰かに。誰かとは誰だ！　それが判らない！　腕時計を見ると全然時が刻んでいない。時間が進まない。闇が時間まで凍結させている！

恐怖はその夜僕を圧倒した。

未だに僕は確信を以って云える。自然の脅威の最たるもの。それは闇である！　それは直接ヒトの精神に遠慮なくぐいぐい刃を突きつける。

これが誰から紹介されたわけでもない、真の闇との初めての出逢いだった。

＊

全くこんな情けない体験を告白するのは何とも恥しい。だがどうせなら恥のかきついでにも少しこの後のことを白状してしまおう。

結局僕はその夜一晩、子供のような恐怖の夜を過ごし、ジャック・ダニエルは瞬く間に空となり、なのに酔いもせず、何とか眠らんと羊の数を数え、然るに睡気は全く到来せず、聴覚のみが異状に冴え渡って、闇の洗礼を延々受けることになる。

深夜の森は静かかというと、断じてそんな生易しいことはない。音があるのである。それも一つずつ何かしら意味深か気な、バキッとかビチッとか、サヨサヨとか、ングッとか。それが一々恐怖心という困った心理を呼びさますのは、多分人間に他の生物とはちがう想像力という不思議な力が備わっているからではないかと思う。思ってもみて欲しい。もしも野生の獣たちの中に想像力を持つものがいたとしたら、彼らはどうやってこの闇の中を耐え抜き生き延びることができるのだろうか。

それはいかにも無理である。

当然僕には無理だった。

ジャック・ダニエルが空になった頃から、僕の中の恐怖は突然種《しゅ》を変えた。それまで羆とか暴漢とか、そうした現世的敵対物だったものが、ふいに霊的なものへと姿を変えたのだ。早くいえばお化け的事象にである。僕は益々幼児化していた。

思えば子供のころ、僕の周囲はまわり中闇だった。その闇から僕を守ってくれたのは両親の腕であり懐であり、安心させてくれる言葉たちだった。逆に云うなら親たちは僕らに云うことをきかせる一つの武器としてこの、闇の恐怖を利用した。

納戸ニ押シコメマスヨ
表ニ出シマスヨ

井戸ノ底ニ吊シマスヨ

すると僕らはピタリと黙り、親の云いつけに従ったものなのだ。あれはあの頃僕ら子供が、闇の恐怖を知っていたからだと思う。闇と、その上に君臨するサムシング・グレートの巨大な力を。それを僕はすっかり忘れ果てていた。何処に行っても照明があり本当の闇を消滅させてしまった都市の文明生活の中で。

*

結局そのまゝ一睡も出来ず、恐怖の中で朝を待ち続けた。

朝は仲々やってこなかった。闇の袋に閉じこめられたまゝ二度ともうこゝから出られないのではないかと愚かな妄想にさいなまれつゞけた。

チチッという小鳥の啼声のようなものがどこか遠くで聞こえた気がして、恐る恐るシュラフから首を出してみると、窓の外がかすかに白みかけていた。

木々の輪郭がゆっくり姿を現はし始め、その背景に朝もやの白が煙るようにぼんやり浮き上ってくる。それは程なく青から黄色、そして赤へと次第に少しづつ色づき始め、遂に太陽が上ってくれたのだ。窓辺に寄ると太陽の熱が、ガラスを透して伝わってきた。忽ち恐怖が嘘のように霽《は》れ、蘇ってきた僅かな理性の中で僕は呆然と考えていた。

忘れていた！　俺は完全に忘れていた！

太陽がもたらす光と熱。それによって自分が生かされているということ。それを全く忘れ果てていたこと。

殆んど僕は愕然と立ちすくんだ。

住む

新聞をとることは元々考えていなかった。朝起きると新聞が届いている。それも三紙。そういう暮しは考えていなかった。大体冬になってこの小屋へ達する林道が雪に埋ったら新聞配達夫さんはどうやって新聞を届けてくるのか。時代は一九七七年だから無論パソコンもインターネットもない。しかしテレビというマスコミはあった。テレビは日々ニュースを送ってきてくれる。それで充分の筈である。

最初の何日かは物足りなかった。朝、コーヒーを飲みながら何部かの新聞に目を通す。その習慣が欠落すると何となくやることがなく物足りなかった。でもすぐ馴れた。馴れると同時に反省が湧いた。どうしてこれまでテレビのニュースを見ながら更に新聞を読んでいたのだろう。それも三紙も。朝日では南ベトナムが勝ち、読売では北ベトナムが圧勝。それ位ニュースがちがうのならいゝ。しかし各紙の報ずる中味は全て一律で同一なのだ。たまに小さなスクープが入るぐらい。それも翌日には別紙にのっている。起っていることが同一と知りながら何故三紙もとって全て読んだのだろう。それは各紙を疑っているということか。しかも各紙の中味を見ると、広告だらけの印刷物で30数頁も夫々費してる。これはパルプの浪費であり、それだけ森林が伐採されているということではないのか。環境が大事！と新聞は叫びながら、どうして各紙無駄なこの浪費を平然と連日行っているのか。天声人語や筆洗や余録のような、智を代表する名コラムたちがどうしてこのことに触れようとしないのか。そんな疑問が心に浮かび、新聞を断ったのは正解だ、と断じた。只、ふと沸き起った小さな不安は新聞には夫々論説というものがあり、ニュースをある意志で解説してくれる。そのことに結構少なからぬ意味があった。（当時テレビにも解説者はいたが、何となく胡乱で権威なく思えた）ところが新聞を断ちテレビのみ見ていると、事実だけが判り解説・論評が伝わって来ない。従ってあらゆる事象に対して自分自身で判断せねばならない。

実はこのことが以後の僕にとって大きな意味を持つようになる。世の大勢がどのように思おうと俺には俺の判断がある。この選択は大きかったように思う。趨勢を気にすることなく自分の考えを持てるようになったのだから。そこらから多分僕の思考は世間と関係なく走り出した気がする。

*

移住して間もなく女房が到着し、僕らは二人の暮しを始めた。

女房は車の運転が出来なかったから、買物は僕がジープで町へ下りた。ある日。ジープで林道を出て森が開けると、そこは一面の人参畑であり、丁度収穫の終ったばかりの畑に無数の人参が捨てられていた。で、ジープを止めて畑地へ下りた。買ってこいというメモの中に「人参」という文字があったからである。捨てられている人参を手にとってみると、形は悪いがいずれも喰えるものばかり。

その後間もなく知ることになるが、形の悪い人参は流通がとってくれないからそのまゝ畑に捨て土に鋤き込まれることになる。

青首、二股、三股、チンポ。

成熟した人参の四割方がこのようにして畑に捨てられる。

拾って行って良いのだろうかと腕組みをしてしばらく考えた。

何しろこっちは戦中戦後の飢えの時代を通過して来ている。食えるものなら草の葉、藤の実、ドングリ、バッタまでとにかく採ってきて腹の足しにしていた。いかに多少とも形が悪かろうと刻んでカレーにでも入れてしまえば満腹感も味も変りはない筈の立派に成熟した人参である。それが形の良いものしか流通市場に通用しないというのは如何にも明らかな差別である。美人は良いがブスは拒否。これが市場のシステムである。

　一つの話が頭を掠めた。

　丁度その少し前、東京近郊に住む一人のサラリーマンが、自宅のそばの粗大ゴミの捨て場に一ヶ月以上放置されている半分壊れた自転車があり、子供が自転車を欲しがっていたのでそれを拾ってきて直して与えた。すると交番からおまわりさんが来て、あの自転車には持主がいる。勝手に拾ってきて使っていたのは泥棒行為に相当すると、書類送検されてしまうのである。だがそのサラリーマンは。どうしてもその処置に納得が行かず、咎めた交番を告訴してしまう。その裁判が少し前たしか東京地裁であり、その時出た判決が心に残っていた。

「この使い捨ての時代に、直せばまだ使えるものを捨てた側と、捨てられたものを拾って直して使った側と、どちらが咎められるべきものであるか。

　このサラリーマンのとった行為は、咎められるよりむしろ賞讃すべきものである」

　サラリーマンの勝訴に終ったのである。

　そのことを突然思い出したから、人参拾って行っても大丈夫なのではないか。そう思ったが入植早々の他所者である。シナリオライター、人参を盗む、などと地元の新聞に書かれても困る。度胸がなくて拾うのを止めた。

　だがこの出来事は、僕の心に残った。

　文明が地方の生産者に押しつけるこうした理不尽な現状は、事あるごとに心に響き、その後の僕の精神構造をゆっくりじわじわと創り上げて行く。

暮しを底辺に戻すこと。

文明の利器に可能な限り頼らず、代替エネルギーを出来るだけ排除して、自分自身の体力、即ち体の中にあるエネルギーを使う。

富良野入植のそれがテーマだった。だから出来るだけ体を使った。43才、僕はまだ若かった。しかし出来ないことは山程あった。

*

僕の棲む小屋は林道の奥にあり、半分未整備のその林道に、大きな岩が頭を出していた。畳一枚分もある大きな岩である。ジープの車輪がいつも乗り上げるので、この岩を何とか動かしたいと思った。けれど重機も何もない身には動かそうにも何ともならない。

ある日近くに住む農家の若者、平山青年に相談したら、やろうと思えばやれるべさ、と云われた。どうやって、と問うと青年はしばらく沈思し、

「まず剣先（先の尖ったスコップ）で四方から掘るな。丹念に掘って行って岩を裸に出す。それから丸太を二本持ってきて、それを梃子《てこ》にしてまわり中からグヮグヮと少しづつ持ち上げる。ねばり強くそれをやれば、一日三センチ位動くんでないかい？」

「――」

「これを続けりゃぁ十日で一メートル位動くべさ」

「――!!」

感動のあまり思はず平伏した。

一日三センチ、十日で一メートル。これは文明人の感覚では、もはや、「無理だ」という範疇のものである。しかし明らかにそれは「動いた」ということである。文明人はけれどあっさりあきら

める。あきらめて別の思考経路に入る。ではこの場合誰に頼めば、速く、安くこの岩を取り除いてもらえるか。人探しの方角へと智恵をふり向ける。

ここだな、ここが別れ道なんだな。

その後知り合って親友になる麓郷木材の仲世古ヨシオちゃんに「一寸《いっすん》引き」という言葉を教わった。

「重くて手に負えない岩とか丸太とか木の根っことかを引っぱり出すには一度に引っぱり出そうとしても無駄だ。力を合はせて一寸ずつひっぱれ。そうすりゃいつかは必らず動く」

こんな言葉が僕の心に、どんなに新鮮にひゞいたことか。何よりこゝには文明人が、いつの間にか当り前のことと誤解してしまった「スピード」というものへの完全な無視があった。

いつかは動く。そうだそこなのだ。

いつかではなくすぐにと思うから、僕らは身の丈を超える行動をとり、そして無駄な金を使ってしまうのだ。

＊

十月の初め、雪虫が舞い、十日程たって初雪が降った。

十一月に入るといきなり寒気が来た。寒気はまだ残る紅葉を散らし、大地を純白の世界に変えた。

初めての未知の越冬に対して、少しオダチながら薪割りに励んだ。オダツとは北海道の方言で、〝興奮して躁になる〟とでも云う意味だろうか。

一冬だけで暮すには、暖めるその小屋がギュウづめになるだけの薪の量がいると脅かされていたから、とにかく倒木をひっぱって来てはまず薪の長さにチェーンソウで切り、それを一つずつ割らねばならない。シラカバは樺皮《がんぴ》といはれる堅い樹皮で周囲をがっちり巻かれているから、そのまゝ割ろうとしても無理である。樺皮に錠で筋目を入れ、そこからくるくるとまず樺皮を剥ぐ。然る後割る。樺皮は乾燥させ火付け用に保存する。油を含んでいる干した樺皮は火をおこすには必需品だ。連日黙々と薪を割った。

その頃一頭の北海道犬を飼った。

生後まだ間もない牝の仔犬だったが仲々の野生児で主人にしか馴つかない。圧倒的に僕には従順。百恵さんから勝手にいただいてその仔を山口と命名した。

冬になるともう訪れてくる人はいなかったが、時々近所のおばぁちゃんが、心配らしく雪をこいで来てくれた。最近はめっきり見かけなくなったが、無形文化財に指定したいぐらい、見事に腰の曲がったおばぁちゃんである。それが両手を腰から後ろに振り、何とも器用によちよち深雪を漕いでくる。仏様のような満面の笑顔。

「大丈夫かいおばぁちゃん」

「運動」

ニッコリ笑った。

腰がこゝまで折れ曲ってしまったのは、永年畑で腰を屈めてきて骨がそのように変形してしまったものと思はれる。それが最近見なくなったのは機械の発達でこうした不自然な体勢をとらなくても畑仕事が出来るようになったからだろう。寝る時はどういう恰好で寝るんですか？　寝返りを打つ時は？　様々な質問がとび出しかけたが、失礼かと思い遠慮した。

この冬の寒波には正直参った。

最近は地球高温化のせいかマイナス20度を下廻る日は数える程しか来なくなったが、この頃は今より10度近く低かった。

12月に入っていきなりマイナス28度の日が続いた。水道管が連日破裂し、沢からのパイプもどこかで凍り、水道屋さんを呼ぶ日が何日もあった。ある日パイプを補修すべく凍結した岩をツルハシで持ち上げたら、その下に小さなサンショウウオが、仮死状態で冬眠していた。50メートル程下の沢の方から冬眠の為に上ってくるらしい。家の中にガラスの空き瓶があって水が半分入っていたのでそこに入れたら一週間そのまゝ生きていた。一週間目に瓶の中の液体が、水でなくガソリンであることに気がついてあわてて中から取り出したがそれでもしっかり生きていた。急いで表の岩の下に戻した。凄まじい野生の生命力である。

地下の土室《つちむろ》に保管していたビールが割れた。ワインが破裂した。デスクのインク壷の中のインクが凍って固体となった。眠ている布団の息のかゝる部分に朝起きると白く霜がふいていた。いくら火を焚いても暖まらない。板壁に使った地元の松板のフシの部分が、ポーンポーンと室内にとび出した。

ある夜食事をしている時に、女房が箸を止めしばらく壁を凝視していたが突然小さく「星ダ！」と呟いた。内壁のフシ穴と外壁のフシ穴。それを通して星の光るのが見えてしまったのである。こっちがケチッたせいもあるが僕らが夏場の別荘として使うのだろうぐらいになめてかゝった地元の工務店が断熱材を入れてなかったのである。怒り狂ったがこの厳冬期では打つ手がない。壁にビニールとベニヤを貼ってしのいだ。

最も悲惨だったのはトイレである。

水洗便所などあり様もなく、下に溜めのあるいわゆるポットン式トイレだったのだが、ある日かゞんだらいきなり尻をグサッと刺された。ポットンの中の糞尿が凍結し、それが次第にマッターホルンの如き独立峰を中央に屹立させそれが床面までそそり立って来て尻の中央を刺したのである。血が少し出た。

地元の友人にそれを話したら、よくあることだ。注意しなさいと、ストーブをかきまわす鉄の棒をくれ、これから毎日かゞむ前に、先端をこれでカッチャイてから坐れと、心暖まる助言をいただいた。

しかし凍結した雲古の破片は次第に壷の中に増え続け、砕いては突っこみ、突っこんでは脇へ寄せ、それを連日続けていたのだが、飽和状態は目前に迫り、致し方なく僕は表で、降る雪の中で用を足す羽目になった。既に外気温はマイナス30度に達しかけていた。

マイナス30度の降る雪の中で大を足す状態を思っても見て欲しい。

雪はサラサラのパウダースノーである。握っても固めても雪玉なんて出来ない。その位乾いた新雪である。中央の雪をスコップで飛ばし、両側、足をふんばる部分を何度もふみかためて堅くする。冷気の中に尻を出し、する。どうなるものかとのぞきこむと、雲古は一瞬熱い湯気を立て次にたちまち白い粉をふいてみるみるフローズンドライされてゆくのである。目をみはった。

恐る恐る手を伸し触ってみる。

既にコンコチに固形化している。ニチャともしないヌルともしない。で、掴み上げ森へと放った。その夜キツネが僕のその作品を、そっと咬えて持ち去るのを見た。

*

12月末。芝居の旅で、女房がしばらく東京へと去った。一月いっぱい帰ってこない。僕は雪の中で山口と二人の暮しに入った。

クリスマスの季節が近づいている。

思えば東京にいた三年程前まで、毎年クリスマスには僕の家で盛大なパーティーを開いていた。

僕はその頃そこそこ売れており、多くの俳優と付き合っていたから、毎年暮のわが家のパーティーには、思えば綺羅星の如く俳優や作家が集ってきた。阿川弘之先生、芦田伸介、岸田今日子、八千草薫、谷口千吉夫妻、渡哲也、大原麗子、小林桂樹、仁科明子、寺尾聰、室田日出男、桃井かおり、川谷拓三。寺尾が朝までギターを弾き、みんな酒に酔い大声で歌った。その狂騒が嘘のようである。

北海道に移ると同時にそうした日々が全て空しくなり、静かにいることが好きになった。家で、雪の中で、或いは誰もいない原野で、女房と山口といる時間の方が。

冬の雪原を見つめていると、様々なけものたちの足跡が見える。キツネ、エゾシカ、テン、ウサギ、エゾリス、バンドリ（エゾモモンガ）。時にはタヌキ。夏は見えなかったそれらの生き物が、夫々孤高に厳寒の季節に耐え、食い物を求めて健気に生きている。彼らは群れて遊ぶことをしない。国も作らない、法律も作らない。しかし立派に夫々に生きている。

ある日出してあった残飯を求めて毎晩キツネが来ることに気づいた。それも一尾ではない何尾かの個体が時間をずらして食べにやってくる。そのうちそれにテンが加わった。

テンとキツネは鉢合はせしてもテンがすばやく樹上に上り、摩擦することを自然に避ける。残飯の量を意図的に増やし彼らを馴らすことを試みた。キツネは割りと簡単にのった。丘に拡がる夏場のゴルフ場のアウトコースから来る奴をアウト。インコースの方から来るのをインと、しっかり識別して呼ぶようにした。アウトはすぐ馴れ、僕の手から直接餌をとるようになった。ところがその餌場にふいに兎が現われた。あわてた。

キツネとウサギが鉢合はせしたら、キツネはウサギを襲うのではないか。その時僕はどうするのか。本能的にウサギの味方をしてキツネを追い払おうとするのではあるまいか。僕らには何処かで本能的に弱者の味方をしてかばおうとする朝日新聞的体質がある。

しかし。と冷静に考え直した。

昨日まで歓迎して餌をくれたものが、突然今日自分の敵側に組したらキツネは一体どう思うだろう。それは人間のルールであって自然界のルールに反するのではあるまいか。そこに来たのはウサギのドジでありヒトが余計なことをしてはいけない。心に決めたが幸か不幸かそういう事態が起ることはなかった。野生はヒトより賢いのである。

*

明け方になると、山から凍裂の音がひゞいた。

凍裂とはうんと冷えた夜、樹液が凍りつき体積を増やすことで樹皮を一瞬に裂く現象である。

ビィーーーンと澄み切った清冽な音。

それが山々に谺する。

しばらくすると思いもかけぬ近くの森でビィーーーン。

谺の余音がしばらく残る。


突然激しい鬱に襲われた。

それは全く予告なく来た。

心を鉛が大きく埋め、全てが恐しく不安になってあらゆる自信が体から喪失した。吐き気におそわれ、食欲が消えた。眠ることが出来なくなり夜になると例のあの闇の圧力が再び僕を急激に襲った。

何をする気も起きなかった。

暖炉に火を焚き山口を抱き寄せて震えながら時の経過を待つしかなかった。

鬱は大分昔経験している。経験しているから事態は判っていた。どんな肉体的苦痛よりも心を攻めてくる鬱の苦しさはたまらない。

鬱には二種類あり、何かの原因があってそうなる場合と、原因がないのに症状だけが出る場合がある。どっちかを心因性、どっちかを内因性というらしいがそんなことはどうでもいゝ。原因がある場合はその原因を取り除けばいゝ。たとえば誰かを傷つけたとか、誰かに深く傷つけられたとか。その場合は相手に謝罪するとか話し合って理解し合うとか。そういう解決の方法がある。だがもう一方、原因が全く思い当たらぬのに突然激しい不安感という症状だけが来るのはたまらない。僕の場合完全な後者だったから、何とも対処の仕様がなかった。その症状の去ってくれるのを待つ。ひたすら待つ。耐えて待つ。

そのうち自信がどんどん喪失し、気力が喪失し、体力が喪失し、電気をつけるのも恐くなって、眩い明るさを周囲から遮断して、あの恐ろしい闇の中にローソク一本で膝を抱え坐っている。ローソクは炎をゆらがせながら、少しずつ燃えて短かくなってゆく。それは自分の生命《いのち》に思えてくる。ローソクと電燈の大きなちがいは、そのエネルギーの減って行く様が目の前ではっきり確認できることだ。メーターを見なければ電気の消費量は判らないが、ローソクは判る。減って行くのが確実に判る。

死んでしまおうという究極の消極が頭の中にはっきり芽生えてきた。その方法を考え始める。表はマイナス二十数度の世界。酒をあおって表へ出てジープの中で眠てしまえばまずまちがいなく凍死できる。その誘惑としばらく斗う。誘惑に負けてフラフラ立上る。ローソク片手に玄関へ歩く。と。何かゞ僕の裾をひっぱっている。見ると山口が僕の異常を察して服の裾を噛み、悲しげな目で僕を見上げている。山口は彼女なりの懸命な想いで前肢をつっ張り行かせまいとしている。

一分。二分。

僕は彼女の愛情に負ける。

山口を抱き上げその体温を感じながら、暖炉の前へへたりこむ。山口はそれでも僕をじっと見つめたまゝ想いをこめた目で胸の中で動かない。彼女をギュッと抱きしめたまゝ訳も判らず涙が溢れてくる。

こんなくり返しを二週間続けて、遂に決意して精神科の門にかけこんだ。医者は薬をくれ、これから同じシーズンになると同じ症状が出るだろうと云った。僕は絶望の中に落ちた。

廃屋にて

春が来た。

木の葉が出始め、雪が溶解して沢音が蘇ると、医者の宣告を裏切って僕の中の鬱は嘘のように消えた。

翌年も、その翌年も、その季節になると僕は鬱の再来を警戒したが、どういうわけかあの強烈な症状に二度と襲はれることはなかった。

あれは何だったのだろうと時々思う。

今にして思うとあの苦痛の三ヶ月、僕は何も出来なかったと思っていたが、意外とそれでも思考していたように思う。

精神の不安と寒さに震えながら、この寒気の中で平然と生きている野生の生命力に圧倒され、僕はもういちど自分というものを、ヒトというものが社会から切り離され、もしも必死に生きて行こうとするなら、どうすれば良いのかを考えていたように思う。

ヒトは金に頼り、知識に頼って生きようとする。だが一ヶの生命体としての人間にとって、孤独の中では金も知識も全く何の助けにもならない。現に僕は、炉の火が消えかけ、消えたら大変だと焦ったある深夜、手元にあった千円札を火を盛り返す為に火中に入れたのだ。火勢はもり返し、僕は救はれた。千円札という一枚の紙きれは、何を買うのでもなく僕に役立った。千円札はその意味しかなかった。

そんなことをぼんやり考えていた。

あの冬は自然が都会から来た若造を、耐え得るかと試すテストの時間だったのではないか。僕の心奥の覚悟の程を、それが一時の思いつきや面白がりの戯れではないかと疑い試みた試験だったのではないか。

僕は山口に援けられながら、一応その試験に合格したのだ。

*

鬱が霽《は》れてから僕の中で、明らかに何かゞ変化した。

文字。特に識者たちの吐く御尤もな理屈、解説。評論の類い。誰がどうした彼がこうしたという僕に無関係な無数の噂話。更には景気とか経済とか株価とか、こゝでの暮しに縁のないことども。そうしたものを目にするのが何とも空しく不快になり、代りに周囲の土の匂い、風の匂い、植物たちの発する営みの精気が、僕を森から原野へと引き出した。

春から夏へ。

僕はもっぱら荒野を歩いた。

荒野はある所では捨てられて草に覆われた畑地であったり、茂みであったり、或いは放棄され既に半分森に還りかけている見捨てられた山林の跡だったりした。

そうしたある日、僕は踏みこんだ雑木林の中で半分朽ちかけた廃屋に出逢う。

屋根が半ば落ち、床も腐りかけたその家に入ると思いもかけない情景を見た。

かつて農家の居間だったらしい一室。卓袱台《ちゃぶだい》が置かれ、つい今さきまで一家が夕食をとっていたらしい空間。卓袱台の上には食べさしの茶碗、皿、ちらばったまゝの四膳の箸。ふたの空いたまゝのランドセル。読みさしだったらしい、風にさらされた少女フレンド。その表紙には少女時代の小林幸子。恐らく何らかの事情があってあわたゞしく夜逃げしたかと思はれる貧しい農家の、その時のまゝの廃屋。

少女時代の小林幸子というところから推理すると20年近く前の離農だったと思はれる。その夜この一家に何があったのだろう。計画的な離農であったなら、もう少し整理があって良い筈だ。しかしそういう痕跡はない。夕食の途中で何かがあったような、いかにも唐突なあわただしさがある。箸の散乱、食べさしの茶碗、この家に一体何があったのか。

風がトタンをカタカタと鳴らす。

するとこの家に残された一家の、怨念、呪詛《じゅそ》のすすり泣きが遠い時代から聞こえて来た気がして、僕は身震いし廃屋を離れた。

北海道には象徴的な三種の廃屋が存在する。

浜辺に残された番屋の廃屋。

炭坑《やま》に残された炭住の廃屋。

そして原野に残された離農者の廃屋。

いずれもかつての日本を支え、用済みになって見捨てられた第一次産業の無言の墓碑である。人が相手にしなくなったそれらの墓碑を、包みかくすように植物が覆って行く。気になり出すといくつも見つかった。柾葺きの屋根だけが残っているもの。柱がもはや朽ち梁が草の中に落ちているもの。馬がいたらしい馬小屋の跡。草履。水桶。障子の残骸。錆ついた鍬《くわ》、鋤《すき》、溶けた筵《むしろ》。

そうして僕の廃屋巡礼が始まった。

その頃清水山の工事現場から白骨が出たという話をきいた。昔こゝらの道路工事に刈り出された朝鮮人労働者のものではないかという噂が流れた。戦前は囚人や朝鮮人労働者が道路や橋の工事につかされ、死ぬと橋脚のコンクリートの中に人柱として埋められたものさという、嘘か本当か恐い話もきいた。半年凍結した北海道の夏に狂ったように極彩色の花々が開くのは、そうした累々《るいるい》たる死体の上に彼らの怨念の色が燃えるのさ。

*

ある日一軒の廃屋の中に坐り、そこを去った農家さんの身に、何が起こったかをぼんやり想像した。

その当時北海道の農協には組勘制度というものがあった。組勘とは組合勘定の略である。農家は種代・苗代から収穫に至る一切の費用を所属する農協から伝票だけで全て用立ててもらうことが出来る。そうしてそれを秋の収穫が終ってから精算しその年の利益を獲得する。だが、天候不良など不慮の事態が起きた時は赤字分が農協への借金となる。運が悪いとそれが累積する。そういう場合の農協側のリスクを担保するものとして農事組合というものが各村各集落に置かれていて、生じた負債はこの農事組合の連帯責任ということになる。つまり近隣の農家が一軒の負債をみんなで背負うという仕組みになっている。最近富良野農協ではこのシステムが廃止されたが、当時は、というよりつい最近までこの規定が厳然と生きていた。封建時代の五人組の名残りである。

この制度は元々中国の保甲制度を模したものといはれ、ヨーロッパにもたとえばアングロサクソンの十人組（frank pledge）のような共同責任の制度がある。

その結果、負債の重なった農家さんはその負債を肩代りせねばならぬ周辺に住む農事組合員に呼び出され、吊し上げを喰い、土地家屋を奪われてその地域から追放されるのだ。現にそうした屈辱を味わい、夜逃げしたもの、或いは農薬をあおって自殺した等の悲劇をその後何件も目撃することになる。

邑《むら》とは、近隣の絆とはこの地では一体どういうものなのか。

この家はそうして廃屋となり、草木の繁茂に覆われたのだろうか。

そういえば親しい電機屋のチャバがこんな話を教えてくれたことがある。ある日農協の職員に云はれたンだ？、××の家にはまだ電気冷蔵庫がない。××は今年景気が良さそうだから電気冷蔵庫持ってってやれ。で、持ってった。ところが九月の早霜だ。又農協から電話がかかって××の畑今年全滅だ？、冷蔵庫早いとこ引揚げとけ？、それで飛んでって冷蔵庫の中の冷えたビール全部出して、ゴメンネゴメンネって冷蔵庫持って帰ってきたの。農協ってのは残酷だよネ？、

ある日又廃屋で別のことを考えた。

その頃僕は高橋延清東大名誉教授、通称泥ガメさんと知り合った。泥ガメさんは富良野に拡がる東大演習林に三十年奉職した林学の大家である。東大教授でありながら本郷の教壇に立ったことがなく、ひたすら演習林で研究に没頭した。大酒飲み。ワンカップ大関をリュックに入れ、それを片手にひたすら森を歩いた。東大教授は退官する時本郷の教室でさよなら講義というものをやり華々しく送られて大学を去る。ところが本郷の教壇に一度も立ったことのない泥ガメさんに、さよなら講義の声はかゝらなかった。さすがに侘し気な泥ガメさんに、飲み友達である当時の富良野市長高松竹次サンが声をかけた。

なんならこっちでさよなら講義やるかい？、
させてくれるかい？、
それで富良野でやることになった。

場所はもうじき廃校になる三の山小学校という小さな分校。生徒が五人。先生が七人。それにPTAや近在の人々が加わった総勢二十名程の聴衆の前で、珍しく素面《しらふ》でネクタイまでしめた泥ガメさんは二時間あまり何とも感動的に森を語り、そうして大学を卒業して行った。

そういう人である。

早く云えば哲学者、仙人。ゆっくり云えば殆んど酔っぱらい。この大先生とはいたく気が合い、様々なことを教わった。

東京をしくじった僕のことを、先生は嬉し気に讃め上げてくれた。

クラサンハ、馬鹿ダカラ。

今までいただいた賛辞の中で最高のものだったと今も思っている。

この先生がある日突然思いもかけないことを云い出した。

クラサン、オレハ暇ダカラ、ココ2年程オタマジャクシノ研究ヲシテルンダ。

先生は、暇にあかして広大無辺な演習林の中を毎日フラフラと彷徨していた。その中で先生は、ある沼にオタマジャクシの集落を見つける。それはまだ蛙がオタマジャクシになる前の、あの卵の集積である集落である。そういう集落を別の沼、又別の沼と三つ程見つける。明らかに種の違う集落である。それがどういう蛙のオタマジャクシか判らぬから、先生はとりあえずその一番目の集落に、タナカサンという名前をつける。次の集落にサイトウサンという名前をつける。三つ目の集落にイシカワサンと命名する。そしてその三家の生態、カエルへの変身、その一生を徹底的に検証する。二年間。

ところがどうしても判らんとこが出て来たのさ。そこで図書館へ行き、中学校程度のオタマジャクシの研究書を読んでみた。イヤイヤ判らんとこが全部解明した。そもそもタナカサン、サイトウサン、イシカワサンの本名も判明した。ついでにその研究書のまちがいもいくつか発見した。すぐ出版社に連絡してやった。イヤイヤイヤイヤ勉強になった！

この話にはいたく感動した。学問というのはこういうものでなければならないと思った。いやしくも東大名誉教授である。通常なら学者はまず書物で調べる。しかし先生は実地から入る。自分の目でコツコツ、第一次情報から入る。それも二年間。しかる後漸く書物で調べる。書物にあるのは他人の書いた先生にとってのいわば第二次情報である。もしかしたらその研究者が他の研究も参考にした第三次第四次情報であるかもしれない。そこから入ったら目が狂う。それを先生はまず自分で調べ、然る後どうしても判らない箇所を別の研究者の書物で調べる。学問、知識の吸収とは本来こういうものであるべきではあるまいか。このことはその後僕自身にとって調査・取材の基本姿勢となった。

又ある日。

全く別の廃屋で。

この廃屋には蛇の脱けがらがいっぱいあり、それがことごとく白い蛇だった。こゝは白蛇の棲家らしかった。この家には古いいろりがあり、手作りのいくつかの玩具や古い絵本がころがっていた。この炉端で一体どういう家族がどういう暮しをしていたかを思った。幼い孫と昔噺を語るお爺さんの姿が脳裏に浮かんだ。

ムカシムカシアルトコロニ、オジイサントオバアサンガイマシタ。

ふと空想が飛躍する。

昔噺はおよそ全てがこの枕言葉からスタートする。ムカシムカシアル所ニ、オジイサントオバアサンガ住ンデイマシタ。お父さんとお母さんは出てこない。昔々ある所にお父さんとお母さんが住んでいたという話の発端は聞いたことがない。お父さんとお母さんは何処にいるのだろう。もしかしたら祖父母の孫に語る炉端の世界に、生んだ両親はいないのではあるまいか。彼らは何処に？ 両親は生んだ子を祖父母に預け、どこかへ出稼ぎに行っているのではないのか？ 古来両親は子を祖父母に委ね、どこか遠くへ働きに出る。孫の養育、しつけ、教育は、いわば祖父母の仕事であり、それが老齢者のつとめであって一つの生甲斐になっていたのではないか。それが社会の仕組みだったのではないか？

文明が進み、家に物が増え、たとえばテレビなどという娯楽が入り、年齢差から来るチャンネル争いが生じ、家族がばらばらな生き方を始め、暮しそのものが家庭を分解し、親はその子を祖父母から切り離し、金を払って保育所へ預け、祖父母は可愛い孫の顔も見れず、後期高齢者などといはれて次第に社会で孤立してゆく。今の社会のそんな仕組みに比べて昔の暮しには素朴だがそういう、いわば当り前の仕組みがあったのではないか。

又別の日に別の廃屋で。

捨てられ放置された古い馬具を見ながら全く別の思考に突入する。かまびすしい虫のすだきの中で。

昭和30年代まで、こゝらの農業は馬を使うことが主流だった。ところがその頃アメリカ流にトラクターやブルドーザーが入って来た。いったんトラクターの入った土地は、土が固まり地中の酸素が希薄になる。土の堅さはどんどん増幅し、更に大型のトラクターを入れねばならない。トラクターは値段が高いから農家は止むを得ず借金を重ねる。

この時代は日本の工業化の時期に一致する。工業立国という国の方針で、折から出来た東北線特急を利用して北の農村人口はどんどん関東へ流れ出す。いわゆる〝金の卵〟の流出である。北の農村人口が一挙に著しく低下する。特に若者人口がである。農村はその労働力不足を機械で補おうと必死に努める。さてこゝで、今まで生産力の主流であった馬というものが不要になる。

それまで馬は農村の労働力の中心だった。

どこの農家にも馬がおり、住居と隣接して住んでいた。農家の人々は馬に対して家族同然に扱った。但し、名前は決してつけなかった。冬場、不況に見舞われると馬を売らなければならなかったからである。名前があると情が移る。だから名前をつけなかった。

当時よく遊びに来た平山青年の家にも馬がいた。もう何年も馬には仕事がなかったけれど、売るに忍びなく飼い殺しにしていた。しかしとうとう持ち切れず、馬を手放すことにした。二束三文で業者に引きとられた馬はどうなるのか。殆どが殺され、ドッグフードになるのである。

馬を手放す前の晩、最後だから常にない御馳走を喰はせた。すると馬は自分の運命に気がついた。翌朝業者が引きとりに来た時、トラックに乗せられるのを馬はいやがり、家族の首に首をすりつけた。見ると馬の目から大粒の涙が流れていた。それから突然彼は決意をしたように自分からトラックへの踏み板を上って行った。一家は全員泣いたそうである。

この馬が売られる一寸前、最後の仕事をしてくれたのさ。平山青年が声をつまらせた。急の大雪でガレージの前に雪がたまり、車がどうしても出なくなったンだ？　馬で引くべぇってことになって車にワイヤーをつけ、馬で車を引っぱり出したンだ。車はあっさり雪を分けて出た。これがこの馬の最後の仕事だった。機械に追い出されて用済みになった馬が、車という機械を引っぱり出したのさ。皮肉な話だ。涙が出てくる。

そんな話を想い出していた。

連日所在なく廃屋に坐り、こうした思考に時を費やした。

それは一見無駄な刻《とき》だったが、今にして思うとあれらの廃屋での漫然たる時間が、その後の僕の生き方の座標軸を、気づかぬうちに形成してくれていた気がする。その座標軸は多分世間の進行方向とは全く逆の方へ向かっていたのだろうが。

ノートのはしっこに走り書きのように一つのメモを書きつけた。後に富良野塾の起草文になるもの。

あなたは文明に麻痺していませんか
車と足はどっちが大事ですか
石油と水はどっちが大事ですか
理屈と行動はどっちが大事ですか
批評と創造はどっちが大事ですか
あなたは感動を忘れていませんか
あなたは結局何のかのと云いながら
我が世の春を謳歌していませんか

世間ではバブルが進行していた。

（「林中無策」第一章より）

第1章

脚本家・倉本聰

テレビドラマ『北の国から』をはじめ、ドラマや映画など、数々の脚本を書いてきた倉本聰。その数は約1000に及ぶといわれている。プロを目指す新人・脚本家の中には、彼を目指している人も多い。

脚本家対談

『北の国から』そして今

映画『おくりびと』で一躍時の人となった小山薫堂。学生時代から大の倉本ファンで、『昨日、悲別で』を見てから、歌志内の『悲別ロマン座』や上砂川のロケ地を何度も見に行ったことがあると言う。倉本聰の代表作『北の国から』を中心に、同じ脚本家としての思いを話し合っていただいた。

「五番目ということで。昔の農家は子だくさんですからね」
倉本聰
「五郎はどうやって決めたんですか?」
小山薫堂

小山　『北の国から』に強く感じるのは、なんかこう未来を予見されてたかのようなストーリーだなと。

倉本　（笑）

小山　最初は、ああいう生き方への憧れ半分、メッセージ半分みたいな受け取り方で観てたんですけど。書かれたときは、そういう〝時代への警鐘〟みたいなものがあったんですか？

倉本　そうですね。あれは、僕がこっちに住みましてね、それで3年くらい経って書き始めたンですけど、ちょうどバブルが始まりかけたところで、どんどん僕の考えてることと、違った方向に世の中が進んでいくわけですよね。

小山　あぁ、はい。

倉本　僕は戦時中の子なんで、こんなに豊かになって新しいものがどんどん出てきて、こんなことがずーっといつまでも続くことが許されるんだろうか、なんか起こるんじゃないかって不安感がずっとあったんですね。それで大胆にそういう生活から離れちゃって、別の側へ自分の座標軸を持っていきたいって気がずっとあったんですよ。

小山　なるほど。

倉本　それでこっちにきて、いろんなことをしまして。あそこに書いてることってほとんど、自分で実際にやったことを書いてったんですね。まぁ、親子関係は別として。

小山　（笑）はい。

倉本　ただドラマって、メッセージを表に出すと、しんどいドラマになっちゃうじゃないですか。それを薬で言うと糖衣錠みたいにくるむ、そのくるみ方でいわゆるホームドラマ的にしたんですね。

小山　はあ。

倉本　だけど自然というバックがあって、その中で僕が本当に書きたいものはセンターの苦みの部分、核となる部分のすごく苦い、文明批判と言うとオーバーですけど、今の世の中の進み方がこれでいいのかなっていうのを込めて。それで都会のアスファルトの上で生まれて育った純という少年と蛍という少女をその中にぶち込むことで、どういう化学反応を起こすのかなって。そういうところに持っていったってことですね。

小山　じゃあ、都会から越してきた親子の物語を書きたいというよりは、メッセージの方が先にあったんですか？

倉本　どっちかといえばそうですね。

小山薫堂・1964年熊本県生まれ。学生時代から放送作家として活躍。「カノッサの屈辱」「料理の鉄人」など斬新な番組を企画し、脚本を担当した映画「おくりびと」では、米アカデミー賞外国語部門賞獲得。35inc／オレンジ・アンド・パートナーズ代表。

※

小山　それでやっぱり北海道と先生の出会いが僕、とても大きかったと思うんですよ。

倉本　北海道には、ふと気が付いたら来てたんですね。……ＮＨＫと衝突して、吊し上げくらって。組合の吊し上げでしたから、昨日まで一緒にやってたスタッフに、ひとりずつにやられるんですよ。僕あんなの初めてだったから、悔しくて涙まで出て。

小山　……それって40前ですか。

倉本　39ですね。で、女房に顔合わせるのがとっても嫌で、そのまま羽田行っちゃって、気が付いたら札幌にいたんですね。

小山　なぜ、札幌だったんですか？

倉本　うん、後である人から「そういうときは北に行くんだよ。敗北って言葉があるでしょ」って言われて、なるほどなぁって、ひどく感心したんだけど。ホント南に行くという気が全然なかったですね。

小山　寒いところに行きたくなりますよね。南の人って人生を楽観的に考えて（笑）。

倉本　悲壮だったから、やっぱり。自然のより厳しいところへ行きたかったんですね。この札幌の2年半が僕には大事だったんですよ。それで、この札幌のスキノのすぐ脇にマンション借りて、飲兵衛だから、2年半ひとりで呑み歩いたんですね。ひとりで呑んでるから、いろんな人と付き合い始めて。これが全部利害関係のない人なんですよ。

小山　えぇ。

倉本　今までモノ書きとして東京でやってた時に、交際していた人たちは全部業界の人、どこかで業界と繋がっている人で、よくあんな利害関係のある人間とばかり付き合って、モノが書けたなということにちょっと愕然としましたね。

小山　はい。

倉本　それともうひとつは、北海道人って、非常にプリミティブな生き方をしていて、大体野党なんです。僕がＮＨＫと喧嘩してきたってことは新聞にも報じられちゃったから、僕それほど有名じゃなかったんだけど、声かけてきたりしてくれて。……優しいんですよ、みんなが。特にＮＨＫと喧嘩したってことを評価してくれるんですね。

小山　（笑）「よくあそこに立ち向かったな、お前！」みたいな。

倉本　そうそう（笑）。それですごく居心地がよくて、そのうちどんどん、どんどん、ホステスだの、ヤクザだのと付き合いが深くなってきて。まぁヤクザと深くってそんな意味じゃないですけど、風俗とかね。そうするとね、変な関係になるんじゃなくて、クリニックみたいになっちゃったんですね。

小山　人生相談所みたいな？

倉本　そう。だから本当に女の子なんか自分の生活をさらけ出して、感情とかいろんなこと言うわけですよ。札幌って大企業の支店があって、東京から若い奴らが、札幌独身者《チョンガー》で来るんですよ。これが大体ススキノで愛人を作るんですね。そいつが２、３年経つと出世して東京に帰っていくわけですよ。その送別会で、当時「ウナ・セラ・ディ東京」って歌が流行ったんだけど、「ウナ・セラ・ディ札幌」って替え歌にして、それをバーのみんなで合唱してやるわけね。すると隅っこでフラれた、置いてかれる女性がひとりで泣いてる。僕はそっちの方にいって、こう慰めてるっていう図式があって。

小山　（笑）

倉本　いろんな話を聞いたけど、札幌の水商売の女は暮

れから正月にかけて自殺がすごく多いんだって。なぜ?って聞いたら、要するにどんなにうまくいってても、愛人が暮れから正月には家庭に帰っちゃって、突然孤独になるんだって。それで自殺するって聞いて。それ僕「駅」って映画に使いましたけどね

小山 あー、はい。高倉健さんの。

倉本 だから、そういうなんていうんだろう。目線がどんどん下がっていったんですね。それが良かったんですよ。

小山 それで『北の国から』もそうですけど、すごく弱者の人が主人公になってますよね。敗北者とか、負けた人とか。

倉本 (笑)自分が敗北者でしたからね。

※

小山 以前、ラジオの番組で伺ったのが、登場人物の設定は必ず〝根っこ〟を考えると。名前もなぜそういう名前になったかとか、どういう背景があったかとか、そこから考え始めるって。僕もそれ以降、登場人物の名前を決める時に、そういうことをいろいろ考えるようになりまして。

倉本 そうですか。それはいいことです(笑)。

小山 (笑)『北の国から』の登場人物は、誰が一番最初に頭の中に?。

倉本 やっぱり黒板五郎ですね。五郎の履歴から考えましたね。要するに1960年代かな。金の卵って言われて農村から東京へ工業化で出て行くでしょ。それで、農村が疲弊して廃屋だらけになっちゃうんだけど。あれの一端ですよね、黒板五郎っていうのは。それで東京でそういう金の卵たちが増殖を始めて、それで出来たのが純と蛍ですよね。その図式は先に作りましたね。

小山 登場人物の名前はどうやって決めたんですか?「五郎」とか。

倉本 五郎は五番目ということで五郎になったんですよ、単純に。昔の農家は子だくさんですからね。「純」はね、母親がつけてるんです、令子さんが。で、「蛍」は五郎がつけてるんですね。

小山 はい。

倉本 蛍は、五郎が故郷を捨てて東京に出ていくときに、蛍が舞ってた印象が強くて、それで名前につけたんです。で、純は母親の令子がつけたから、なんか令子さんの中にあった憧れの名前なんでしょうね、都会人ですから。

小山 今聞いてると、本当に登場人物が生きているかのよう感じがするんですけど。作家として先生が蛍とつけた意味はなんなんですか？

倉本 やっぱり五郎の気持ちでつけたんですね。

小山 五郎の気持ちで。純は？

倉本 純はね、僕はあんまり考えなかったです。ただ近くに、甥っ子に純てのがいたんですよ。小生意気なガキで、それでつけようと思って。

小山 （笑）すみません、先生の「倉本聰」はペンネームですよね。それはどうやってつけられたんですか？

倉本 これはね、実は兄貴のペンネームだったんですよ。僕はその前のペンネームがありまして、一番最初にラジオを書いたのが大学生だったんですけど、そのとき「伊吹仙之介」っていうペンネームで。これはイプセンから盗《と》ったんですけど。

小山 イプセン？

倉本 劇作家の。でもなんだか時代劇みたいだし、恥ずかしくなって、ニッポン放送にいるとき内職始めて、別の名前考えなくちゃいけなくなって、でとっさに、兄貴がやっぱり文学青年みたいなところがあって使ってたペンネームを盗んだんですね。

小山 それはお兄さんにことわりを得てですか？

倉本 断らずに使ったから、後で兄貴に「著作権料よこせ」って。

小山 （笑）。じゃあ、倉本聰はふたりいたんですね。

倉本 倉本って、岡山の親父の実家の屋号なんですよ。聰子って妹があの字を使って〝ソウ子〟って書いて〝トシ子〟って読むんですよ。だから両方から盗んだ、いい加減なものなんですけどね。

※

小山 『北の国から』の前に書かれた『前略おふくろ様』は、作品の軸にお母さんがあって、それで『北の国から』はお父さんになりますね。この変化は？

倉本 『前略』の前に『りんりんと』という東芝日曜劇場でやった単発があるんですが、ちょうど直前に死んだ母親のことを書いたんですね。母親のことはものすごく重くあったものですから、あの頃母親のことばかり書いていたんです。……でも、マザコンみたいで嫌だなって自分でも思ってて、本当は僕、男の世界の方が好きなんですよ。で、男のこと書きたいと思って、それもだらしのない男を書きたいと思ったんですね。

小山 （笑）だらしのない。

倉本 だから『北の国から』が始まったとき、実は黒板五郎の候補が何人かいたんですね。高倉健までいたんですよ。高倉健、緒形拳、藤竜也、中村雅俊、西田敏行、そこに田中邦衛も混ざっていて。それで誰が一番情けないかってなって。そこで文句なく、田中邦衛だってことになって(笑)。

小山 (笑)

倉本 というのはやっぱり、僕自身の性格を考えてみて、情けないし、ズルいし、卑怯なところがあるし、欠点だらけで……だから欠点を持たない人間ってのは、僕にとってヒーローにならないんですよね。

小山 はあぁ。

倉本 ヒーローになり過ぎちゃうっていうか。だから健さんを書くときはそれでしょうがないんだけど、それでもやっぱりね、欠点をつけないと人間光らないですよ。それで欠点探しを始めるわけですよね。だらしない部分って、男にはあるじゃないですか。

小山 そうですね。でも、それをさらけ出しているヒーローって、それまではあんまりなかったんじゃないんですか? 裕次郎さんや、健さんとかかっこいいですよね。少なくても、ドラマで描かれてい

るところは。

倉本 そうですね。情けないヒーローって、あんまりいなかったですね。日本のドラマにはね。

小山 それでヒーローの情けない部分を描いたから、『北の国から』はあんなに面白くなったんですね。

※

小山 『北の国から』には、いい役者さんがたくさん出ていらっしゃいますけども、キャスティングは先生の当て書きですか？

倉本 ほとんど当て書きですよ。岩城滉一なんて……。

小山 そのまんまな感じ（笑）。

倉本 でも、出られなかったんですよ。事件起こして、局はNGだったんですが、それを岩城を出してくれっていうことを、条件みたいにして。

小山 条件？

倉本 出演させること。岩城はどうしても欲しかったんですよ。少年にとって、兄貴みたいな存在って、とっても必要でしょ？　それも不良っぽいところがあるやつ。

小山 憧れますね。

倉本 そのキャラクターとして、岩城以外にいないと思って。局はまだダメだって言ってたんだけど

も、そんなこと言ってたら、岩城の一番いい時代が過ぎちゃうって、それで。

小山 草太兄ちゃん、いいですね。周りが明るくなります。

倉本 最初キャスティングするときって僕、陰と陽を考えるんですよ。黒板五郎って、田中邦衛さんは役者で言うと陰でしょ。つまり人間の感覚で言うと、長嶋が陽で王は陰じゃないですか。

小山 (笑)

倉本 石原裕次郎は陽で高倉健は陰。その直感的な陰と陽っていうバランスをうまく取るとドラマって成功するんですね。それで、邦さんは陰でしょ。で、純と蛍も陰だったんです。でね、あまりにも主役級が陰ばかり集まっちゃって、まわりにうんと陽を配さないと失敗すると思って。(いしだ)あゆみちゃんとか竹下景子とか、それで岩城ですよね。ガッツ石松とか。それでバランスを取ったんですね。

小山 音楽に関しては、さださんは? 普通だったら松山千春さんとか北海道の人がきそうな感じがするんですけど。

倉本 さだはね、テレビ局が連れてきたんですね。正直言うと気に入らなかったんですよ、あの曲「ららら～」ってやつ。僕は中島みゆきかドボルザークの「新世界」でいきたかったんですよ。

小山 へぇ～。

倉本 違った番組になっちゃったでしょうけどね。でも局は、要するに、どこか売り物つくってよってことで、それでさだを使わせようって言うんで。それでさだが曲をここでつくって、「あぁいいんじゃない」「しょうがない、これでいこうよ」なんて言って。そしたら局が作詞までさせようとするから、「お前が歌詞をつけると、なんか甘ったるくなっちゃうから、このままでいいよ」って。

小山 (笑)

倉本 「ららら～」で、あれで作詞さだまさしですからね(笑)。

小山 (笑)作詞?

倉本 そうですよ、あんないい加減な作詞ってないですよ(笑)

※

小山 先生の書かれる作品は『北の国から』もそうなんですが、台詞がとってもリズミカルですね。

倉本 僕は小学校に入る前の5歳ぐらいに読み書きを教

わって、親父が俳人だったんで、宮沢賢治をね、声を出して読むってことをやらされたんですよ。わけわかんなくていいから、とにかく大きな声で読みなさいと。それで読んでると、文章の韻律がわかってくるんですよ。宮沢賢治は韻律をものすごく大事にしてる人だから。『オツベルと象』とか『セロ弾きのゴーシュ』『貝の火』『風の又三郎』とか、あそこらへんをダーっとひたすら音読させられたんですね。これは体に染みついて、ものすごい武器になりましたね。

小山 じゃあ、倉本作品の源流のひとつは宮沢賢治が？

倉本 ありますね。それともうひとつその手前があってね。4歳のときに、親父が鳥の俳句ばっかりつくっている俳人だったんで、中西悟堂っていう野鳥の会の有名な親分と一緒に、僕を連れて年中山歩きしてたんですね。そのとき鳥の名前を僕、全部覚えちゃったんですよ。

小山 へぇ、4歳にして。

倉本 4歳にして。それで中西さんが僕のことを「神童」って書いた文章が残ってるぐらいでね。あとで「二十歳すぎたらただの人だった」って書かれましたけど。

小山 （笑）

倉本 それがね、親父が書いた『野鳥歳時記』って本にもあるんだけど、鳥の鳴き声を日本語にあてて教えられたんですよ。たとえばホオジロは「一筆啓上仕候《つかまつりそうろう》」「源平つつじ白つつじ」って鳴いてるとか。コジュケイは「チョットコイ、チョットコイ」って、日本語に。

小山 鳴き声を？

倉本 鳴き声を。ホトトギスは普通「テッペンカケタカ」だけど、親父は「特許許可局」がいいって、「聞きなし」っていうらしいんだけど、全部日本語の

文章に当てはめるんですね。それが子ども心におもしろくて、鳴き声を耳に入れて、それを文章に変えるっていう。

小山 じゃあ、鳥の鳴き声が、宮沢賢治の上にある。

倉本 上にあるんです。

小山 絶対音感の日本語版みたいな。

倉本 そうですよね。絶対音感ですね、ひとつの。今鳴いている鳥の声を日本語にしたらなんていうかっていうのを考えるとおもしろいですね（笑）。幼児期からそういう自然と文学みたいなのが結びついて、こう、刷り込まれたという恵まれた環境にあったことは事実ですね。

小山 やっぱりお父様の影響が、先生の根幹にあるんですね。

倉本 ものすごいありますね。だから親父は借金残して死んだから、恨めしかったんだけども、作家になって、その親父にはものすごい生前贈与されてたたなって気がしましたね。

※

小山 最近観てよかったなって思う、ドラマや映画ってありますか？

倉本 …ないですね。

小山 ないですか。何がいけないんだと思いますか？

倉本 （笑）確かに最近のアメリカ映画なんか観てても、おもしろいとは思うんだけど、心に残らないんですよ。だから昔の映画はよく見ます。フランク・キャプラとか、ビリー・ワイルダーとか、ジョン・フォードとか。あの時代の映画を観てた方が心に染みるんですよ。心と技術の問題かもしれないけど、技術的には稚拙といえば稚拙なんですよね。でもその中で必死につくってる作者たちの心がこっちを搏《う》ってくるんでしょうね。やさしいンですよ、気持ちが。

小山　はい（深々と頷く）。

倉本　要するにドラマって僕、感動を与えるものだって考えてるんですよ。今のはおもしろいんだけど、感動がなくなっちゃってるっていう。感動させてくれればいいんですけど。

小山　……はい。

倉本　泣くっていう感情にしても、笑うっていう感情にしてもすごく浅いんですよ。確かに泣けるものはあるかもしれないし、笑えるものもあるかもしれないんだけど。でも僕はもっと深いところで。……感動っていうのは、感が動くってことじゃないですか。だから「子宮で泣かして、睾丸で笑わせろ」って僕、いつも言ってるんですね。

小山　（笑）なるほど。

倉本　子宮はしんみりと泣きそうだし、睾丸はケタケタケタって笑いそうだし。子宮で泣かして、睾丸で笑わしたときに、身体の中が自分でもわからない顫動《せんどう》を始めてね。そのときに、わけがわかんないままに鳥肌が立ってくるとか、ゾクっとしてくるとか、それが感動だって思うんですけど、そういうものにお目にかからないですよね。

※

小山　先生が書くモチベーションって、どこにありますか？

倉本　僕のモチベーションは、常に〝怒り〟なんですよ。

小山　世の中への怒り。

倉本　これは変わってないんですよ。その怒りのモチベーションってのは、どんどん強く強くなってきちゃってるし、年取ると、怖いものがなくなるんですね。

小山　なるほど。やっぱり怒りが。

倉本　ストレートに出ます。なに言ってもいいやっていう。叩かれてもいいし、遠慮ってものがなくなりますでしょ。だからそれは、年寄りの特権だという気がしてるから、どんどん大胆になりますね。

※

小山　先生の所には、いろんなオファーがきますよね、こういうの書いてくださいって。

倉本　きません。こういうの書いてくださいってのは、僕だいぶ前からきてないんですよ。

小山　……出しても書いてもらえないだろうと思ってるんじゃないですか？

倉本　こっちが出すのを待ってるって感じですね。だから、何でも通るっちゃ、通るんです。で、テレビ局のスタッフが若くなっちゃったじゃないですか、僕はそういう気はないんだけど、いつの間にか大御所扱いされて、そうするとディレクターとディスカッションができなくなっちゃうんですよ。

小山 向こうが恐縮して、最初から引いてしまう。

倉本 そうするとね、なんか自分がわがままを言ったり、横暴を通しているような雰囲気になるんですね。そのことに対する自己嫌悪がすごく強くなっちゃうんですよ。だから今、僕は芝居に集中してますけど、芝居の場合にはもう本当に毎日のように、自分で自分の欠点を探して本を直すってことをしてるんですね。よっぽど自主規制しないと世の中に出して、恥ずかしいっていう感じになっちゃいますから。

小山 じゃあ今、なにか題材としてこういうの書いてくださいってお願いして、おもしろければ書かないことはないって感じですか?

倉本 書かないことはないと思うんですね。うんとおもしろいものがあったら。

小山 たとえば僕がプロデューサーとして口説きたいとき、どうやったらいいですか?

倉本 まずその、口説きの場に引きずり出すための、酒ですね。

小山 酒(笑)。

倉本 タバコが吸えて、酒が呑める。それがまず第一条件ですね。

小山 僕いつか考えてみてもいいですか?

倉本 いいですよ。いいですよって、あの…、少なくとも、酒の場までは行きます。

小山 それはすごい嬉しい(笑)。酒はちなみに、ウィスキー?

倉本 なんでも。なんでも、ですね。

小山 なんでも。イメージでは先生はウィスキーをロックグラスで…。

倉本 晩飯のときにはワインとか焼酎とかも飲むんですよ。で部屋へ帰って、そこからジャック・ダニエルになるんです。ジャック・ダニエルをダブルのロックで2杯必ず。

小山 毎晩ですか?

倉本 毎晩です。これはもう、欠かしたことがないですね。だから計算したら『北の国から』は、46万本のマイルドラークと、1400本のジャック・ダニエルで書いたってことで(笑)。

『北の国から』のその後

頭の中の『北の国から』

——2011「つなみ」

倉本聰

脚本家は哀しい物書きである。

そも脚本とはテレビ、映画等、映像製作の為の撮影台本のことであるから、小説のようにそれ自体完結した文学としては容易に認められるものでなく、為に何人もの優れた脚本家が小説の方へと転向して行った。藤本義一氏然り、向田邦子氏然り、隆慶一郎氏然り、池宮彰一郎氏然り。

僕が21年間書き続け、一生書き続けるつもりでいた『北の国から』シリーズの終結をテレビ局から告げられたのは、2002年のことである。それは僕にとって、大袈裟に云えば一つの生甲斐を奪われた出来事であり、それからの何年かを殆んど虚脱と放心の中で只ぼんやりと過すこととなった。

番組が終っても僕は現実に、その舞台である北海道富良野という北の国の世界に棲んでおり『北の国から』の登場人物たちもテレビのスタッフや役者とは関係なく、この土地に根を下ろし棲み続けている。

町を歩いていて生協に行けば、買物をしている中畑和夫の幻影に出逢い、ドラマの中で妻を失ったこの男は、新たに再婚した妻を伴ってワゴンを押しながら人参を選んでいる。冬の雪道で車を吹きだまりにはめ苦闘している町の電機屋のシンジユクさんに逢ったり、お盆の時期には里帰りしたらしい宮沢りえさんをふいに見かけたり麓郷に行けば相変らず汚い恰好で農道を歩いている田中邦衛さんの幻を見たり、拾って来た家で掃除をしている竹下景子さんをふと見かけたり。そんな妄想に近い不思議な感覚が僕の中に今猶確実に生きており、だからあのドラマの脇役たちに至る現在の情況を人に問われれば、一寸調べてみる時があってもそれら殆んどの人物たちの「今」を、あらまし答えることが出来る。

　純に子供を孕《はら》まされてしまったたま子は現在鹿児島県種ヶ島にいて二児の子を持つ母になっているし、純と結婚し離婚した結は、昔別れた亭主の父親トドこと高村吾平に守られて羅臼で暮している。宮沢りえさんの扮した小沼しゅうも亦帯広の豆腐屋に嫁に入って、しかし彼女は純の父である黒板五郎にある種父のような感情を抱いていたから、今や孤独な独居老人となった五郎の元へ、盆暮には必らず顔を出している。涼子先生は遠軽にいるし、成田新吉は鉄工場を息子の代へと今年渡した。

　そんな現実が淡々と進行し、あれから十年の歳月を経て富良野は駅前が再開発で大きく変り、今年旭川から帯広へ向かう広規格道路が北の峰の地中を貫通しかけている。

　町は道内各市の御多聞にもれず、ドーナツ化現象がどんどん進み、マクドナルドやケンタッキー、レンタルヴィデオ屋のゲオやホーマックの進出で外郭道路周辺に町の中心が移って来つつある。そんな中で。

去年、２０１１年3月11日。

突如として起こった東日本大災害が、黒板家の暮しにも大きな激震を否応なく与えた。その原因をもたらしたものが、蛍一家の被災であり、津波による正吉の行方不明である。

浪江町の蛍

　２００４年以来、笠松一家は福島県浪江町に定住し、正吉は消防士の資格をとって浪江町消防署勤務。蛍は看護師の資格を生かして南相馬市立総合病院に職を得、中学に進んだ長男快は浪江町第一中学校に通学して安定した日々を送っていた。

　２０１１年3月11日14時46分。マグニチュード9の巨大地震が東北地方を襲ったとき、蛍は入院病棟で勤務についていた。

　通信インフラの一斉破綻。その中で、在校していた快が学校ぐるみの避難によって避難所にいることを辛うじて知ってホッとする。だがそれも束の間、15時37分、福島沿岸に津波が押し寄せ、請戸《うけど》川沿いに内陸へ進行して漁協の倉庫がのみ込まれたことを知る。夫正吉とは全く連絡がとれない。

　病院内の被害は甚大。重症入院患者の世話にかけ廻る蛍たちのもとへ、原発事故の第一報が入る。同日19時3分、テレビで原子力緊急事態宣言を知る。同、21時23分。福島第一原発より半径3キロ圏内に避難指示発令。

蛍の勤務する南相馬市立総合病院はその第一原発から23キロの地点にある。

翌12日午前5時44分。第一原発中央制御室で放射能上昇し、半径10キロ圏内に避難指示が出る。そして同日15時36分、第一原発一号機建屋が水素爆発。半径20キロに避難指示。避難民の車の渋滞で病院の外の道路が混乱を極め、ガソリン不足が追い討ちをかけて交通インフラは麻痺状態に陥る。その中で僅かな時間を盗み、蛍は快との再開を果たすが、その快の口から救助に向かった消防団員が津波に流されたという情報を聞く。蛍の心に不吉なものがつき上げる。


純。

その後の純の人生は些か波乱に充ちている。

２００３年。純は結との結婚を果たし五郎と石の家で暮し始めた。仕事は相変らずゴミの収集。しかし五郎は若い二人が、狭い石の家で一緒に暮らすことに気を使い、拾って来た町に二年がかりで二人の為の家を建ててやる。（この家は実際に、麓郷、捨って来た町の中に建てた。）


そこで二人は蜜月を過ごすが、２００６年破綻が来る。

些細ないくつかのいさかいの揚句に、結は突然消えてしまう。狂ったように純は探すが結の行方は遥として判らない。落ちこんだ純を五郎は笑いとばす。

「オラも令子に逃げられた。お前も結ちゃんに逃げられた。これは、ま、黒板家の家系ってもンだ。アハハハ。」

それでも純は義理がたく、三沢のじっちゃんにかつての借金を返しつづける。そのじっちゃんが他界したのは２００７年の大晦日。金のことはもういい忘れてくれとじっちゃんが云い置いて死んだから純は肩の荷が下りると同時に一種の放心状態に陥る。その時間を何とか紛わす為に、純はゴミ処理の毎日のことを自分のブログに綴り始めた。

ところがこのブログに結構反響が来る。

何人かの常連アクセス者が出来、中でもコードネーム「メリー」なるアクセス者とは、殊にひんぱんに交流が始まる。そうしてある日このメリーさんは、実は自分がかつての純の初恋の人大里れいであることを告白する。


純の仰天。

れいは二年前離婚して一人東京で暮していた。れいと純とのメールによる交流が始まる。純の心に久方ぶりに、ほのぼのとした明るい灯がともる。れいは東京で、銀座のバーにつとめている。華やかな衣裳に毎晩身を包んで生きているれいは、未だにゴミにまみれて生きている純の姿の方がずっと眩しく見えると云ってくる。

そして純は7年ぶりに、れいと東京で再会を果たす。銀座の女になっていたれいは、しかし昔と変らず地味で清楚である。一間きりの質素な原宿のアパートに招かれて、恐々室内に入った時、3月11日14時46分。強烈な地震がアパートを襲い、それが東北を中心とする大震災であることを知る。

混乱の中で純は福島にいる正吉一家に連絡をとろうとするが全くとれない。富良野の五郎は電話を持たないからこれ又連絡の取りようがなく、第一テレビもラジオも持たない父五郎がこの災害のことを知っているのかどうかも判らない。

3月14日、放射能飛散の危険を受けて、南相馬市立総合病院では全職員を一堂に集めて、病院に残るか地方に非難するか各自の自主判断に任せるという苦渋の決定を発表する。

入院患者を抱える蛍は深刻な選択を迫られる。自分を頼っている患者を守ることと、放射能から子供を守ることと。当直明けの翌早朝、ベッドに眠っている患者の枕元に、握り飯二つをそっと置いて、誰にも告げず蛍は病院を出、避難所にいる快をつれ出して北へ向かう列車へと飛び乗ってしまう。行く先は富良野。

二日間かけて富良野に到着した蛍と快を、五郎は狂喜してベロベロ舐める。だが蛍の心中はそれどころではない。

行方の判らぬままの正吉のこと。看護師でありながら放置した患者。

快をとり敢えず五郎に預けて蛍は福島へとって返す。だが福島へ帰った蛍を待っていたのは、正吉が津波にさらわれて行方不明のままであるという絶望的な知らせである。半狂乱で瓦礫の山の中を、正吉を求めてさまよう蛍。その何日目かに瓦礫の山で黙々と正吉の遺体を探している純に蛍はばったりと出逢う。

オラは自然人だ

そんな具合に僕の内部で『北の国から』は進行している。黒板五郎は喜寿を迎えている。

突如現われた愛孫・快のことを、歳とって益々汚くなったこの男は、けものが我が子をいつくしむように、ひたすらベロベロ舐めまくって可愛がるが、既に中学に進学し、しかも福島の一応町の中で育って来た少年快には、その過剰な愛情は不潔さと無気味さしか感じさせない。

快は福島への脱出を考える。だがその福島の住んでいた浪江町は厳戒区域に指定されており、立入ることさえ許されていない。しかも父正吉の行方は遥として判らぬままである。

五郎にとっても勿論正吉の行方不明は、心ふさがる重大事である。だがこの男の神経はどこかで一本タガが外れている。津波もそれに続く原発事故も、それを天運として受けとめるという運命論的思考法がある。

大体彼はここ十数年、税金というものを国に払っていない。だから年金も受けとっていないし生活保護も受ける気がない。そういう資格は自分にはないと、雄々しくも男らしく自覚している。

そもそも自分を日本国民だとすら考えていないふしがある。

オラは日本人でない。オラは自然人だ。

その意味で彼は社会からどんどん離れ、今や哲学的境地の中にいる。

それでも彼は人間である。空気を吸い水を飲み、食い物を食って家族を愛するという、その家族への愛に関しては、何者にも負けないエネルギーを発揮する。生きて愛するという単純な行為は、自分の体の中にあるエネルギーを使うこと。それだけで出来る！と彼は信じている。

世間の常識からどんどん離れて行く彼の行動は、はたから見ていると滑稽であり、ある種悲哀に充ちている。

そんなこんなが今進行中の『北の国から』の現状である。

純はその後原発現場の瓦礫物処理の仕事に身を投じ、下請け作業員の末端として危険な現場に身を置くことになるのだが、この顛末を書き始めると長くなるので此処では書かない。

その後れいちゃんとどうなって行くのか。

もったいないから教えてやらない。

黒板一家は、とにかく生きている。

『文藝春秋２０１２年３月特別号』より

※編集部注：黒板五郎（主人公＝田中邦衛）、純（五郎の長男＝吉岡秀隆）、蛍（五郎の長女＝中島朋子）、令子（五郎の元妻、純、蛍の母＝いしだあゆみ）、宮前雪子（令子の妹＝竹下景子）、笠松正吉（純の幼なじみ＝中澤佳仁）、中畑和夫（五郎の同級生＝地井武男）、涼子先生（純と蛍の恩師＝原田美枝子）、小沼しゅう（純の元恋人＝宮沢りえ）、成田新吉（ボクシングジムの会長＝ガッツ石松）、三沢のじっちゃん（純と正吉の牧場の借金を肩代わりしてくれた恩人＝高橋昌也）

富良野塾出身人気脚本家と語る

倉本ドラマの裏側

数えきれないほどのヒット作を生んでいる倉本聰のテレビドラマ。そのヒットの裏側には、どんなドラマがあったのか？　富良野塾出身で現役の脚本家として活躍している３人に、倉本ドラマの裏側に迫ってもらった

吉田紀子
1959年山梨県生まれ、東京育ち。第２期富良野塾卒塾。主な作品「Ｄｒ．コトー診療所」「お見合い結婚」「恋を何年休んでますか」　映画「涙そうそう」「ハナミズキ」など。

田子明弘
1959年群馬県生まれ。第３期富良野塾卒塾。最近の作品に、ＮＨＫスペシャル「未解決事件 file.2 オウム真理教」、土曜ワイド劇場「事件」シリーズ（テレビ朝日）など。

白石雄大
1964年東京都生まれ。富良野塾第３期生。明治座舞台脚本　コント５５号主演「江戸の花嫁」「谺来る」「仇討ち物語　でんでん虫」「あらん　はらん　しらん」、NHK山形開局５０周年ドラマ「スキップ！」など。

浮浪雲

1978年4月2日〜9月10日　テレビ朝日

倉本　（吉田）ノンちゃん、今度時代劇書くんだろ？

吉田　はい。

倉本　僕は時代劇って何本か書いてるンだけど、時代劇の面白いところは、現代劇では書きにくい部分、たとえば政治汚職であるとかスポンサー絡みであるとかで、テレビ局に拒否されちゃう題材があるよね。そういうのも時代劇の中に入れ込むと書けるんだよ。どんなに大胆に書いても文句がこないっていう、隠れ蓑になるってのがひとつあるよね。

吉田　はい。

倉本　それが時代劇書くことの楽しみだね。そしてこれは現代劇でも出来ない事はないけど、お国柄っていうか、方言なんかをうまく使えることもあるよね。

吉田　お国言葉ですね。

倉本　大河ドラマで『勝海舟』をやった時、僕、薩長連合がね、なんであんなにうまくいかなかったかって考えて、言葉のせいじゃないかって思ったの。

一同　あぁー。

倉本　それであのときに、薩摩の人間には全部、鹿児島出身の役者を集めて、長州は長州の、土佐は土佐の役者を集めたの。それでとにかく自分ところの方言使ってめちゃくちゃにやれって言って。台本も全部お国言葉に直してもらって、だからめちゃくちゃな掛け合いなんですよ。わかんなかったら、字幕スーパー入れるからって。

田子　（笑）

倉本　土佐が間に立つんだけど、そっちも「なんとかじゃ

きにー」とか言うと、それも分からなくて、おかしい絵になって。……言語問題ってのは、ホント面白いよ。

一同 （笑）

倉本 逆に時代劇やって大変なのは、歴史上の有名人をやるときかな。勝海舟なんて『海舟日記』って全十何巻もあるんだよ。事細かに、何月何日何々って全部残っていて、本を脚色しようと思っても、もうすでに全部書かれちゃってるんだよね、行動が。それで弱っちゃって、どうしようって思ったわけだよ。ところがね、ある日ハッと気がついたのは、海舟は8人くらい女がいたんだよ。

田子・白石 8人！

倉本 （笑）でも日記には、そのことには全然触れてないんだよ。お糸とデートとかそういうこと書いてないんだ。これはやっぱり、人の日記というのは表向きのものであって、プライベートのことは端折ってやがるなってことに気づいたのね。じゃあ、それならそのことは自由に書いていいんじゃないかってことで、そこからパーッと開けたね（笑）。

吉田 そうなんですね。

倉本 でも、やっぱりどうしても史実に引っ張られるよね。特に海舟さんは史実にドラマが多いから。

一同 あぁー。

倉本 だからって訳じゃないんだけど、「勝海舟」の反動って言い方も変だけど、この史実にこだわるっていうのを、徹底的に排除してしまおうと書いたのが、『浮浪雲』なんだ。

田子 はい。……最初のト書きから「このドラマはフィクションであり、時代考証、その他、かなり大幅にでたらめです」。

倉本 （笑）開き直ったからね。そこでもう一気に「でたらめなんだな」って紙芝居を見ている気にさせちゃって、それで最後のテロップで「何月何日、坂本竜馬品川宿通過」っていうのがあるだろう。こっちはリアリズムなんだよね、史実。

白石 本当のことですね。

倉本 めちゃくちゃをやってる中に史実を放り込んで、お客をがちゃがちゃに引っ掻き回すんだよ。だからこの頃じゃないかな、僕が「子宮で泣かして、睾丸で笑わす」という言い方を始めちゃったのは。

一同 あぁ。

倉本 ふり幅を大きくして、もう内臓の底の底から揺さぶって（笑）。それでこそドラマの面白さが出るっていう。

吉田 すっごい楽しんで書かれている感じがしたんですけど。

倉本 楽しんだ。これと『6羽のかもめ』がやっぱり楽しんで書いたよね。

白石 沖田総司が一番最初いきなり「前略おふくろ様」とか言い出して。「僕はあんな人にはなれません」みたいな(笑)。いきなりすげーと思って。

田子 一番やんちゃな作品だったんですね。

倉本 やんちゃだよね。

吉田 それまでの時代劇で、あそこまでのものはなかったんじゃないですか。

倉本 あのね、あえて言うなら、川島雄三の『幕末太陽傳』があったよね。

一同 あぁ。

倉本 だけど、もっとはちゃめちゃにしちゃったけど。

田子 あの『赤ひげ』を書いた作家とはとても思えない。

倉本 (笑)

※

田子 浮浪雲は、登場人物のキャラクターがすごいですよね。

倉本 「雲」(父)って人物と「かめ女」(母)って人物と「新之助」(息子)って人物を、非常にうまく原作のジョージ秋山が書き込んでるからね。あれだけ人物のキャラクターが出来上がっていると、どんな風にストーリーを展開しても、その中でその3人がどういう風に踊るだろうっていうのが、もう見えてくるわけだよね。

田子 なるほど。

倉本 こういう波の中に叩き込むと、こいつらはこうなるとか、こういう嵐の中に入れるとこうなるとか。人物があそこまではっきりしていると、もう本って自由に書けるなっていうことがわかって。だから逆に言えばね、『浮浪雲』あたりから、人物を構築することの大事さっていうことをジョージ秋山に学んだよね。

田子 じゃあ先生ご自身は、キャラクターを作る部分の作業っていうのはしてない?

倉本 してない。多少、桃井かおりが演じることで。

田子 膨らんでる部分も。

倉本 膨らんだね。かおりを見てると、膨らんでくるし。

田子 そうですよね(笑)。

倉本 ただ制作の石原プロのコマサ(小林正彦専務)とモメたのは、「雲」をもっと超人的にしてくれって

浮浪雲

テレビ朝日にて78年4月2日から9月10日（全20回）放送。ジョージ秋山原作の劇画を倉本が脚色。浮浪雲の自由な生き様を描いた、幕末ニューファミリーのホームドラマ。「このドラマはフィクションであり、時代考証その他、かなり大幅にでたらめです」というテロップが毎回冒頭に流れる。

〈あらすじ〉

かつては武士としてその腕を鳴らした浮浪雲（渡哲也）も、今は、東海道・品川の人足問屋場「夢屋」の頭として妻のかめ女（桃井かおり）と平凡な毎日を送っている。くわえた煙管に着ながしの元禄袖、仕事もしないでただブラブラと文字通りの浮浪雲。ひとり息子の新之助（伊藤洋一）には変に大人びたところがあり、自由気ままにふらふらと女にうつつを抜かしっぱなしの父親を批判する。青田先生（柴俊夫）の塾で頭ばかり鍛えられ西洋医学の道を志す新之助に、父・浮浪雲が望むのは「健康に生きってほしいってことです」新之助「ほかには」雲「ありません」。青田塾でも体を鍛えるため剣道を始めたと聞いて、雲「だいたい近ごろの子どもときたら、頭でっかちばかり増えすぎてるンです。人間は本来首から上よりも、首から下を鍛えなくちゃだめです」。今日も雲ならではの教育が、ちょっと過激に新之助の人間性を磨いていく。

〈キャスト〉

浮浪雲	渡哲也
かめ女	桃井かおり
新之助	伊藤洋一
欲次郎	谷　啓
青田先生	柴俊夫
春秋親分	山本麟一
定八	志賀　勝
熊	小鹿　番
寅	佐藤蛾次郎
大吉	苅谷俊介
北八	片岡五郎
おちょう	岡田可愛
妙	泉じゅん
「ひさご」の親爺	木田三千雄
渋沢先生	笠智衆

言ってきたんだよね。

一同　あぁー。

倉本　バッタ、バッタと敵を切るっていうのを入れてくれって。要するに向うは「鞍馬天狗」を望んでたわけだよ。でも俺は全然入れなかったんで、年中ブーブーブーブー。だから視聴率上がんないいんだって言われたよ。

※

白石　「雲」は、ちゃらんぽらんな父親なんだけども、なんかこう、とっても魅力的ないい父親に見えるんですが。

倉本　息子の新之助は父親のちゃらんぽらんさを十分わかってるよね。

白石　はい、はい。

倉本　それから、そのちゃらんぽらんの父親に惚れきってる母親ってのもわかってるわけだよね。これはものすごい家庭教育だと思うんだよ。あの雲という人物にその意図があったかどうかはわからないけれど、自分のだらしなさみたいなものを見せるのは、息子への教育だみたいな……ものがあったような気がすんのね、『浮浪雲』自体に。

白石　ですよね。うん。

倉本　ただそれが一番楽だし、彼にとって。「おねえちゃん、アチキと遊ばない？」みたいなことを子どもの前でも言っちゃう。「もうまったく！」なんて、そこまで言っていいっていう嘘の状況ね。

吉田　息子が大真面目に相談しても「考えてもしょうがないじゃないですか」とか「どっちでもいいんじゃないンですか」って。それで新之助がキリキリとなるんだけど。でもその新之助さんのこと一番愛してるんですよね。なんか、彼のためなら何でもやるみたいな。……おもしろいですよね。

倉本　だからなんて言うんだろう。学校教育否定！みたいなところが、すごく徹底的に雲にあるわけだよね。

吉田　ありますね。

倉本　でも新之助は寺子屋で一生懸命勉強して偉くなっていこうという夢があるし。それに対する、世の中そんなもんじゃねぇんでしょ？　っていう雲の哲学があって。そのぶつかり合いがおもしろかったんじゃない？

吉田・白石　おもしろかったです。

倉本　それも、全部ジョージ秋山の原作からだと思う。

白石　新之助も、雲さんにもかめさんにも、意外と暴言を吐きますよね。

吉田　意外と言うんだよね。

白石　「ブス」とか、すごいこと言うんですよね。

田子　だからストレートにものを言う家族ってことですよね。

倉本　そうだね。だから社交辞令をはずしてストレートに感情を出していったときに、セリフってのはどうなるんだろうっていうのが、ひとつの実験だったよね。

一同　あぁー。

田子　そうですよね。先生のセリフとしては非常にストレート、直球のセリフが多いですよね。

倉本　うん。でもそれがおもしろさだった。

吉田　確かに、新之助さんってキャラクターは先生の描かれている子どもでは異質かもしれないですね。

倉本　うん。異質だよね。でもそれはジョージ秋山が書いてたからさ。それにのっただけだけど。

吉田　それを先生もすごく楽しんで、そこらへんをおもしろがって書かれてる感じがすごいわかりました。だからそれが後々、『北の国から』の「純」になったり、『君は海を見たか』の「正一」に広がっていくんですね。

君は海を見たか

1970年8月31日〜10月19日　日本テレビ
1982年10月15日〜12月24日　フジテレビ

倉本　『君は海を見たか』のさ、新しい『君は海を見たか』※のとき、正一が変わってたろ。俺、実はあんまり覚えてないんだけど……

田子・白石　全然違いますよ。

吉田　最初の正一はすごい優等生で、新作もいい子なんですけど、嘘をつく子になってます。

倉本　あぁ。

吉田　誰にでもわかるような嘘をついて、興味を引きたいがために。

倉本　だからね、あそこらから要するにストーリーを書くことのおもしろさから、人間を書くことのおもしろさに変わっていったんだと思う。人間を書かないとドラマはおもしろくならないっていう風な意識がはっきり出てきたんだと思うよ。

吉田　最初の『北の国から』のすぐあとに『君は海を見たか』の82年版が。

※1970年、最初の連続ドラマ（日本テレビ・全８話）のすぐ後に劇場版（大映・1971年）が作られていますが、ここでは1982年（フジテレビ・全11話）版を指します。

倉本　『北の国から』の純ってのも決して優等生じゃないでしょ？

吉田　全然違います。

倉本　だから『北の国から』を書いて、そのあと『君は海を見たか』をリメイクするってときに、前の『君は海を見たか』のつまらなさってなんだろうって読み返したら、正一を優等生にしちゃって、欠陥が書けてなかったんだね。つまりね、欠陥の書けてない人物って、やっぱり人間として書けてないんだよね。

白石　今、チャリーンでした。※

吉田　私も。……死んでしまう難病の子なのに、その子にあえて欠陥をつけて。

倉本　大概難病の子って同情を引かなくちゃいけないから欠陥なんか作らないってのが普通の発想だよね。でも欠陥を作ると、もっとその人間がリアルになっていくと。

吉田　それをすごく感じました。

倉本　たとえば交通事故で子どもが死んだりするとさ、「あの子はいい子だった」ってみんなが言うじゃない？　でもさ、「やんちゃだったけど、いい子だった」っていうのはまだわかるけど。完全無欠の人間だったみたいに報道されるだろ？　なんかあれって、抵抗ない？

白石　ありますね。

倉本　別にその欠点があるからってその子の価値が下がるわけじゃないんだよね。その子の命の価値が。

白石　そうですね。

吉田　その正一が、どうして嘘をつくかってことが、分かると、そこがまた悲しさを増幅させていくというか。

田子　そうですよね。しかも先生はその嘘つきというすごい欠点を、最終的にそれが親子の和解に見事に繋げていくという。

白石　そうそう。

田子　っていうのを覚えていらっしゃいますか？

倉本　覚えてない。完全に覚えてない(笑)。

吉田　(笑)なぜ嘘をつくかってのがわかるんですよ。それは本当は父親の愛情を引きたかったために嘘をついてたんだということがわかるんです。嘘がすごいキーワードになっていて、正一君が自分の病気を知ってしまった時も、「僕は死ぬ病気なの？」って疑う正一に、「そんなことはない」ってお父さんが嘘をつくんです。そのまま大学病院に引きずって行って、教授に「そんな病気じゃない」っ

※倉本は富良野塾卒業生に対し特別講義を行うが、そのとき目から鱗が落ちる発見や感動を受けるたびに卒業生が100円をグラスに入れることになっている。チャリーンはその音。

君は海を見たか

日本テレビ版70年8月31日〜10月19日（全8回）劇場版71年5月5日封切（大映）フジテレビ版82年10月15日〜12月24日（全11回）

〈あらすじ〉

造船技術者の増子一郎は、海底公園建設に没頭し、家庭を全く顧みない。妻亡きあと、ひとり息子・正一の面倒は同居している妹の弓子に一任。正一は建築中の新しい家にキャビン風の子ども部屋ができることを夢み、設計図まで書くが一郎はまともに取り上げない。そんなとき正一がウイルムス腫瘍に罹って余命3カ月と分かる。仕事一筋の一郎には、残された息子の時間をどうすればいいのか分からない。相談に行った担任の教師は、正一の描いた真黒な海の絵を見せて、海を青いと感じさせることが必要なのでは？と告げる。父は子を青い海に連れ出し、かけがえのない時間を過ごす。完成した子ども部屋は、正一が夢見た船のキャビンそのまま！　そして3カ月が過ぎ、逝ってしまう正一。野辺送りの数日後、担任の教師が送ってくれた正一の新しい絵には、輝くばかりの青い海が描かれていた。

〈キャスト〉

●日本テレビ版

増子一郎	平幹二朗
増子正一	山本善朗
増子弓子	姿美千子
立石俊彦	本郷功次郎
木口博士	小栗一也
為永博士	早川雄三
木宮佳子	野際陽子
門馬　修	寺田農
坂上部長	内藤武敏
大石先生	井川比佐志

●フジテレビ版

増子一郎	萩原健一
増子正一	六浦誠
増子弓子	伊藤蘭
立石俊彦	柴俊夫
秋元光男	田中邦衛
木口博士	下條正巳
木宮佳子	関根恵子
大石先生	小林薫
松下課長	梅宮辰夫
源吉	大友柳太朗

※映画版は、天知茂（一郎）、寺田路恵（弓子）、山本善朗（正一）

倉本 て言わせるんですね。そこらへんも嘘が大きなへソになって見事です。

倉本 ……そういうこと言われると、もうシナリオ書くのやめようと思ってたんだけど、また書きたくなってきた。

吉田 （笑）あそこ泣きますよね。

倉本 へぇ。読み返してみよ（笑）。

※

白石 82年の『君は海を見たか』で梅宮さんが演じた松下課長が、どんなに忙しくても釣りで土日を休むので、みんなに結構責められたりするんですけど。で、ショーケンに松下が、電車で帰るときに何度も見ていたはずなのに、景色を見たことがなかったって言うんですね。それがショーケンの心に響いて。最初のにはなかったんですよね、松下課長の役割の人。

吉田 新版のシナリオのあとがきに書かれてましたね。富良野に来られた観光客の中のサラリーマンの方が、自分が何年も通っている通勤電車の窓の外の景色すら見たことがなかったたって愕然としたって。それを聞いて、新しく書かれたって。

倉本 ……あぁ、そういうことあったかもしれないな。

田子 だから「君は子どもに海を見せたか」っていうのが前のテーマだけども、2作目は「君自身が海を見ていたか」っていうテーマに膨らませたんだよね。そう、そう、そう、そう。思い出してきた（笑）。『君は海を見たか』の登場人物の座標軸を考えてみたんですけど、新版の方は、ショーケンの座標軸と、その一方で松下課長と田中邦衛さんがやられた秋元っていう子どもとの時間を大切にする少年野球の監督というふたつの座標軸を立てたんですよね。

倉本 あぁ。

田子 まさに一郎とは対比的な座標軸を持ってるふたりがいて。その影響を受けて一郎の座標軸が動くじゃないですか、かなり大きく動いたと思うんですよ。でも旧版の方は、あんまり一郎の座標軸は動いてないような気がするんですよ。

倉本　その通りだね。それはやっぱり最初の『君は海を見たか』を書いたときの僕の技量っていっちゃ変だけど、後で書いたときに力の成長があったと思うのね。ただ3本多いってんじゃなくて、増やした3本をどう持っていくかっていう…。

田子　そうですよね。一郎に影響する座標軸っていう、それが昔のやつと新作との違いっていうのが鮮明に見えたんで、すごい勉強になりました。

※

吉田　最後に流れる谷川俊太郎さんの「生きる」の詩についてお聞きしてもいいですか。あれはどこから。

倉本　たまたまあの詩にぶつかったんだよ。

吉田　あぁ。出会われた。

倉本　出会ったんだね。これが変なもんでね。大切な事柄ってね、特になにか霊みたいなものに書かされているときって、くるんだよ。いいときにバンと、タイミングをはかったみたいにくるんだよ。それは自分の頭がとっても冴えているときだね。

吉田　はい。

倉本　あの「生きる」という詩が流れるのは、あれ誰の心情として流れると思う？　親父の心情として流れたと思う？

白石　正一君ですか？

倉本　いや。あれは作者の心情だと思うんだ。だからあそこでね、話の中に没入した作家がポーンと飛んじゃうんだよ。作品を空から見て、スポンとあの詩をおいてるんだよね。

白石　僕が新しいのを読んだときに、かなり悲劇なんですが、読んだ後はあたたかいというか、悲しいけど救われたような、優しい気持ちのなれたというか。

倉本　たぶん、それは谷川さんのあの詩がね、僕の視点として入ってきたっていうことが関係がある思うんだよな。

吉田　そうですよね。俯瞰できるというか。最初の作品は、辛すぎるんですよ。だけど新作であの「生きる」の詩が最後に映るところで、浄化されるというか。すごいやさしい気持ちになれるんです。すごい叙情的というか、あたたかくなっていくというか。ピリピリと切り裂かれるような最初の作品から、人間味とか、あたたかさとか、そういうのがどんどん、加わって、改稿っていうのはこういうもんなんだって。

田子 なおかつ、この詩が正一の嘘の材料として使ってるってのは覚えていますか、先生？　正一が自分で書いたって嘘つくんですよ。

倉本 あの詩を？

田子 先生、自分で書いて（笑）。看護師さんがすばらしいって言って院内新聞で刷っちゃうんです。それで嘘だってばれて、あわてて回収するっていうコメディになるっていう。

倉本 あっそう、それ覚えてない。

吉田 それが最後の最後の最後につながって……。

田子 そういうすばらしい使い方をしてるんですよ、先生！（笑）

倉本 …冴えてたんだな。なにかがのってくれたんだね。のってくれて書かされたものは全然覚えてないよ。そういうことはよくあるね。いつも言ってるように、僕らはいい楽器であって、なにかに奏でられることが一番だから。

白石 チャリンですよ（笑）。

田子 チャリンですね。

吉田 本当にいい音色でした……。

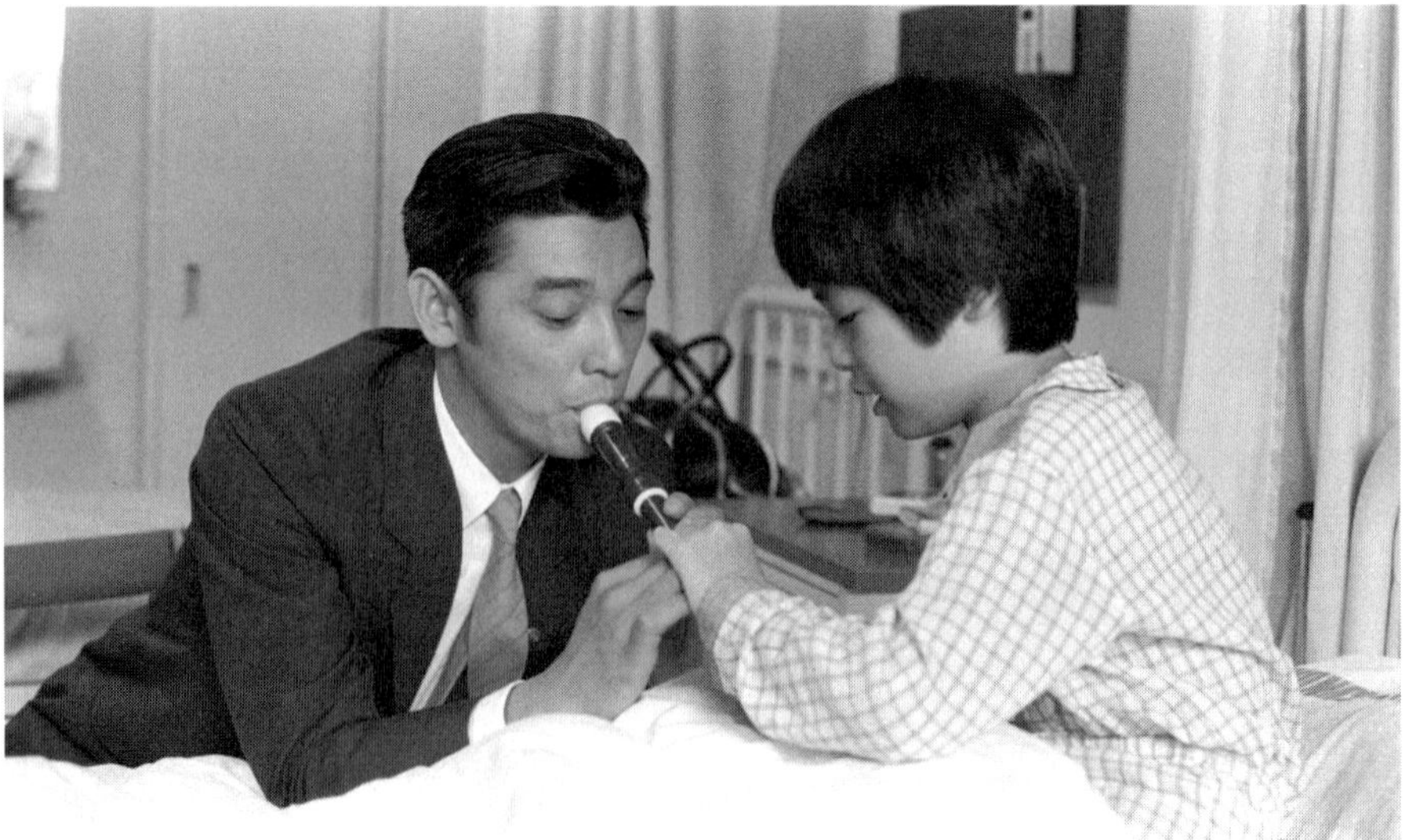

『君は海を見たか』（82年フジテレビ版）団塊の世代で企業戦士の増子一郎（萩原健一）は、息子・正一（六浦誠）が不治の病で余命幾ばくもないことを知り、残された時間をかけがえのないものにしようとする

6羽のかもめ

1974年10月5日～1975年3月29日　フジテレビ

吉田　『6羽のかもめ』で「さらば、テレビジョン」※を最後に持ってくるというのは、最初から構想はあったんですか？

倉本　あったね。最後の最後っ屁みたいに。

白石　（笑）それはある意味先生のそのときのお気持ちを表してるんですか？　怒りのエネルギーって？

倉本　もうあれは怒りのエネルギーですよ。だって書き終えたときには、次の仕事も決まってもいなかったし。

吉田　先生さっき『6羽～』の方はすごい楽しんで書いたって。

倉本　モチベーションは、怒りのエネルギー。実際に書くときには楽しんだよ。狂ったというか。

吉田　（笑）創るということは狂うということなり。

倉本　うん。

吉田　モチベーションは、怒り。

倉本　NHKとケンカして、もうやめようと思ってたから、トラックの免許も取りに行きかけていたし、だからシナリオライターもこれでいいと思ったから、もう最後っ屁みたいにテレビ局掻き回しちゃおうと思って。それに嶋田親一と中村敏夫（フジテレビ）が、もう何でも書いていい！って言うからさ。とにかく「書くぞ！」って、それで書き始めちゃったんだよね。

吉田　前半と後半とでは、だいぶ趣が違うように感じたんですが。

倉本　最初の方はね、あんまり僕を出したらまずかったわけだよ。一応NHKとの契約もまだあったし、だから僕の名前じゃなくて、「石川俊子」って名前で書いたのよ。

吉田　そうでしたね。渡哲也さんの奥さんの名前で。

倉本　だから次第に出していこうと思って。

田子　最初はセーブしてたんですか。

倉本　セーブしてたよ。

吉田　でもその怒りをコメディというか笑いに変えて作品として世に出されているわけですよね。

倉本　でも全部ブラックユーモアだよね。言ってみれば。あそこに出てる笑いは。

白石　『6羽のかもめ』の秋刀魚《さんま》※の話ですが。

倉本　秋刀魚は、実話なんだ。まだ善福寺にいたとき、家

※最終話は、かもめ座が通うテレビ局が開局20周年記念にドラマ『さらばテレビジョン』を製作する内容。国が「テレビ禁止令」を発令し、テレビはヤミでしか見られない近未来の日本が舞台の記念的ドラマ

で書生みたいにしていたやつが、絶対秋刀魚の頭を反対に置くんだよ。右を頭にして、違うってカミさんが言っても、これでいいです。うちのおふくろがそう言ったんです。こいつ頑として聞かないんだよ。で、この頑固さにさ、どうでも良くなっちゃってさ。それでドラマにしちゃったんだよね。でもね、秋刀魚の右か左かでドラマにできたってことを発見したときはね、すごくうれしかった。「あっ、これだけでドラマってできちゃうんだ」って。

吉田 ものすごい発見ですね。

田子 先生が〝ドラマチック〟を、ドラマとチックに分けて話されるのを聞いたときに、『6羽のかもめ』ってそういうチックの集大成だなって気がとてもするんですが。

倉本 うん。チックでいこうって思った。そのチックの根源はどこにするかっていうと、人のこだわり、こだわるってことにその当時めちゃくちゃこだわったね。だからたとえば、切符屋の態っていう。

白石 はい、はい。

倉本 飛行機の切符は絶対に取ってくる。取れなかったら、自分のステイタスがなくなっちゃうみたいな。盆でも暮れでも正月でもね。「なぜこいつ、こんな

『6羽のかもめ』左より「ウルトラ・ボニータ」の主役・田所大介（高橋英樹）、「困っちゃうんだよなー。まったく」とぼやく清水部長（中条静夫）、マネージャーの川南弁三（加東大介）、キップのクマこと小熊義彦（藤岡琢也）

※ドラマ＝筋書き、チック＝ケチな風情

6羽のかもめ

フジテレビにて1974年10月5日から75年3月29日(全26話)。倉本は当時この作品について「ホームドラマのつまらなさは、登場人物に哲学のないことである。哲学のない人間は見ていたってちっともおもしろくない。ここに登場する人物たちは、それぞれ何らかの哲学を持っている。ごくごくつまらないケチな哲学だが、ひどく自分たちの哲学にこだわって生きている。だからこそ彼らの周りには、本物の笑いがあり、生きることへの力の源がある」(「テレビドラマ全史1953―1994」TVガイド編)と語っている。

〈あらすじ〉

200人もの大劇団「かもめ座」は、団員同士の仲間割れが原因で分裂、6人を残すのみ。座長で女王たる大女優・犬山モエ子(淡島千景)。若い二枚目俳優・田所大介(高橋英樹)。文芸部員・桜田英夫(長門裕之)。その妻である女優・水木かおり(夏純子)。新人女優・西条ひろみ(栗田ひろみ)。そして彼らの生活の為に自ら役者を退役してマネージャーとなった、老優・川南弁三(加東大介)。分裂以来6人は、それまで忌避していたテレビジョンの世界に身を売ることでまず生活を安定させんとし、かもめマンションに共同生活を営みながらテレビにあけくれる生活を始めた。(脚本の「はじめに」より)

〈キャスト〉

犬山モエ子	淡島千景
田所大介	高橋英樹
川南弁三	加東大介
西条ひろみ	栗田ひろみ
桜田英夫	長門裕之
水木かおり	夏純子
ミネ	ディック・ミネ
清水部長	中条静夫
小熊義彦	藤岡琢也
田所正一	大滝秀治
吉沢直子	黒柳徹子
北村五郎	宮口精二
中原プロデューサー	蜷川幸雄
作家(男)	山崎努

時期に切符が取れるんだ」って奴いるんだよ。

田子 はい。

倉本 とにかくこだわる人間のおかしさって、そこに命をかけているわけだよね。大したことないことに。人のこだわる姿ってさ、脇から見てるとおかしいんだよね。

白石 そうですね。……「電気乾燥機」の清水部長って、あの中条さんのキャラって言うんですか、飄々として。あれもやっぱりモデルがいたんですか？

倉本 あれは、モデルがいるよないないような。「困っちゃうんだよなー。まったく」ってボヤく奴はいた。それを中条さんが膨らましてくれたよな。普通のだとあんなにおもしろくならなかったと思うけど。

白石 本読みとかもやったんですか。

倉本 本読みのとき、吹き出しちゃった。真面目な顔して云うんだもん。

田子 あの無表情で（笑）。

※

吉田 劇団員に設定しようっていうのはどこから？

倉本 あれはさ、うちのカミさんがそのとき入ってた「雲」って劇団が文学座から分裂して、いろいろな劇団が出来たんだよ。「雲」が「円」になったり、一方に杉村春子という女王がいたりで、その分裂騒ぎを見ていてさ、やっぱ面白かったんだよね。

白石 劇団のマネージャーが主人公のドラマって、それまであんまりなかったんじゃないですか？

倉本 なかっただろうねぇ。

吉田 バックステージものってあんまりなかったんじゃないですか。

倉本 そうだね。バックステージものってやっぱり、敬遠されてたんだよね。それをぬけぬけとやっちゃうと（笑）。それに、バックステージってさ、調べなくっていいんだよ、俺にとっては。

白石 そうですよね。

倉本 あまりにも材料がいっぱいあるから。だから楽だったよ。

吉田 当時も、マネージャーさんは苦労されてたんでしょうね。

倉本 これはもう……僕はね、役者もそうだけど、マネージャーとの付き合いがすごく広かったんだ。あの頃はね、女性で優れたマネージャーがいっぱいいたの。その下にまた、ついてるマネージャーがまた優れてて。当時のマネージャーってすごくてさ、僕らの台本がテレビ局に刷り上がってあるじゃない？

白石　サーッと持っていっちゃうんだよ。で読んで、その中の小っちゃい役をこれから売り出そうってやつにふって、「この役ちょうだい」ってくるんだよ。
倉本　(笑)うん。
一同　みんなそこそこきれいでさ、優しくってさ、でも冷たくすると化けて出て来そうだっていう。
倉本　(笑)
吉田　そういう女のマネージャーが周辺にウヨウヨいたのね。
倉本　なんかそのセリフが先生、ありました。冷たくされると化けて出るって。プッて笑っちゃったんですけど。
白石　黒柳徹子がマネージャーの役やった。
倉本　(笑)あんな感じだったんですか。
　ホントにあんな感じだった。それで彼女たちの悲哀っていうのは、僕は結構よく知ってたんだよね。だから本当はマネージャーの方を淡島さんにしようかとも思ったんだけど。
一同　へぇー。
倉本　でも淡島さんは大スターだったからさ、大スターになっちゃって。それで加東大介さんをそっちに回したンだよね。

前略おふくろ様

第1シリーズ1975年10月17日〜4月9日　日本テレビ
第2シリーズ1976年10月15日〜4月1日　日本テレビ

倉本　札幌時代に受信したことは大きかったネ。考えてみたら、その前東京で結構売れてたけど、業界のやつとばっか会ってて、利害関係のあるやつとばかり会ってて、なんで本書けたんだろうって我ながら不思議に思ったよね。
田子　その札幌時代に、『前略おふくろ様』を書かれていますね。
倉本　「いりかせ」っていう料亭の当主と知り合って、岩内まで行ったのね。岩内って大火があったとこで、そのときにこれだけは持ち出したっていう〝餞別帳〟っていうものが数冊あってさ、それ見せられてぶったまげたんだ。ひいじいさんが東京に板前の修行に行って、築地の金田中みたいなところを辞めるときに餞別をくれるわけだよ。花板の名前があって、何々兵衛何十銭とか、女将一円とか書いてあって。その後客が並ぶんだよ。それが伊藤博文2円50銭とかさ。山縣有朋なんとか、とかさ。ぶったまげちゃったんだ。

田子 すごい顔ぶれですね。

倉本 うん。その巻物みたいな餞別帳を持って次の店いって、「自分はこういうものです」って、それが履歴書になるんだよ。そんなものがあるの知らなくてさ。それが『前略』書いた一番の動機だね。

田子 ほぉー。それまで板前の世界は興味はあったんですか。

倉本 あんまりなかった。ただススキノで呑んでるときってのは、ひとりだから板前と話すってのはあるじゃない？

田子 そうですね。

倉本 だから板前、否応なく興味持つよね。魚のさばき方とかね。それでちょうど、ショーケンが何か書いてくれよって言ってきて。で当時、ショーケンが「前略、おふくろ」って歌を出して、「これ、タイトルにいいな」って思って、それで『前略おふくろ様』ってつけて。

田子 タイトルが先に決まった？

倉本 先に決まった。それで、字のあまりうまくないやつが辞書を引き引き手紙を書くというシチュエーションをくっつけて、で田舎の山形におふくろを置いて、あまり画面には出すのやめようと、それで田中絹代さんにしようって、そしてあれ、ナレーション使ったでしょ。

白石 はい。

倉本 こないだ太一さんと対談したときその話が出たンだけど、僕は太一さんのおかげであのナレーションを使ったと。僕は日活だったから、日活はナレーションと回想形式は書いちゃいけないって禁止だったの。ところが太一さんの松竹はね、そういう形式はなかったのね。

田子 ほぉー。

倉本 それで、太一さんはね、「それぞれの秋」っていうので、小倉一郎でナレーションをいろいろ使って面白かったんだよ。で、聞いたらね、あれはサリンジャーの「ライ麦畑でつかまえて」からパクッたっていうんだよな。まぁ、パクッたっていうか、あれの影響を受けてつくった。

田子 ほぉー。

倉本 僕はそれの影響を受けて、『前略』のナレーションをつくったんだけど、そのとき僕がニッポン放送のラジオ時代にやった、山下清の「裸の大将放

前略おふくろ様

日本テレビにて1975年10月17日から76年4月9日（第一部・全26話）、76年10月15日から77年4月1日（第二部・全26話）。74年に亡くした母への思いが「りんりんと」（74年・HBC）を書かせ、田中絹代が再び母を演じたのが今作。『愚者の旅』によると、倉本は「母への鎮魂曲《レクイエム》だった」と語り、母の死後、トランクから出てきた若き父が母に宛てて書いた恋文を見て、「母にも青春があったということ」を知った衝撃が「前略〜」を書かせたとある。続編放送中に、田中絹代が死去。最終回のエンドロールが、あいうえお順で流れるのは倉本の意向。

〈あらすじ〉

年老いた母を郷里・山形に残して東京・深川の老舗料亭「分田上」（第二部「川波」）で板前修業をするさぶ（萩原健一）。板場には心酔する花板・秀次（梅宮辰夫）がおり、いなせな鳶の半妻（室田日出男）は、さぶと同じく母親のことになるとからっきし。鳶頭のひとり娘かすみ（坂口良子）に恋心をときめかせ、親戚の海（桃井かおり）には振り回されっぱなし。海を「青春的に」愛し続ける利夫（川谷拓三）は喧嘩っ早くて泣き上戸。次から次へと起る事件に振り回されるさぶの一番の心配事は、兄たちとうまくいかない蔵王に残した母の身の上。

〈キャスト〉

片島三郎	萩原健一
村井秀次	梅宮辰夫
浅田ミツ子	丘みつ子
浅田ぎん	北林谷栄
浅田平吉	桜井センリ
岡野　海	桃井かおり
岡野次郎兵衛	大滝秀治
渡辺かすみ	坂口良子
渡辺甚吉	加藤嘉
渡辺組・半田妻吉（通称：半妻）	室田日出男
渡辺組・利夫	川谷拓三
板前・政吉	小松政夫
片島益代	田中絹代
竹内かや	八千草薫（第二部）
竹内冬子	木内みどり（第二部）
三宅花江	岸田今日子（第二部）

浪記」の、山下清の語り口の、「なんとかだな、やっぱり」っていう、「やっぱり」は使わなかったけど、「だからなんとかなので」っていうのは山下清からきてるんだよ。それは『北の国から』の純に発展するんだけど。だから元々は山田太一さんだよ。

一同 （笑）

田子 その語りをやろうって考えたときに、どういうルールでやろうって…。

倉本 ショーケンなんかペラペラよく喋る方だけど普段。

田子 普段。そうですか。

倉本 普段饒舌だよ、あいつは。でその頃、健さんと付き合い始めて、で、困っちゃったんだよね、健さん喋んないから。ひとつの答えまで3分、5分平気で沈黙するんだよ。で、こっちは気を悪くしたんじゃないかって思って、次の言葉を一生懸命言うと、前に対する答えが返ってきたりするわけだよ。

一同 （笑）

倉本 それでこの人は、その無言っていう間って、やっぱりこの人なりに考えているんだって、インナーボイスがあるんだっていうことに気づいたわけね。

吉田 インナーボイス、心の声ですね。

倉本 それで、地方出のコンプレックスがある男が、都会のやつにベラベラまくしたてられても言い返せないけど、口の中で「……そんなこと言ったって」みたいなことを言ってることがあってもいいしね。それから「おっしゃる通りです」って言いながらさ、「冗談じゃねぇよ」って言葉と裏腹なインナーボイスが出てきてもいいし、それを使うとってのはおもしろいんじゃないかって思い始めたんだ。それでああいう形態をとったわけね。

田子 そのインナーボイスを言いながら、たとえば「前略おふくろ様。前略おふくろ様…」その後なにも言わないとか。インナーボイスのインナーボイスがあるような。

倉本 そういうことだよ。インナーボイスの中でもインナーボイスが出てこないってことあるでしょ。

白石 そうですね。そんなに自分の心ってはっきりわかるわけじゃなくて。自分がなに考えてるかわからないけど、なにかは考えてるわけで。インナーボイスのインナーボイスって。なるほどなぁ。

倉本 それをやってるとさ、その道が深くなるんだよ、

田子　なんか変に。それやってて面白かったね。

倉本　あとリズムが、それで出てくるっていう効果がありますよね。

一同　だからね、『前略おふくろ様』のとき、ナレーションを録るのに、僕毎回立ち合った。

倉本　あぁー。

ものすごくしつこく立ち合った。「違う」って言って、ショーケンに。ショーケンは勘がいいから、2、3回目でパッとつかむんだけどね。純のときもそうだった。純なんかわからなかったよね、最初。子どもだし。まずディレクターがわかんないんだよね（笑）。

※

田子　あの、サブのキャラなんですけど、とても受身なキャラですよね、サブって。いろんな人からものを頼まれて。いろんな人から秘密を託されて。

倉本　うん。

田子　それでその間で板挟みになって、っていうことの連続でそれがどんどんどんどん、連鎖的にドラマが転がっていくって、サブのキャラがドラマになっているところが非常におもしろいなって思うんですけど。

倉本　サブの魅力ってのはさ、それまでショーケンは「傷だらけの天使」やグループサウンズのヒーローだったし、あの頃のヒーローってのは、石原裕次郎も、原田芳雄も松田優作にしても、自分よりも強い者はいないんですよ。

田子　そうですよね。

倉本　自分がトップに立っちゃうっていうキャラがずっと流行ってたんだよ。僕はそれじゃあね、相手が光らないんじゃないかって。健さんを見てごらん。健さんの任侠ものって健さんが絶対に尊敬してやまない人がいるんですよね。その人に対しては絶対に隷属なんだよね。

田子　うん。はい。

倉本　理不尽でも隷属する。そうするとね、その隷属している相手が光るんじゃなくて、健さんが光ってくるんだよね。その線をいこうと思ったわけ。サブちゃんの上に頭の上がらない人間を、いっぱい置いたんだよ。

田子　いますよね。

白石　ほとんど全部（笑）。

一同　（笑）

倉本　梅宮大きい。女将さんは大きい、若女将は大きい。

それから女中たち大きい。小松政夫大きい、それから半妻の暴力的なのにはかなわないって。そのことでね、光らせたんだよね。

田子　なるほど。

倉本　だからそのときに、その困ったときに言う言葉が「前略おふくろ様」って、そっちに逃げるわけだよ。

白石　（笑）

倉本　サブちゃんとしては、せめて海に対しては上に立ちたかったんだけれども。結局海に対してもステイタスが低くなっちゃうっていう、だからね、ステイタスって問題は大事なんだよね。ステイタスって、外国の演劇学校では身分っていう意味じゃなくて立場なんだよ。だからこのステイタスをはっきりすることでドラマって出てくる。

白石　先生は、基本的に当て書きされますよね？

倉本　あぁ。

白石　海ちゃんのキャラは、桃井さんありきで当然、いってるんですか？

倉本　あのね、最初の1、2話は違ったんだよ。

白石　違うんですか？

倉本　かおりはまったく誤解して役をつかんだんだよ。1話の海なんてひどいもんだよ。見直してごらん。まったく、突拍子もない取り違いしてるから。で、3話くらいでね、立ち直ったの。それからは、もうどんどんこちらを越えていったの。

田子　桃井さんのキャラって独特ですね。

倉本　かおりに「今日はどんな感じだ？」って聞くと、「うーん。シーンと寂しい花盛りっていう感じ？」なんて言う。

一同　（笑）

倉本　変な言葉を使うんだよ、あいつは。シーンと寂しい花盛り、ねぇ。なんかわかんないような感じがするけど、わかるような感じも…。これ、言葉づくりの名人だよね。だから印象、感性の人間だよね。感性派女優だよね。

白石　桃井さんが「恐怖の海ちゃん」で登場してきて、サブとかをぐちゃぐちゃって引っ掻き回す、この台風の目みたいな存在に、最初からしようと？

倉本　いや、途中から台風の目にしたくなっちゃった。だって現実に台風の目なんだもん。

一同　（笑）ほぉー。

倉本　だから俺、あん中で一番気に入っているのは、結局サブに論破されてなんにも言えなくなって、

「お兄ちゃんは神様?」っていう(笑)、あのセリフ、僕は大好きなんだけど。

田子 (笑)。

倉本 「海は人だから、うまく言えないよ」って泣き出しちゃうっていう、あのセリフも僕は今でも好きだね。

吉田 すごい刺激を与えてくれた女優さんですね。

倉本 まったく、刺激を与えてくれたね。だからあれはね、役者に刺激されて書いたよね。ショーケン、かおり、それから八千草さん、梅宮、川谷、室田っていう、みんなに刺激されまくって書いたね。だから書いてて楽しかったよね。ジョージ秋山の『浮浪雲』じゃないけどね、生身の人間が生きてるからさ。

田子 そうですよね。

白石 その頃の室田さんとか川谷さんは、それほど有名ではない?

倉本 まったく有名じゃない、最初は。ピラニア軍団(斬られ役専門)の一員だったから。

白石 そうですよね。でも半妻さんという役と利夫さんという役、もう最初っから飛びぬけているというか。

倉本 川谷はね、「仁義なき戦い」のドキュメントで、切られ役のインタビュー受けててね、切られるときの心得はどうなんですかって聞かれてね、「生きたいと思うことです」って言ってるのね。『生きたい!』って思うことをどう表現するか、切られ役のテーマです」って、俺すげぇこと言うなと思って。

田子 ほぉ。

倉本 で、川谷にセリフってのは、インナーボイスって言葉は当時僕まだ使わなかったけど、相手に何かを言われたときに、「こう言ったらわかってもらえるだろうか」「こう言ったらわかんないだろうか」って、自分でその言葉をひねり出す時間を取

るだろ？　その時間が演技なんだよ。って言ったんだよ。そしたらあいつが本読みでね、「（長い沈黙）……あれっすよ」って言ったわけだよ。

一同　（笑）

倉本　これがさ、えらいウケちゃったんだよ。だから何でも「（長い沈黙）……あれっすよ」「（長い沈黙）……違うんじゃないっすか」前の長さとその次の言葉の早さと、それがあいつの特徴になっちゃったんだよ。それはおもしろかったよね。

白石　おもしろかったですよね。

吉田　それが本読みで、ですか？

倉本　本読みで。だから本読みってそういう意味でとっても大事だと思うんだよね。

白石　とにかくこの『前略』のそれぞれのキャラクターのおもしろさっていうのは、もう本当ずば抜けてますよね。

倉本　でもあれは本当に役者がよかったんだろうね。今、半端な役者であれやったって、ちっともおもしろくないと思うよ。監督も面白さを理解してくれて、それでどんどん面白くなっていったんだね。

風のガーデン

2008年10月9日～2008年12月18日　フジテレビ

田子　緒形さんもそうですし、田中絹代さんもそうですし、加東大介さんも、みなさん先生のドラマが遺作になってしまいましたが。

倉本　それはあんまり気持ちのいいものでないかっていうと、あまりそうも思わないね。まぁ遺作が書けたってのと、確かに悲しいことなんだけど、絹代さんの場合も拳さんの場合もなんか成し遂げたっていう感情が相手から出てきたから。それで救われたよね。

吉田　みなさん、素晴らしい演技でしたしね。

倉本　拳さんは死ぬ5日前かな、『風のガーデン』の打ち上げの席に出てきたんだよ。そこでみんなで呑んで。さよならって言って、手振って送って、そのあといきなりだからね。でも拳さんとはね、ずいぶん富良野でいろんな話をしたね。

田子　あぁ、そうなんですか。

倉本　一番最初の撮影で、拳さんは末期医療やる役で、

風のガーデン

フジテレビ開局50周年記念作品として製作された全11話の作品。２００８年10月９日より12月18日まで、毎週木曜日夜10時から1時間枠で放送。主人公の父親役で出演した緒形拳が放送開始直前の10月５日に亡くなる。主題歌「ノクターン」を歌う平原綾香が出演もした。

〈あらすじ〉

東京・高林医科大学の麻酔科准教授・白鳥貞美(中井貴一)は優秀な緩和医療のエキスパート。女性遍歴も多彩で、それがために故郷・富良野で妻・冴子を自殺に追いやり、子どもたち、ルイ(黒木メイサ)と岳(神木隆之介)を残して、父・貞三(緒形拳)のいる実家とは絶縁状態にあった。体の不調を感じた貞美は、自分が末期の癌で余命いくばくもない状態であることを知る。己の死を覚悟した貞美は、最期に家族に会いたいと、母が残した「風のガーデン」というイングリッシュ・ガーデンで働く子どもたちの元に向かう。知的障害を持つ岳は、隠れて自分を見守る貞美を天使ガブリエルだと信じ、貞美も「ガブさん」に成りきり、息子との最期の時間を楽しむ。貞美を憎んでいたルイとも和解し、終末医療を専門とする父も貞美の病状を知り、貞美を迎えに来る。ガーデンの花が終わる秋、貞美の命も天に召される。

〈キャスト〉

白鳥貞美	中井貴一
白鳥ルイ	黒木メイサ
白鳥 岳	神木隆之介
白鳥貞三	緒形拳
小玉エリカ	石田えり
上原さゆり	森上千絵
石山 孟	ガッツ石松
石山 修	平野勇樹
宮内明	白石雄大
水木三郎	布施博
氷室 茜	平原綾香
内山妙子	伊藤蘭
二神達也	奥田瑛二
二神香苗	国仲涼子
上原春江	草笛光子
谷口冬美	木内みどり
農家の老人	大滝秀治

大滝秀治さんを診るシーンだったの。そのシーンに僕、つきあったんだよね。したら終わった後、拳さんが「倉本っちゃん、さっき大滝さんにすげーこと言われちゃったよ」って。「なに?」って聞いたら、「君！元気と健康はまったく別物ですからね」って言われたって言うんだよね。「いい言葉だろ?」っていうから、「いい言葉だね」って言って。元気と健康は全然別物って、その通りだなって。拳さんとはすごくいろんな話をしたんだけど、特にね、絵の話、美術の話をね。

※

田子 座標軸のところを聞きたいんですけど、たとえば五郎さんって人は座標軸が動かない人ですよね。自分の座標軸をちゃんと持ってて、その座標軸に向かって進んでる。

倉本 そうだよね。文明の恩恵を受けてない代わりに文明というものにすがってない、と言えるよね。それがひとつの座標軸といえば座標軸なんだよ。

田子 はい。だから登場人物の座標軸が動く人物と、動かない登場人物があると思うんですよね。あと、座標軸が細くて揺れてるんだけど、それが成長して幹が太くなって、しっかりどっしりしていくタイプと3つぐらいあるのかなと思うんですけど、いかがでしょう、先生。

倉本 『北の国から』ってのは長いドラマだったからね。21年間続いたドラマだったから、純みたく座標軸が変化してくるっていう、ゆっくり動くことができるドラマだよね。『風のガーデン』の場合だと、死っていうものが目の前にぶら下がっちゃったときに、人間の座標軸って崩れてくるよね。そういうことってあると思うんだよね。

田子 崩れてくると座標軸を見失うってこともありますよね。

吉田 貞美の場合なんか、今までの価値観が全部崩れていったんですか?　死を前にして。

倉本 僕は逆の言い方をするとあの死というものは、予定されたものだよね。あれだけ破天荒な、すぐ女に手をつけちゃあ…いわゆる悪いことをさんざんやってきて、早く死ぬっていう人生って、ひとつのつじつま合わせなんじゃないかって気がしてるんだよ。

吉田 つじつま合わせ……

倉本 毎年雪見てさ、「今年は雪少ないな」と思ってると、最後にどっと降って、最後にはつじつまが合ってるんだよ。あれ見てるとね、なんかその人間の意思っていうよりも自然のその意思がうまい具合につじつま合わせのように、誰の場合でもできちゃってる気がするんだ、俺は。それはたぶん北海道のああいうところに住むようになって、ものの見方が違ってきたからだって気がするな。

吉田 つじつまが合う、ですね。

田子 人間の運ってあるじゃないですか。運の悪いやつ、運のいいやつっていますよね。それもつじつまが合っちゃうんですかね?

倉本 僕、運ってのはすごくある気がする。たとえば僕が運がよかったのか悪かったのかNHKと喧嘩して、こっちきたじゃん。あれがなかったら……。

田子 ですよね。

倉本 だからあれはすごくいい運だったよね。でもそのときはいい運だと思わないんだろう? 悪運だと思うわけだよ。ところがそれを乗り切ることができちゃったってことはすごく幸運だったと思う。

白石 そうですよね。

倉本 でも運はあるような気がするね。運の悪いまんま乗り切れないで死んじゃうやつもいるしね、確かにね。……ツイてないってドラマを書いたことあ

『風のガーデン』癌の宣告を受け帰郷した白鳥貞美(中井貴一・右)は、キャンピングカーで寝泊まりしながら子どもたちを見守っていた。事情を知った父・貞三(緒形拳)は、勘当を解き、息子を故郷の家に迎え入れる

る？　徹底的にツイてないっての書いてごらん、おもしろいから。

田子　徹底的にツイてないやつ…。

倉本　徹底的にツイてないやつ。なんで俺はこんなについてないの？　ってやつのドラマっておもしろいよ。

※

吉田　緒方拳さんのおじいちゃんが、孫の岳君にいろいろ教えるところが好きなんです。愛犬の蛍が死んじゃった時、悲しむ岳君を慰めるところとかね。

倉本　あのシーンの拳さんもいいよね。ねえ、昔話ってどういう始まり方をする？

田子　……昔々、ある所におじいさん、おばあさんが住んでいました。

倉本　じゃあ、昔々ある所に、お父さんお母さんが住んでいました。っていうの聴いたことある？

一同　ないです。

倉本　きっとネ、稼ぎ頭の両親は、町に働きに行って、孫を田舎のじいさんばあさんに預けて行ったんだと思うんだ。そこでじいさんばあさんは、孫に人としての基本的なしつけとか、大事なことを教えてたんじゃないかと思うんだ。

白石　今はみんな保育所に預けたりして、そこがないんですね。

倉本　可愛い孫を見ることで、じいさんばあさんの生き甲斐にもなるし、システムとして、これは大事なんだと今言ってるんだけどね。それで、そこでじいさんが孫に語る昔話なんだけど、浦島太郎の話はみんなよく知ってるよネ。

一同　はい。

田子　ちょっとSF的要素も入っている。

倉本　じゃあ、浦島太郎が助けた亀はどれくらいの大きさ？

吉田　……乗れるくらいの大きさ。

白石　僕も乗れるくらいの大きさと思いますが。

田子　竜宮城に連れていってくれるから、乗れるくらいの。

倉本　実は助けたのは子亀なんだ。で、翌日、母亀がお礼にくるんだよ。

白石　ああ、そうでしたか。

倉本　いじめられている子亀を助けたわけだよ。じゃあ助けたってどうやって助けた？

白石　竹竿みたいなものをふって、「やめろ」ってやったと思うんですけど。

倉本　それはかなり違うんだよ。いじめている子どもたちから亀を浦島太郎がもらうわけで、その代償としてお金を払ったという説とタダでもらったという説があってね。今まで僕が聞いた中で一番リアリティがあるのは、浦島太郎はまだ若い漁師で、小魚を獲っていたんだよ。それをあげて亀を助けたという説。

一同　はあー。

倉本　それで、母亀が来て竜宮城に行くわけだよね。水の中に降りて行くわけだろ。どうやって呼吸したかということになるわけだよ。子どもはそういうところにこだわるから聞くよ。

吉田　全然覚えていません。

倉本　覚えてないじゃなくて、考えてごらん。子どもにしつこく聞かれたときに、じいさんたちがドンドン発明してさ。そのつど脚色していくわけだよ。

吉田　竹の筒を海の上に出して、上の空気を吸って。

倉本　深海まで行くわけだから難しいね。一番信憑性があるのは、亀が吹く息の気泡の中に入るんだよ。

一同　おお！

倉本　その空気を吸いながら潜っていくというんだな。それで竜宮城に着くだろう。竜宮城の中に春夏秋冬の4つの部屋があるっていうの知ってる？

白石　なんかありましたね。

倉本　4つの季節の部屋を巡って住むんだよね。それで、自分にとっては1日か2日のつもりが、帰ってきたら何年も経ってたとなるんでしょ。……それで乙姫様と浦島太郎がデキていたのか、デキていなかったのかってどう思う？

白石　（笑）子ども心にはデキていないですね。

吉田　デキていたようなイメージがあります。ふたりは恋をしたような。

倉本　だから、ここらを追及していくと面白いだろう。

吉田　面白いですね。それで作れちゃいますね。

倉本　だから、同じ昔話でもいろんな流派があるわけだよ。それは、しつこい孫がいて、寝ないでどんどん突っ込んでくるガキに対して、じいさんがその場で脚色しているわけだよ。その脚色の産物が今のこっている昔話なわけで。だから、あなたたちが今やっているサスペンスとか、「Dr.コトー診療所」にしても明治座にしても全部じいさんの作業と同じだってことを、俺は言いたかったんだよね。

吉田 そうですね。そう思いました。

倉本 だから、自分の中に、どうしてどうしてってしつこく突っ込む悪ガキを住まわせとくといいね。あそこはどうなの？　ここはどうしてなの？　って、もう徹底的に突っ込む。

白石 先生、デキていたかどうかは、どうなんですか？

倉本 そこを突っ込むか（笑）。……それはね、デキていたってじいさんが答えるだろう。それで孫は、赤ちゃんは生まれたの？　って聞くわけだよ。それで、生まれたのは「タツノオトシゴ」だった。

一同 （爆笑）

倉本 そういうふうに、咄嗟とっさにね。答えをねつ造していくわけだ。それが脚色の面白さなんだよな。全部タツノオトシゴだったの？　って聞かれると、別の女官とデキちゃって、そのときデキたのがクリオネ！　そういうふうに脚色をしていくと楽しくて面白いじゃないか。

白石 クリオネ！（笑）すばらしい。

倉本 そういうのが、我々脚本家という職業の根本にあるんじゃないかと俺は思うね。

吉田 そう思います。

倉本 だから、「物語」を語るじいさんというのは、脚本家の能力があったわけだよね。そもそも。

田子 おばあさんはどうだったんですか？

倉本 ……ばあさんは、じいさんほど機転が利かないから、子どもに突っ込まれたら、唄うんだよ。唄って誤魔化す。

一同 なるほど。

倉本 （ちらと吉田嬢を見て）今は、機転の利く女流作家もいるけどね。

一同 （笑顔）

倉本 では、ライター諸氏が、脚本の大元――「海抜０」地点を理解してくれたところで、「めでたし、めでたし」と話を締めるかな（笑）。

（星のや軽井沢にて）

倉本聰・断章

原点

正吉「パソコンで何でもやるようになるって、
そンじゃ、パソコンでカボチャつくってみろ！」

—『北の国から84　夏』

和夫「(五郎に)イヤイヤ、したけどこんなことなら工事するンでなかったゾ！
新式の暖房に全部とっかえたら電気が切れたらぜんぜん使えず！
おまけに水までお前ポンプが電気で。
イヤイヤ近代的ってのあ不便なもンだゾ」

―『北の国から　第10話』

※

令子「ねえ純。――こっちから電話がかけられないってこと」
間。
令子「電話がどんなにありがたいものか」
間。
令子「電話って、文明の――。最大傑作よ」
間。
令子「いつも身近にありすぎて母さん。
――そのありがたさに気づかなかったけど」

―『北の国から　第4話』

清吉　「お前らだけじゃない。みんなが忘れとる。
一町起こすのに二年もかかった。
その苦労した功績者を忘れとる。
功績者の気持ちをだれもが忘れとる」
向田　「清さん」
清吉　「とっつあんはたしかに評判わるかった。
しかしむかしァみんなあの人を、
仏の杵次とそう呼んどったよ。
そういう時代もむかしァあったンだ。
それが――。どうして今みたいになったか」
五郎。
清吉　「とっつあんの苦労をみんなが忘れたからだ」

――『北の国から　第16話』

男

「オヤ。もう看板ですか。
ついにテレビの看板ですか。
いいでしょう、乾杯！
さらば！　さらばスタジオ！　さらば視聴率！
そうしてさらばテレビジョン！」

――『6羽のかもめ』

医

保本「（かすれて低く）医者は人間じゃないんですか」
赤ひげ「（ズバリ）ない！」

——『赤ひげ』

貞三「今の医学は、病気はよく診ますが、
人間を見ているとは私には思えません。
患者さんの心を一番よく知るのは、
御本人と、それに御家族です。
ですから私は患者さんの死を、
御家族全員で受け止めて、
最後まで御一緒に斗って欲しいンです

──『風のガーデン』

正一　「（底抜けに明るく）スッゴクきれいなンだ！
トイレの中でさ！
ぼくのオシッコが真っ赤なンだよ‼」

――『君は海を見たか』

生と死

貞三　「まだ過去形で云うのは早いよ」
貞美　「――」
貞三　「これから君は、最後の闘いを――
闘う姿をあいつらに見せて――勇気を教えてやるンだ」

――『風のガーデン』

※

風間　「學、生きにゃあな」
間。
風間　「生きて愛さにゃア」

――『學』

三沢。——最後に大きく息を吐き出す。
長い間。
貞三、瞳孔を見、瞼を閉じてやる。
さち　「あんた。（声がつまる）最後までよくがんばったね」
さち、涙を流したまま三沢に向かって小さく拍手する。
梅子も拍手する。
律子も拍手する。
孫たちも。
そして貞三も。
貞三　「みなさんにも——（一同に向かって拍手する）」

—『風のガーデン』

青春

利夫　「これからオレァ、徹底的に青春的に行くからな！」

——『前略おふくろ様ＰＡＲＴ１』

※

海　「今年は海矛盾がしたいンだよネ」

利夫　「——」

海　「ウンと矛盾して——矛盾にみちみちて——

〝矛盾の海〟なンて呼ばれたいンだよね」

利夫　「——」

海　「それが青春だと海思うンだよネ」

——『前略おふくろ様ＰＡＲＴ２』

男

五郎「男にはだれだって、何といわれたって、
　　戦わなきゃならん時がある」

――『北の国から89　帰郷』

※

アキラ「放っといてくれ！」
信吉「アキラ」
アキラ「(半ベソ)俺に――やさしくなンかするな！」
アキラ「やさしくされると、泣いちまう」
　　信吉。
アキラ「オレはそんな価値なンかない男なンだ！」

――『ライスカレー』

かすみの胸もとに入っているサブの手。

かすみ　「(ささやく)また外で逢ってね」

サブ　「——(うなずく)」

間。

サブ——ソオッと布団から手を出してくる。

その掌が、乳房の形になっている。

サブ——その形を大事そうに保存して。

サブ　「(窒息しそうな声で)行キマス」

※

——『前略おふくろ様ＰＡＲＴ１』

夕子「男ってやっぱり——女がいないと駄目なのかしら」
秋子「それはそうよォ」
夕子「——」
秋子「男なンて一種の赤ちゃんですもの」
夕子「——」
秋子「オッパイなしには生きてけないのよ」

—『あなただけ今晩は』

女

冬子「母さんに昨夜教育されたの。
女は男のいうことを疑ったりしちゃいけません。
信じられないと思った時でも、表面は信じたフリしてあげなさい。
それが女のやさしさですって。（ニッコリ）」

――『前略おふくろ様ＰＡＲＴ２』

※

修「（食いつつボソリ）女は若さじゃない。
どこまで使い込まれてるかです」

――『前略おふくろ様ＰＡＲＴ２』

ことゑ　「失礼ですけど、おいくつですか」
かき　「うーん。たとえば二十七」

——『火の用心』

※

了一　「(声ひそめて)女ってもンはな」
木村　「(笑いをこらえて)何」
了一　「五十過ぎるとすごみが出てくるな」

——『ひかりの中の海』

※

夢子　「(恨めし気に雪乃を見て)ひどいわァ雪乃ちゃん。あんまりだわ」
雪乃　「何が——?」
夢子　「七十九だなンて！　私七十七よ」

——『拝啓、父上様』

夫婦

メグ　「いつかあなた私に云わなかった？」
勇吉　「——」
メグ　「若いカップルはいつも互いを見つめ合ってるけど、
熟成したカップルは見つめ合うより、
おんなじ物を見るようになるって」
勇吉　「——」
メグ　「同じ物を見て、——同じ物をきいて、
同じ物を感じて——同じ物に感動して——
そういう歳とったカップルはすてきだって」

——『優しい時間』

末吉　「僕は家内に――白髪を見つけたです」
竜一　「――」
末吉　「頭じゃなく下に――初めて一本」
竜一　「――」
　　　　間。
末吉　「(声がふるえる)そのときの気持は――これはもう君」
竜一　「――」
末吉　「説明できない」

――『昨日、悲別で』

伊吹　「どっちかが先に死に、――どっちかが残る。
　　　そのとき、ほんとうにしあわせなんはどっちか」

――『坂部ぎんさんを探して下さい』

※

岡野　「娘も息子も帰ってこない。女房一人が祝ってくれる
五十の誕生日を過ごしながらネ――
オレの思想が突然変った。
オレのほうが先に死んではいけない。
女房を一人で残してはいけない。
女房を先に――。死なしてやらねば。
オレがじっと見守り、オレが手を握り――
残ることの苦しさはオレが引受け――
」

――『前略おふくろ様ＰＡＲＴ２』

男と女

ゆかり「(かすれて)竜ちゃん——」
竜一　「ア?」
　　　　ゆかり。
ゆかり「(小さく)やさしすぎて——きらいになりそう」

——『昨日、悲別で』

利夫　「オレダメ、海ちゃんのこと愛しすぎてる」

――『前略おふくろ様ＰＡＲＴ１』

※

五郎　「東京で、女にオレ――。スパゲッティ・バジリコ！」

――『北の国から　第19話』

※

オモチャ「それで一緒にね、夕陽を見ましょ。きれいだなァって先生がいったら、ホントダァって私、一緒に思うから」

――『玩具の神様』

草太「釣りしたことあるべ。糸がからまるべ。
クチャクチャになってどうにも解けんべ。
オラの頭が今その状態だ！」

――『北の国から　第18話』

人

海　「お兄ちゃんは神様？」
　サブ。
　間。
サブ　「（低く）それはいったいどういう意味ですか」
　海。
海　「何でもできちゃうみたいだからさ」
　サブ。
　――その顔に怒りが吹上げる。
海　「海は人だから――うまくいかないよ」

――『前略おふくろ様ＰＡＲＴ２』

五郎　「人を許せないなンて傲慢だよな」
こごみ　「──」
　　間。
五郎　「おれらにそんな──権利なンてないよな」

──『北の国から　第22話』

※

かき　「人って罪の意識あるもんね」
源介　「──」
かき　「だけど人ってわかっていながら、ついついまた罪重ねちゃうんだよね」
源介　「──」
かき　「傷つくことがわかっていながらさ」
源介　「──」
かき　「傷つくくせにまたやるんだよね」

──『火の用心』

傷

れい　「純君、一つだけいっといてあげる。
　コロンつけるのもうおやめなさい」
　純。
れい　「そういうコンプレックス、みっともないわ」

――『北の国から95　秘密』

シュウ「(小さく)昔のこと消せる消しゴムがあるといい」

——『北の国から95　秘密』

※

栄次「あたしの傷ァどうなります」

間。

松五郎「な、に、イ?」

栄次「あたしも当事者の一人です」

松五郎「——」

栄次「妹の傷は、私の傷です」

——『あにき』

父母

公吉の声「明日から君は豪介君のそばで、父を忘れて暮らしなさい。
君には明日から男の妻という、新しい、重大な職務がある。
それは大変な職務です。しかしその大変さに疲れずに、
君はあくまで美しい輝くばかりの人妻になって欲しい。
君の母親は二十五年間、見事にそれをつとめあげ、そして
今なお限りなく美しい」
さちと雪子。
公吉の声「君の母親を見習いなさい」

—『冬のホンカン』

さわ　「母さん本当に——。生きてていいの？」

——『りんりんと』

※

サブ　「てめえらみんな人間のくずだ」
一郎　「——」
サブ　「てめえらのかみさんも全員くずだ」
一郎　「——」
サブ　「誰のおかげで大きくなれたンだ」

——『前略おふくろ様ＰＡＲＴ１』

語り

「前略おふくろ様。
オレはあなたの青春を知りません。
ピチピチと若く、かわいく、恋をした、そうしたあなたの
青春をオレは知ろうとしなかったわけで――。
おやじと知り合い、愛し合い、
そして――
それから、オレが全部始まったあなたの、昔の、
そういう日のことを――」

―『前略おふくろ様ＰＡＲＴ１』

教

アキラ「ヤング・ジェントルマン。
いきなり山のてっぺんを見ちゃいけない。
人は誰でも山頂をすぐ見る。でも——。
山頂に達するのには、
山裾の長さを歩かなくちゃいけない」

——『ライスカレー』

竜次　「自分の行く道は自分で考えろ」

一平　「ハイ」

竜次　「但し。――利害で考えるな」

　　　一平。

一平　「ハイ」

　　　間。

竜次　「利害で動くのは――クズのすることだ」

――『拝啓、父上様』

『創るということは遊ぶということ
創るということは狂うということ』

——『玩具の神様』

第2章

教育人・倉本聰

役者やシナリオライターを育てる「富良野塾」が出来たのは、１９８４年。以来、２０１０年に閉塾するまでに、３７５人を育ててきた。富良野塾での教えをはじめ、倉本聰が考える真の教育とは……。

『北の国から』

富良野塾の26年間

倉本聰は1984年4月6日から2010年4月4日までの26年間、役者と脚本家を育てる塾、富良野塾を主宰していた。それは、長年活躍していたテレビの世界への感謝の意味を込めての開塾であった。

富良野市、西布礼別の舗装道路から、2キロほど奥に入った谷あいに「富良野塾」がある。たくさんの塾生を迎え見送った木づくりの看板も、最初の施設に掲げられた表札的なものも含めると、4代ほどのモデルチェンジ（特に台座部分）をしている

谷の少し開けた土地に塾生の手になる施設が点在する富良野塾。手前の木立ちは、ほとんど初期塾生が植樹したもの

富良野塾のあけぼの

1981年10月9日。『北の国から』第1話放送。のちにテレビドラマとして21年間、その後、脚本家・倉本聰自身の筆で〝その後の物語〟が31年目の今も書き続けられている現在進行形のドラマ。

翌1982年の3月26日まで、全24話で綴られた黒板家族の物語は、放送終了直後に再放送が開始されるほど、視聴者の心を大きくつかむ。ドラマの舞台となった富良野市麓郷という過疎の山里にファンがどっと詰めかけ、放送したテレビ局と倉本自身のもとに「感動した」という手紙が山のように届いたという。

その中で、作家・倉本聰の心に届いたのは、若者たちから寄せられた「富良野で脚本家・役者の勉強がしたい」という純粋な思いが込もったたくさんの手紙。

倉本はその思いに応える――。

「富良野塾構想」　一九八三年夏

一、目的

人智への過信と傲慢を捨て、第一次産業的労働

を通じて人間の原点に立ち戻り、知識より智恵を重視することで、地に足のついたシナリオライター、俳優を育てる。及び、それに類する若者を育てる。

その拠点をこの地富良野に定める。

二、内容

（イ）入塾期間は一期原則二年と定め、二回の四季を体験する。
（ロ）塾生の数は一期十二名を限度とする。
（ハ）生活費、入塾費、受講料は一切不要とする。
（ニ）塾生は年間最低五十回以上の倉本による講義を受けることが出来る。
（ホ）年間一戸の丸太小屋を、塾生は自力で建設する。
（ヘ）塾生はその与えられた土地に於いて可能な限りの自給自足的農業生産を行なう。それらの計画、実践についても、塾生たちは合議でこれを自主的にせねばならない。
（ト）塾生はその本来の目的とするライター・俳優の勉強以外に、たとえば乗馬、カヌー、その他、野外生活に必要な一つの分野を決めてそのスペシャリストになることを義務づけられる。
（チ）以上の事々は全て働くことの上によって成立ち、従って仕事のある期間に関しては、講義その他は全て労働時間外にこれを行なう。
（リ）塾は営利を目的としないし、義務の教育とは対極の場にある。
塾は倉本のボランティアである。

塾生は自主的に富良野に溶け込み、富良野の土地と人々から、何かを勝手に学んでほしい。

それがこの塾の重大な目的であり、倉本の教える僅かなことより更に更に無限の教育になるだろうことを塾の起点として認識されたい。


以上。

1983年の夏、新聞や雑誌で倉本が語った富良野塾構想。
代表的なものは後に第13代東京都知事になる作家・タレントの青島幸男氏との対談をのせたサンデー毎日83年7月10日号。タイトルが「富良野にシナリオライターと役者の塾を作ります」(青島幸男・対談集「ホントはどうなの……」毎日新聞社刊に収録)
日刊スポーツ9月22日紙、「倉本聡※が「富良野塾」～北海道で合宿しながら俳優、脚本家養成～」など。
草創期の富良野塾生となった若者たちには、そうした

※聡の字の誤植

「富良野塾開塾」を知らせる記事が、巷に溢れるたくさんの情報の中で「そこだけ光って見えた」と感じたと言う。夢を持った若者たちは、倉本が札幌時代に書いた『前略おふくろ様』を観て「頭をガンとやられた」ように感じ、『北の国から』を観て「もういても立ってもいられなくなって」富良野に駆けつけた。


見る前に跳ぶのが悪いくせである。

綿密な計画をたてるわけでなく、ある程度のデッサンが出来上がったとみるやたちまち軽率に行動を起している。五十歳の峠が目前に迫り、人生五十年後《あと》何年かと先を真剣に考え始めてからこの傾向がとみに強まった。明日はないのだと信じこんでいる。だから思いついたことどもについては先に延さない。すぐせねばならぬ。とにかく跳んでしまう。それから考える。

（『冬眠の森』北の人名録ＰＡＲＴ２「どろどろ」より）

開塾まもない頃の倉本聰

「まず跳ぶ、然る後考える」で事を起こす倉本の行動理念。
「萬葉の森を目指して――富良野自然塾の記録」１回目の冒頭によると、倉本は２００５年に富良野自然塾を創設する際にもこの行動理念を実践しており、それ以前にも３度まず跳んだことを記している。

三十年前東京を捨て北海道富良野に移り住んだこと。

『北の国から』というドラマを書いたこと。

富良野塾というものを始めてしまったこと。

（中略）

「跳べ！」と心に囁きかけたのは常に自分でない何者かの声、サムシング・グレートの命令だったように思う。


富良野塾の26年を考えるとき、この瞬間に倉本が「先ず跳ぶ」行動を選んだことに畏敬の念を覚える者が多いだろう。本人は当時、自身のその行動を「悪いくせ」「軽率」と評しているが、間違いなく「サムシング・グレート」

(上) 83年秋に行われた地鎮祭。奥が後に管理棟となる農家の廃屋
(下) 建築中の稽古場棟。大型クレーンはリースで借りた

の意志だと感じられる。

　全てがそこから始まり、全てがそこから動き出した。

　1983年秋、麓郷から北へ約6㎞。西布礼別《ふれべつ》という小さな「村落の山合いに、二十年程前農家が見捨てた四町歩の孤絶した谷があった」(「愚者の旅」)

　そして倉本はこの谷から始めた——。


谷は眠っていた。


草茫々で何もなくて、獣の寝た跡があちこちに残ってた。

崩れかけた農家の廃屋が一軒。

それを直して住めるようにして。

俺たちそこから暮らしを始めた。

(戯曲『谷は眠っていた』より)


　秋口から3人の若者が先発隊として富良野入りし、泊まり込みで開塾の準備を始める。素人同然、工具もほとんど無しの廃屋改築は普通の現場でも大変な作業。季節が進み、当時今以上にシバレる富良野の冬。マイナス30度近くになる日も度々で、風が吹くと体感温度が5〜10度下がるといわれており、1人増えて4人の先発隊はその極寒の中を、文字通りの越冬隊として布礼別の谷を切り拓いていった。地元の人からは「こんな寒い日に外で働くなんて無謀」と逆に呆れられたが、とにかく急がなければならない。やることは山のようにある。

　明けて翌1984年1月15日。廃屋は管理棟として改築され、やっと暮らしを始める〝家〟が出来上がる。この時期の先発隊及びのちに続く草創期の塾生の苦闘は、『谷は眠っていた〜富良野塾の記録』(理論社刊)に記されており、こちらをじっくり読まれることをぜひともお勧めする。若者たちが、この地でいかに斗ったかの記録である――――。

その中で一つだけ、この時期の出来事で紹介したいことは、建築に関するヒトコマ。

何もない状態で建材どころか釘すらも用意できない、さあどうしますか？と塾生（スタッフ）は倉本に泣きついた。


「金はないンだ」

僕は答えた。

本当にないンだから威張って云える。

「金はないンだから智恵を働かそう」

「――智恵、ですか」

（エッセイ『谷は眠っていた～富良野塾の記録』より）


「創作の〝創〟は、金をかけないで前例にないモノを智恵で生み出すクリエイト。創作の〝作〟は、金をかけて知識にもとづき前例にならってモノを作るメイク。俺たちは〝創〟を目指そう」という倉本のモノ創りの姿勢を決定づけたこのやりとり。のちに倉本自身があのときの答えは「詭弁」に近く、苦し紛れに咄嗟に口に出た言い逃れだったと述べている。しかし、追い詰められたからこそ、全ての粉飾を取っ払った〝真髄〟が口に出たのではないだろうか。「苦労は買ってでもしろ」とはよく言われるが、表現者を志す者にとって、こうしたギリギリの状況はそうした神髄に至る呼び水となるのではとこのことから思う。――とは言え、ほとんどの人はその状況に耐えられず逃げ出すのが関の山。戦中戦後の困窮期を耐え抜いた世代の底力には、これまた強い畏敬の念を覚える。その中でも倉本は、悪運を幸運に変える、強運の持ち主。悪運を乗り越え、幸運への道を切り開く底力の持ち主。

このような、のちの倉本の思想・姿勢を形づくる萌芽が、富良野塾草創期の至るところに見受けられる。

そして１９８４年４月６日――。４月に入り春らしい陽気に包まれだした北海道。富良野の気温も４日・５日と10度近くまで上がり、いよいよ春本番を感じさせた。しかしこの６日、北海道新聞の見出しには「〝戻り冬〟春足踏み」の文字。富良野は最高気温も氷点下の〝冬日〟。室蘭では積雪25㎝！を記録し、時ならぬ寒気と吹雪に「空陸の足に乱れ　入学式の延期も」と記事は伝える。しかし、その中でも入学式ならぬ入塾式を決行したのが、富良野塾。建築中の稽古場棟の基礎にテントを張っただけ

塾のある十勝岳連峰側から、スキー場のある北の峰方面を望む。富良野自然塾や、富良野演劇工場がその麓にある

の、質素で何にもない会場でそれは行われた。

「開塾式は吹雪の中」

倉本聰

廃屋を改造した塾舎が一つ。これからみんなで住居となるべき丸太小屋を少しづつ建てて行こうという四丁歩の谷間に即席の天幕、天幕を支えるカラ松の丸太が夜の闇の中に心細く揺れている。風雪が焚火の火の粉を散らし天幕はばたばたと音たてて吠えた。

昨日まで都会にいた十余名の若者は、みな緊張と不安の中にいた。この先何がどうなって行くのか。不安は僕とて全く同じだった。

こゝでは誰も助けてくれぬ。自らが考え、行動するのみだ。そうしてそのなかから感動を掴みとる。人間が獣たちとちがうところは、感動できる動物だということだ。そんな意味のことをボソボソしゃべった。

昭和五十九年四月六日。

あの日から僕らの斗いが始まった。

（サントリー広告より）

1期生15名の入塾と共に「富良野塾」と「倉本塾長」が誕生した。

富良野塾の9495日

富良野塾を卒塾（卒業）した者の数は375名であるが、中途退塾した者など、一度でも富良野塾生を名乗ることを許された者を含めると、総員は447名に登る。入塾してまもなく風のように去った者もいれば、もうあとわずかで卒塾というときに行ってしまった者もいる。幸い卒塾できた者にも、それぞれの斗いがあり、そうした富良野塾の26年間を紹介するには紙数が少ないし、塾生それぞれの富良野塾を全てカバーするのがこの章の目的でもない。

ここでは、富良野塾における「倉本聰の姿勢」をいくつかの側面から見ていくことが出来ればと思う。倉本の「姿勢」は、実は「富良野塾・起草文」（後出）に全て込められているのであるが、ここでは、「富良野塾構想」をキーワードに、26年を振り返りたい。

（イ）入塾期間は一期原則二年と定め、二回の四季を体験する。

2年2回の四季。一見単純なシステムに思えるが、これが北海道富良野になると大違い。大雪山国立公園十勝岳連峰と夕張山系に挟まれた富良野盆地に位置する富良野市。風光明媚な土地であることは言うまでもないが、盆地特有の内陸性の気候で、夏暑く、冬寒い。気象庁のデータが昭和51年から残っているが、最低気温が昭和52年1月29日のマイナス34・5度。最高気温が平成12年8月1日のプラス36・3度。その差約70度。一日の寒暖差が20度近くなる日も珍しくない。春の朝、氷点下の寒気に目いっぱい着こんで仕事に出かけ、水銀柱がウナギ登りになる昼間、Tシャツ1枚でもまだ暑いという寒暖差が極端な富良野地方。この気温差が、秋口の野菜や果物の糖度を増させる最大の要因で、これは多分に人間を磨く効用もあるようだ。近所の農家の親方を見ても、大雑把といえるほどの大胆さと、どんな天候にも備えられるような用心深さを併せ持つ。やはりこの気候の下で何年もの間、斗ってきたからなのであろう。その土地で2年間生活することの意味の大きさ。

そして、学校や研修機関のように、その期（学年）だけを独立させて学ばせるのではなく、2年目の上の期と1年目の下の期を重ねて学ばせること。目的を同じくした者たちの縦型の共同生活は、富良野塾の場合、様々な面で効果を上げたと思われる。学業だけでなく独自の生活

美しい緑と青に彩られる富良野の夏。湿度が少なく快適

環境を持つ富良野塾では、先輩から後輩に受け継ぐことが多い。それまで後輩で受身の位置におり与えられた仕事をただこなして来ただけの者が、先輩となり先導する位置に就くことにより仕事の意味を深く考えるようになったりと、後輩先輩を積み重ねるシステムは、単純だけど効果的。

　これは「富良野塾構想」の「**それらの計画、実践についても、塾生たちは合議でこれを自主的にせねばならない。**」とも重なるところであろう。

　あれほど頼りなかった後輩塾生が、先輩になったとたん見違えるほど逞しくなる。そんな光景が何度も見られた。

(ホ)年間一戸の丸太小屋を、塾生は自力で建設する。

「年間一戸」とあるが、実は、塾の施設のほとんどが1期生、2期生の手によって建てられ整備された。何よりそれらが生活に必要だったからである。

「管理棟」の改修に続き、初の本格的丸太小屋「稽古場棟」の完成が84年5月。「作業場」「マキ小屋」の完成が7月。12月に「宿舎棟」が完成。85年に2期生11名が加わり、5月に食事やミーティングに使う大きな「レストラン棟」、6月に一年目の塾生の住いとなる「サイロ棟」が完成。同じく富良野塾構想で「スペシャリストになることを義務づけられ」た乗馬用に「馬場施設」が7月に完成。9月に日高から馬2頭「マコト」と「ソレイユ」、10月に石狩より「ノーザンクロス」を譲り受け、その住まいである大型の「馬小屋」も完成し、施設的にはこれでほぼ揃ったと言える。

　塾の建築のほとんどは、スタッフとして参加する鬼塚孝次、通称鬼さんを棟梁に行われる。丸太小屋を創りたいと、福岡から富良野にやって来たこの鬼塚とて、最初はズブの素人。ドラマ『北の国から』で丸太小屋を建ち上げた倉本が一番の経験者。試行錯誤と創意工夫を凝らして頑丈な「稽古場棟」を塾生みんなの手で建ち上げる。鬼塚はその後さらに技を磨き、数年後には外注の仕事もこなす腕を持つまでに至る。

　塾最大の施設である「スタジオ棟」の建設に携わったのは3期生・4期生。それまでの建築では、基礎工事の一部と屋根の葺き上げ作業だけはさすがに素人には手が

（上右）稽古場棟。スタジオの完成まで、講義や稽古の中心。芝居の塾内公演の際に、終演後の歓談の場（元祖・Soh's BAR）となる。（上左）宿舎棟。02年に出火したが、炭部分の除虫効果を活用して、衣装保管などにも活用。（中右）「管理棟」を模した「新管理棟」（後に「かりん棟」に改名）。（中左）作業場棟。後期の「ニングル木人形」の製作工場

最初の丸太小屋である稽古場棟の内部。木の温かさが塾生を包みこみ、時には睡魔も誘発。（下左）ミーティングや食事に使われるレストラン棟。地下に浴室や洗濯場などもある

富良野塾最大の建造物「スタジオ棟」。写真は99年に手前にグリーンルームが増設された時のもの。それ以前には2階部分から出入りできるテラスがあった

負えず、業者の手を借りていたのだが、この「スタジオ棟」の建築は塾生たちが「基礎から天井（屋根）まで俺たちの手だけでコツコツ創り上げた」（戯曲『谷は〜』）。

スタジオ棟の完成が88年の冬。1月の29日と翌30日に行われた、舞台『谷は眠っていた』の初公演がこけら落としてである。

倉本が、塾生自身の手での建築に力を入れたのには、わけがある。「自分の住まいを自分の手で」という自給自足の精神を築くことと、それ以上に表現者としての思考方法に、建築が大きな力を寄与するからである。元々「脚本は映画（ドラマ）の設計図に当たる」という言葉があるぐらい、建築的思考及び実際の建ち上げは、脚本を書き芝居を立ち上げるのにとてもよく似ている。まず質の高い建材＝素材を用意する。土を掘り土台となる基礎＝履歴をしっかりと築く。その上に用意した建材を様々に組み合わせる＝構成する。今のは建築と脚本創りの共通点の一部であるが、役者にとってみても順に、役者自身の技量を磨いておく。役創りをする。実際に演技する。となり、共通点をあげればキリがない。

実はこうした共通点は全ての〝仕事〟についていえることではあるが、その中でも建築のプロセスは、より明快にそれを実感できる点に大きな意味がある。そうした表現者にとってかけがえのない思考方法を学びながら、住まいも確保。さらに役者にとってみれば、筋肉もつくし、高所作業ではバランス感覚まで身につけられるという、一石何鳥にもなるのが建築作業。

これは後述することになるが、倉本は自然と共生した富良野塾での活動を通して、環境保全の意識を大きく持つことになる。それ以後の行動の変化は様々にあるのだが、その一つが建築材料の変更。森の樹の大切さを学んだ倉本は、丸太や木材を使うことを最小限に留め、代わりに「石」、そして「廃材」を選ぶ。富良野塾で実践されたこの変革は、『北の国から』のスペシャル版で主人

「純と結の家」の石済み作業中の野村守一郎（左）とＯＢ塾生

公の黒板五郎が「丸太小屋」を作るのをやめ、「石の家」を創り「拾ってきた家」を建てるのと時期を同じくしている。

　この変革に伴い、6期生の野村守一郎を中心とする、石積みのスペシャリストが誕生。「野良積み」という技法で、素朴ではあるがしっかりとした石積みで多くの建物の土台や壁を形づくる。彼らは『北の国から』のロケセットにも美術スタッフとして参加した。現在野村はこれらロケセットの維持管理を任せられるほか、石積みのプロとして、様々な外注仕事をこなす。中でも「森の時計」の石のテラスの美しさは格別との評。

　このように、富良野塾の建物以外の建築も含めると、富良野市内だけでも「クマゲラ」「北時計」「富良野演劇工場」等など、それぞれの期が、年間1戸の「家創り」に携わったといえる。

目的

人智への過信と傲慢を捨て、第一次産業的労働を通じて人間の原点に立ち戻り、知識より智恵を重視することで、地に足のついたシナリオライター、俳優を育てる。

「人智への過信と傲慢を捨て」——東日本大震災、及び原発事故を経験してもなお、文明への盲信を正そうとしない為政者たちに、心して耳を傾けてほしいことである。そのために富良野塾は、まずは第一次産業労働——農業に携わった。これは「生活費、不要」の項目とも関係してくるが、基本的に夏場に農業で自ら稼いだ資金をプールして、勉学の冬を過ごす。というのが富良野塾の生活の基本となる。

　富良野農協と契約した富良野塾の塾生は、主に麓郷・布礼別の農家、牧場に派遣作業員として出向く。こうした援農者、ヘルパーのことを地元では〝出面《でめん》さん〟と呼ぶ。当初、通常の出面賃9時間働い

文字通りの体当たりで農作業に挑んだ1、2期生

（上右）創作活動を目的とした共同生活には、プライベートを保てる空間が必要。宿舎棟が少なかった初期には複数の相部屋が多かったが、中期以降は個室も作られた。（上左）塾生全員の食事を作るレストラン棟の厨房

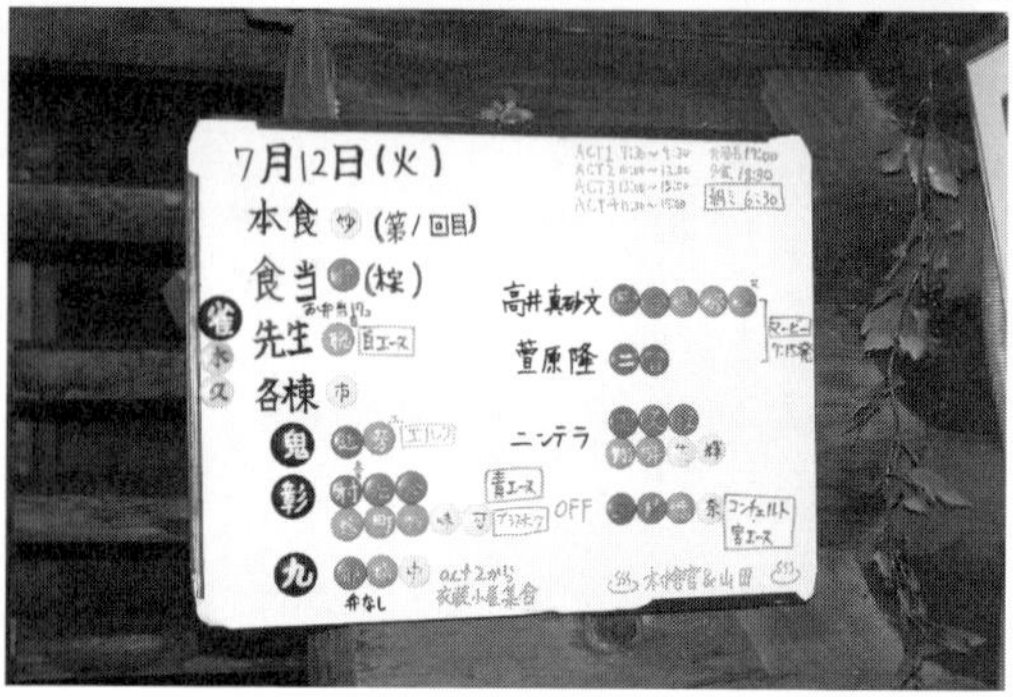

（中右）レストラン棟で行われる“朝ミーティング”。農繁期には朝6時台に行われる。（下右）前の晩に貼り出される仕事の「割り振りボード」。塾生選抜のリーダー会が決定。（中左）厨房にて料理中の食事当番。1週間交代制の本食（女のみ）と日替わりの食当（全員）が、一人1日240円の予算で3食を賄う。（下左）富良野の農作物は美味

て4800円で農協と契約していた塾生だが、本職の出面さんの間から「働きが悪いのに同じ金額なんて！」と苦情が出て、まもなく減額されてしまう。

農家《うち》に嫁に来てほしいと言われるまでの働きをする女性塾生もいたりするなど、認められ「この塾生を寄こして」と専属的に依頼される塾生がいる一方、労働を単なる〝仕事〟と思考して、心のこもらない作業で9時間を過ごしてしまう者も出てきた。これに対して倉本は富士登山を喩に、こう教える。

五合目にいたる延々たる裾野の、気の遠くなるような長さを思わない。

しかし我々物創りの道とは、裾野の末端から一合二合と、時を惜しまず歩く道である。右足をまず出し次に左足、一歩又一歩それこそ遅々と、丹念にこつこつ登って行く道である。

三合目まではバスで行くとか、五合目までヘリで運んでもらうとか、そうしたやり方を拒絶された道である。

だから僕らは五合目に立ったとき、山を登る術を身につけている。この先ぐんぐん険しくなる道を、克服する知恵を肉体につけている。

そういうことだと僕は思うのだ。

あらゆることがそういうものだと。

畠の畝《うね》だって同じではないか。

五百メートル延々とつらなる北海道の長すぎる畝。朝その一端に膝をついたとき目的地を眺めたら気が遠くなる。しかしとにかくやらねばならない、その時。

この一畝を早くあげよう。単にそう思ってしまう思考と、この一畝を作品として、一つずつ丹念に、子を創るように、苗の育ちを祈り植える行為と。

そこにはあまりに差がありはしないか。

一本一本苗を植える行為も、一字一字升目を埋めていく行為も、究極己を昂めて行く行為の、裾野を登って行く行為であるのだ。

それが第一次産業の中で、働いてみて欲しいという塾の目的だ。

（エッセイ『谷は眠っていた』）

倉本は、90年、3期生・白井彰を親方に「白井農園」を開園する。当時をふり返って、倉本は語る。

農業はここで塾生が、最初に援農で食わなきゃいけない、稼がなきゃいけないってところから始まったんだけど、援農だけ、ヘルパーだけやってると、農協を通して今日はあそこ行って大根の草むしりやれ、今日はこっち行ってニンジンの間引きやれってやってるとさ、種まきから収穫までを一律に見ないんだよね。そうすると、単に日雇い業務になっちゃうんだよ。これじゃいけないと思ったから、白井と農園つくったんだよ。畑を起こすところから始まって、種を蒔いて、水やって肥料やって、雑草抜いて間引きして、地面に這いつくばって何度も手をかけて、それでやっと収穫できるっていう喜びを味あわせたいと。ものが育つ過程を全部を見せないと、生育の感動がないなってことでね。

倉本が白井と共に「畑を起こすところ」どころか、農薬漬けだった土を、何年もかけて生きた土に変えるところから始めたことは、２５６ページの農業対談でじっくり読まれたし。

この白井彰を筆頭に、富良野に残り、農業に従事し続けている男塾生が現在3名。農家の嫁になった女塾生も3名ほどいる。白井農園は、働き手である塾生がいなくなった現在も家族総出&富良野に残るＯＢ塾生の手伝いで、無農薬の美味しい味を作り続けている。アスパラガス、ホウレンソウ、スイートコーン、ジャガイモ、カボチャなど。通販も行っているので、ぜひ一度ご賞味を。掛け値なしの美味であることは自信を持って保証する。

これは余談的になるが、富良野塾は初夏に行われる布礼別地区の運動会にチームとして参加する。役者志望者の多くが体育会系の若者なので、さぞかしいい戦歴を残したと感じられると思うが、さにあらず。農家の「おじさん」のパワーと底力にいつもやられっぱなし。やはり筋力が全然違う。いいところまで行く期もあるのだが、なかなか優勝には手が届かない。ところが後期の塾生が何度も勝利したと聞いて、塾生の質が上がったかと思ったが、どうもそうではなかったようだ。地区の農家の構成年齢が補充なしに上がり続ける一方で、対する塾生が曲がりなりにも二十歳そこそこの元気な若者を、毎年20名補充していたゆえ。これは日本の農村の高齢化の悲しい証明の一つであろう。

（ト）塾生はその本来の目的とするライター・俳優の勉強以外に、たとえば乗馬、カヌー、その他、野外生活に必要な一つの分野を決めてそのスペシャリストになることを義務づけられる。

「乗馬」、及び馬の飼育は96年の13期生入塾の春に亡く

（右）新富良野プリンスホテルの敷地内に95年に開設されたクラフトショップ「ニングルテラス」（倉本プロデュース）の「富良野塾の店・森の楽団」。（上左）メインクラフトマン高木誠（11期）。（下左）木人形の「森の楽団」

なった「ノーザンクロス」まで続いた。

「カヌー」による川下りは、夏場に行われるキャンプなどで塾生必須の「野外活動」。ただし、カヌーという特別な道具が必要で、初心者の川下りに適した幅広で水深がある川が塾の近くになかったこともあり、気軽に練習とまではいかなかった。

これは「野外生活」とは少し違うが、流木や自然出自の素材を組み合わせて創った木人形は、初期の頃から塾生の得意技の一つ。当初50㎝〜1mほどだった大きさの木人形を、5㎝ほどのサイズで楽器を演奏するポーズの「ニングル人形」に創り込んだのは、11期生・高木誠を中心とした塾生たち。この木人形は、個性的な手創りグッズを扱うショッピングロード「ニングルテラス」（新富良野プリンスホテル）に「富良野塾の店・森の楽団」として出店。当時も、塾生の貴重な収入源の一つとなった。雨で農作業が出来ないとき、農閑期でも製作出来、塾生活を安定させる意味合いも大きかったが、人気の高さゆえ製作数に高いノルマがかかり、悲鳴を上げた期も多い。閉塾後の現在も「スペシャリスト」のOB塾生を中心に木人形は創られ続けている。

（二）塾生は年間最低五十回以上の倉本による講義を受けることが出来る。

そして富良野塾生最大の幸せは倉本の講義を受けられること。84年の1期生入塾時点で『昨日、悲別で』（NTV）が放送中。その後も現役バリバリのシナリオライター・倉本聰の講義を受けることが塾生の全てであった。生活は講義を受けることを中心に回っていたといっても過言ではない。「年間最低五十回以上」、倉本はどんなに忙しい時でも週一程度の割合で講義を行うために塾に駆けつけた。

『富良野塾序章』（エフジー武蔵／刊）という本の中で、10期のライター・広瀬利勝が講義の様子をうまくまとめているので引用する。

スタジオのなかに、整然と並べられた長机。正座する塾生たち。講義を待つ塾生たちの輝く瞳。それはどこか、昔の寺子屋を彷彿とさせる光景だ。

塾の講義は、役者もライターも一緒に受ける仕組みになっている。それは「役者も『本』を書けなければいけない。ライターも『演じる』ことができなければいけない」という倉本の考えに基づいている。講義は主に、倉本の作品のなかから一つの短いシーンを選んで演じ、倉本から稽古をつけてもらう「ワンシーン稽古」といった形で進められていく。役者はこの日のために、幾日も自主稽古を積んでくる。

張り詰めた緊張感のなか、倉本が手にした鞭が「バシーン」と鳴り響き、それを合図にワンシーンは始められる。芝居をじっと見入る倉本の目が眼鏡の奥で鋭くなる。

ある講義で倉本は「濡れていないタオルを、いくら絞ってみたところで水は出てこない」という例えのもと、「受信」の大切さを塾生たちに熱く語った。役者もライターも、表現することに終始しているが、表現とは「発信」であり。そのためにもまず、「受信」することが大切なのだと。

富良野塾がただ知識としてのテクニックを教える場ではないということが、改めて意味を持ってくる。それは農作業という第一次産業に従事しているということ。そして、日々の暮らしそのものが、何ものにも変え難い受信の場となっているということだ。そこには少しの無駄もない学びの場が提供されている。ある意味、講義の場は自分が普段いかに受信の作業を行えているか。そのことを試す場にもなっている。

「バシーン」。先ほどのワンシーンが止められ、倉本が役者に問いかける。

「今、演じているその部屋の見取り図がイメージできているのか」「その部屋は寒いの？　暑いの？　匂いは？　窓からは何が見える？」「それが見えてこないと駄目なんだよ」とさらに激しい檄が飛ぶ。シナリオに書かれていない部分を自分で考え、イメージして埋めていく。それは役者がすべき作業なのだと倉本は語る。そのためには、五感を使って吸収したものを、五感と五体とを使って表現することが大切なのだと。

ある講義の時には、こういうこともあった。役者が驚くという芝居ができないでいるとき、倉本がご自分で、そうっと相手役と入れ代わる。そしてまさかそこに倉本がいるとは思わずに振り返った役者は、まさに生理的な反応を伴って、本当の意味で驚く。

「そうです。今のが正しい芝居です」「驚くという形の芝居ではなく、驚くということが、どういうことから生まれてくるのか、そこを考えなさい」と。

わずか数分間のシーンのなかから、さまざまなことが指摘され、塾生たちはその倉本からの「ダメ出し」に考え込み、講義は進んでいくのである。

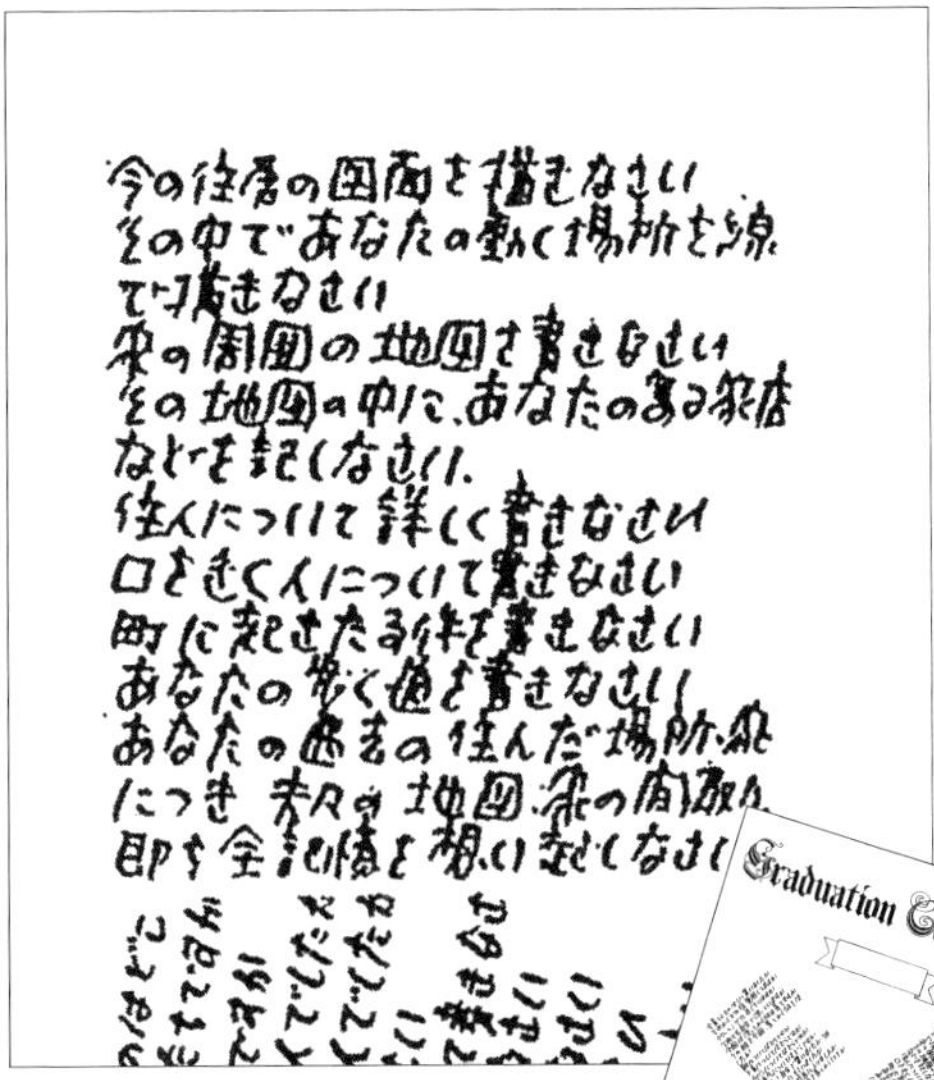
今の住居の図面を描きなさい
その中であなたの動く場所を線で描きなさい
家の周囲の地図を書きなさい
住人について詳しく書きなさい
口をきく人について書きなさい
町に起きた事件を書きなさい
あなたの歩く道を書きなさい

（上右）履歴の創り方を書いた倉本塾長直筆の文章。（右下）それを収めた卒塾証書。（左）講義で履歴創りを木の根に喩えて説明する倉本塾長。上の写真は、旅先で撮った、張り巡らされた根が地表に露出している写真を見せているところ

同書『富良野塾序章』にも再録されているが、一期生のライター・石井信之による「倉本聰のシナリオ術〜富良野塾の講義ノートから〜」(初出:『倉本聰の世界』山と溪谷社/刊)は研究者必読である。

徹底した履歴創り、そのための取材。セリフは呼吸を生かし、間《ま》を使い、リアルにリアルに。この他にも塾生が講義で学ぶことは山のようにあり、それら全ては「富良野塾構想」の目的の「地に足のついたシナリオライター、俳優を育てる」ための教えである。

倉本が特に力を入れて教えるのは、作品を支える登場人物や物事の「履歴創り」。富良野塾で学んだライターに、そのことについて聞くと、初期のライターからは、講義で聴いた「氷山」の話が聞ける。「氷山は水の上に浮かんでいる7分の1に対して、海の中に7分の6が沈んでいる」と。7分の6のしっかりした履歴を築かないと、作品に表れる7分の1が浮いてこない、と。7分の6が小さいと、相対的に7分の1も貧弱になる、と。

数年後学んだ中期の塾生に聞くと「樹の根」の話が聞ける。「樹は根によって立つ。されど、根は人の目に触れず」という倉本の講義での教えである。履歴というしっかりした根を張りなさいと。巨木ほど、地の下深く

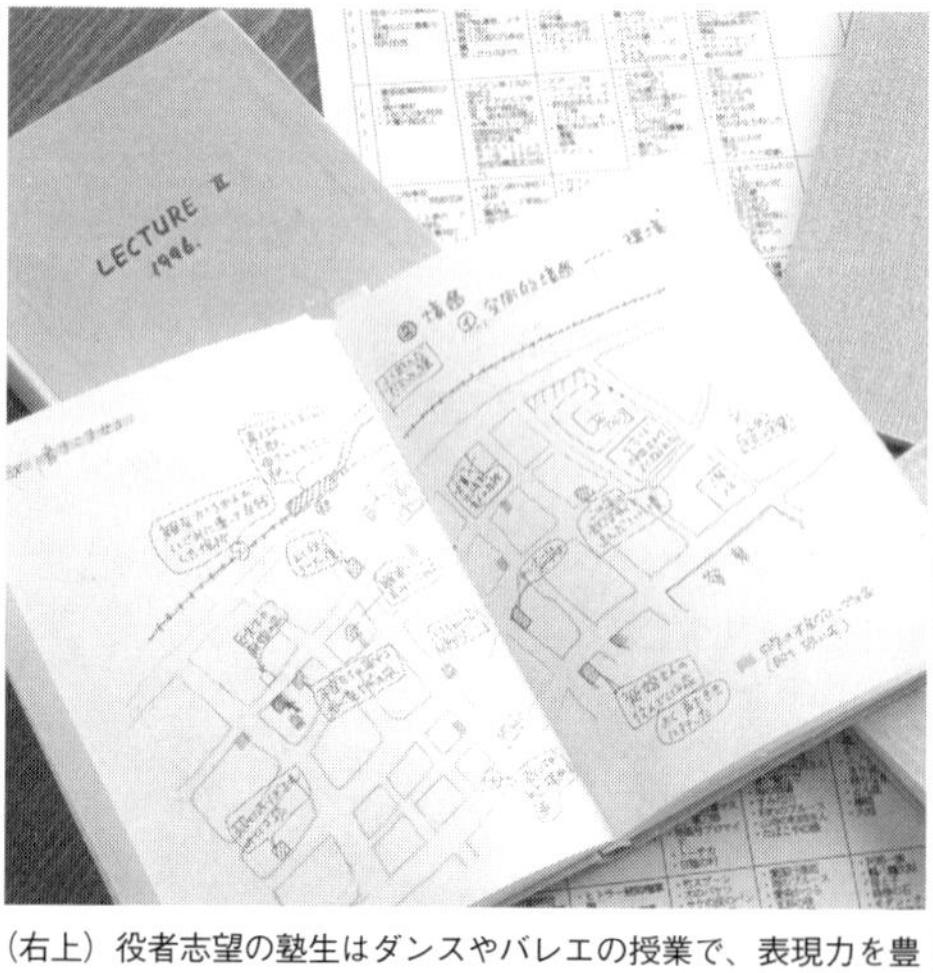

(右上) 役者志望の塾生はダンスやバレエの授業で、表現力を豊かにさせる。(右下) ジャンプ力抜群の塾生たち。先頭の森上千絵 (8期) は中島みゆきの「夜会」にも出演。(左) 倉本の講義ノート。一番下になっているのは年表で各年代の流行や社会事件などが細かに書かれている。一番上が地図で、両方ともしっかりした履歴を創るために欠かせない資料&作業である

に巨大な根を広げていると。

さらに後期ではこれに「海抜0」という表現が加わる。実はこれ、倉本は最初から富士登山の喩でこの意味のことを言っている。先ほども引用した「**我々物創りの道とは、裾野の末端から一合二合と、時を惜しまず歩く道である。**」この「裾野の末端」というのは、0合目のことで、これは「海抜0」のことである。しかし「0合目」は日本語としてあまり使われない表現なので、戯曲「谷は眠っていた」でも、「一合目から確実に足で、泥だらけになって一歩一歩行くンだって」と、0合目の意味合いで一合目を使っている。意味は伝わっているけれども、もっと真意を的確に伝えたいからと、倉本が辿り着いた言葉が、この「海抜0」である。

このほか、倉本は「迷ったらタイトルに還る」という教えもしており、作品の「タイトル」という初心＝海抜0に立ち戻ることの大切さも説き、「海抜0」を問い直すこうした倉本の姿勢は、創作以上に塾長の生き様そのものであることを、塾生は感じる。

講義との区別が難しいが、冬場のラジオドラマ創りや芝居創りも講義的側面を持つ。『今日、悲別で』や『走る』などの舞台作品は、スタート時点では、倉本があげるテーマのもと、塾生ライターが講義で書いたワンシーンをまとめる形で創られて行った。

倉本が最初ラジオドラマでデビューしたこともあり、特に初期の塾生はその技術と心を徹底的に学んだ。一期生から三期生まで、卒塾公演ならぬ卒業制作としてそのラジオドラマを制作。『ニングル』（86年）、『フレップ』（87年）、『鼓動に耳を傾けて』（88年）など、全てTBSラジオで放送された。

88年の『谷は眠っていた』上演以降、富良野塾は劇団的側面が大きく強くなる。その結果、数々の舞台作品が形作られて行った。詳しくは本紙の演劇対談をお読み頂きたいが、富良野塾の舞台作品の特色を一つ上げるとすると、「映像的」であること。

現在それらを支えているのが倉本が信頼を置く富良野塾出身の役者・スタッフたち。役者のリーダー的存在の久保隆徳（11期）、個性的な役が光る水津聡（10期）、看板女優・森上千絵（8期）のほか、スタッフでは、何でも表現する舞台美術の九澤靖彦（9期）、奇跡の場面転換を生みだす舞台監督の小林彰夫（8期）、五感を震わす音の使い手・音響の三浦淳一（9期）、美しい映像効果の要・照明の広瀬利勝（10期）、記録担当の松本直俊（13期）、ダンス指導の木下弘美（スタッフ）、そして倉本が全幅の信頼を

「悲別」で老婆を演じる森上千絵（8期）。P 158で華麗なジャンプを披露している和風美女と同一人物。「風のガーデン」ほかテレビドラマ出演多数

寄せる演出助手・城田美樹（15期）ら優秀な面々。舞台制作を営業的側面からサポートするFCS（フラノクリエイティブシンジケート）を統括する寺岡宜芳（2期）を始め、谷山一也（15期）、藤田美緒（21期）ら、縁の下の力持ち的働きも欠かせない。

富良野塾（富良野GROUP）の芝居が、今日塾関係者の手だけで仕切れるようになるまでには、様々にプロの手を借りてきた。役者の羽鳥靖子（『今日、悲別で』）、坂本長利（『ニングル』）。明かりは『北の国から』の照明スタッフの山田芳昭。さらに「あかり組」の面々。美術面ではロウソク作家の横島憲夫、画家の杉吉貢。メイクアップアーチストの荒丈志と前田みのる。歌手の神山慶子、そして作曲家の倉田信雄。もっとたくさんの様々な人々の協力あってからこその全国進出である。いや、全国どころか富良野塾は海外でも公演している。

92年6月。富良野塾は『今日、悲別で』を持って、カナダ、ニューヨークで公演し、97年、『ニングル』と『今日、悲別で』の2本立て公演をカナダで行なった。

富良野塾のこうした演劇に関する大きなトピックスとして、富良野演劇工場の建設がある。倉本が〝創造役「芸術監督」〟を担当し、それまでに世界中で観て来た様々な劇場の良い所を結び合わせて、創り手にとっての夢の劇場を2000年秋に完成させた。10期生の太田竜介が工場長を務め、ここならではの特別な舞台創りを実現させている。

この太田工場長に今までの公演で一番印象に残っている作品は？と聞いたところ、2000年の大晦日に夜の10時半から開演した『今日、悲別で』ミレニアム世紀越え公演を上げる。舞台のラストに鳴り渡る「除夜の鐘」を本物にしようと企画されたこの公演、感動の終演後、ロウソクの灯りだけで新世紀を迎えようとホワイエ（ロビー）が「いい顔をした人たち」の笑顔で埋まった。

テレビなどでの活躍に目を向けると、05年に放映され

たフジテレビのドラマ『優しい時間』は、富良野塾の役者・ライターにとって、大きなターニングポイントになった作品と言える。倉本監修のもと、3名のOBライター(5&6話2期吉田紀子、7話3期田子明弘、9話8期小林彰夫)が脚本執筆を担当し、OB役者も重要な役で多数出演した。

同じフジ系のドラマでは、『北の国から』のスペシャル版『84年夏』に入塾したての1期生3人が富良野駅のシーンに登場。それ以来、小さな役ではあるが、様々なシーンで富良野人・北海道人を演じ、『北の国から』ワールドに参加。『2002遺言』の最後の富良野駅シーンで、娘・蛍と孫・快の乗った列車を追いかける五郎を制止しようと駆け出す駅員もOB(8期六条寿倖、12期倉林一成)で、名場面の影に塾生の力ありを証明。時間をかけて、リアルなセットを造ることで定評のある同シリーズに中で、美術スタッフを手伝い、「石の家」「拾ってきた家」の建築に力を発揮した6期生・野村守一郎をはじめとする美術・技術力のあるOBや、役名もない「村人A」的な役という海抜0から、しっかりと一歩一歩登る役者OBの力が、この名作の大きな下支えになっていたと感じる。

富良野塾生第1号の脚本家として1期生・相葉芳久が『天を売る島』(STV)でデビューしたのが、在塾中の85年10月のこと。この作品には、塾生たちも出演した。倉本脚本の『秋のシナリオ』(87年11月・日本テレビ)には、在塾中の3期生の白石雄大と築山万有美が抜擢。この二人はその後も様々なドラマに出演。

自ら人気劇団「フィクション」を率い脚本・演出・出演をこなす2期生・山下澄人。海外との合作映画『バベル』(07年・東宝)に出演した6期生・二階堂智。そして倉本作品『優しい時間』で抜擢された8期生・森上千絵、11期生久保隆徳は、続く『拝啓、父上様』(07年)『風のガーデン』(08年)でも重要な役どころを演じた。

さらに、ライター陣の活躍は目覚ましく、2期生・吉田紀子が脚本を担当した『Dr.コトー診療所』(吉岡秀隆主演、フジテレビ)は、03年の連続ドラマが好評を博し、04年にスペシャル版、06年に連続ドラマ版が続く人気作となる。サスペンスもので定評のある3期生・田子明弘、5期生・久松真一。女性らしい細やかな目線で心に染みるドラマを書く4期生・飯野陽子、5期生・浅野有生子。この他にもあげればキリがない。

役者として富良野塾で修業し、卒塾後ライターの道を選んだ者もおり(逆はないようだが)、1期生・友澤晃一は脚本と同時に演出もこなす。同じく1期生の一野雅義は自然紀行ドキュメント「グレートジャーニー」シリーズなどの演出・プロデュースを務める。3期生・白石雄大は萩本欽一の明治座での公演の脚本を担当する。講義で言われた「役者は本を書けないといけないし、ライターは役を演じられなければいけない」ということの別な意味での実践である。ただし、倉本は、その方向性として、役者とライターが両立するほど甘い世界ではないので、二兎は追うな、と戒める。真摯に一兎を追い求め、道を極めなさい、と。

テレビ・ラジオの番組構成を任されるもの、パーソナリティー（番組の進行役）を務める者など、あげ出したらキリがない。しかし――

現在業界の一線で活躍するOBライターを集めて不定期に行われている特別ライター講義に出席する面々を前に、倉本は厳しく告げる。「君たちのレベルでゴールデンタイムを書かせてもらえるなんて！」と。出席者の中には、芸術祭での受賞作もある吉田紀子もいて、である。さらなる修行、さらなる研鑽を積むべし、と現在もハイレベルな講義が続く。真摯に受け止め、更なる精進を目指すのが、富良野GROUPのライター諸氏。

富良野塾で学んだ「**地に足のついた**」演技や、その真摯な作品創りの姿勢がいかに評価されるかは、富良野GROUPのライター・役者の今後の活躍次第であるだろう。

目的

人智への過信と傲慢を捨て、第一次産業的労働を通じて人間の原点に立ち戻り、知識より智恵を重視することで、地に足のついたシナリオライター、俳優を育てる。及び、それに類する若者を育てる。

その拠点をこの地富良野に定める。

何度も登場させて申し訳ないが、最後にもう一回、「目的」を引用したが、ここでポイントにしたい点は「**それに類する若者を育てる**」そして「**その拠点をこの地富良野に定める**」である。

富良野塾の生活は、たくさんの「**地に足のついたシナリオライター、俳優を育てた**」のと同時に、「**それに類する若者を育てた**」。その過程をいくつか。

何もない、全くの0から生活を始めた富良野塾生。

富良野塾流の生活システムが確立され、設備面でも環境が整い安定期を迎えた時期に、もう一度富良野塾の原点を見つめ直そうと、6期生の入塾式から行われるようになったのが〝原始の日〟と呼ばれるプログラム。以降毎年の新入生を最初に迎える一つの儀式となる。——最初の入塾式と同じ、電気・水道・ガス・石油を全く使わない24時間。灯りはロウソクのともし火だけ。更に、生きる原点である〝食べる〟ということを見つめ直す意味から、自分たちが食するニワトリを、自分たちの手で絞める。命を奪うというこの行為に、男性陣はともかく女性陣の中にはあまりのツラさに泣き出す者も多い。そのとき塾長いわく「残酷だなどと云うな。みんな日頃鶏肉は当たり前に食べているだろう。それは誰かが寝ざめの悪いこうしたツラい仕事をやってくれているからだ。ここでは自分の手を汚しなさい。」——誰しもが命を支える「食」を与えてくれる〝命〟に感謝して、この鶏肉を食する。

生きる原点「海抜0」を見つめ直すこと。問い直すこと。頭ではなく、心でそれを感じること。さらにさかのぼると、倉本が富良野に居を構えた最初の夜の漆黒の闇を体験し、忘れていた太陽の恵みのありがたさを実感する機会となればとの思いも含まれる。

全ての灯りを消した塾地の空を流れる天の川の美しさ。入塾生の心に永遠に刻まれるものが多い特別な夜なのである。

そして富良野塾は、運命ともいえる「水枯れ」を迎える。開塾早々の最初の夏に、富良野塾は生活の要と言える水の確保が出来なくなる事件が起こる。倉本がこの場所を選んだ決め手となった最大の懸案事項が、生活用水の確保。ここには開墾時代に発見されて以来、どんな渇水でも一度も枯れたことのないという湧水が敷地内にあった。専門家に調べてもらったところ、水質も良く、水量も大人数をまかなうのに十分との結果。早速、それを塾地まで引いて生活が始まったのだが……。

ところがその大切な水が、突然枯れた。この湧水だけでなく、近所の井戸水も軒並み枯れて、一帯はちょっとした騒ぎに。何よりも生活を左右する〝水〟がなくなるという緊急事態。塾生は遠くまでもらい水に走る日々。後に別の場所に井戸水を掘り当てるまで不便な毎日が続く。

正確な原因は不明だ

夏の水枯れ後、別の場所に井戸を掘るまで飲み水の確保が大変だった

が、大きな可能性として考えられたのが、この時期国が盛んに進めていた農地開発。森を伐って丘を崩し、平らな畑地を増やしたことの影響。水を蓄える巨大な天然のダムである森の樹が皆伐され、更に滋養溢れる良質の地下水が流れる丘陵地が掘り返されることによって水脈がズタズタにされてしまったのではないかと。実際、十勝岳連峰から塾のある谷に連なる山々の豊かな森が、次々に皆伐の憂き目にあい切り崩して整地され畑へと姿を変えていた。

　都会でなら、水道の断水はその原因を水道局の配管やシステムトラブルに見出し、それで解決する。それ以外の影響が原因だとなれば、損害の補償を請求することも可能。しかし、ここの水は、天然の湧水という、「神様からの水」。文句の持っていき場はない。

　たぶん84年当時でも環境問題に興味のある者ならニュースやレポート記事で目にし耳にしたことがあるだろうこの種の話。それは地球規模の環境激変の兆候の一つであったと思われながら、その当時、そのことに気づける人はほとんどいなかったと思う。忙しい都会の人には、話題にすらならないような小さな小さなネタ――。しかしそれに、実際に、現実に、本当に、遭遇・体験したのが、表現者である作家・倉本聰であったことから、何かが大きく動きだした。

　倉本の、物事に対する作家としての目が、環境問題に強く注がれた瞬間――。この小さな水枯れとの遭遇が、『ニングル』というセミドキュメンタリーを書かせ、富良野塾で舞台化し、後に環境保全活動を志し富良野自然塾を立ち上げる、大きなきっかけとなった。

　これは98年に14期・15期の塾生で行われた講義でのこと。倉本が問いかけた。「君たちにとっての〝生活必需品〟とは何か？」

　答えは、1位　水　2位　ナイフ　3位　食料　14位にヒトというのが入ったことを倉本はおもしろがる。異性という意味ではなく、共に生きる誰かという意味で。この時倉本が生出演を予定していた日曜朝の情報番組「サンデーモーニング」（ＴＢＳ）の下準備に来たプロデューサーが、この話を聞いて興味をそそられ、東京・渋谷の若者たち相手に同じ質問を問いかけた。結果――

　1位　お金　2位　ケイタイ　3位　テレビ　4位　愛・食料・仕事　5位　友だち

インタビュー映像にはケイタイが必需品だと述べる若者。さらに15年近くたった今、同じ問いをしたら　1位　ケイタイ（スマートフォン）　2位　パソコン　3位

お金　みたいな感じになることに違いない。

東京の結果を見て、倉本は「根源的なところから考えていないんじゃないかな。」と、98年12月6日に放送された同番組の中で述べている。

根源的な生活をしている富良野塾生。それで生き方を変えた若者もいた。後に富良野自然塾の立ち上げに加わり、同塾のフィールドディレクターの重責を担うことになる13期生・齋藤典世もその一人。「地に足のついた」若者が育った。

「及び、その拠点をこの地富良野に定める」

演劇創造の拠点を引き継いだ富良野演劇工場

『北の国から』というドラマの放送をきっかけに誕生した富良野塾。自然と向き合うこのドラマが多くの人に愛され、〝富良野〟に、日本全国からファンが集まり始めた。その中でも環境保全に興味のある人々が、富良野塾に集まり、その集合場所、拠点になった。例えば86年、塾長作詞の歌「カムバック・フォレスト～森よ還れ」を生み出した「ふらの森林フェステバル」開催の中心地となり、また、放送開始早々のＮＨＫ・ＢＳ放送が、８９年に民放各局の協力を得て丸1週間富良野塾をキーステーションに放送した「ＮＨＫ衛星スタジオ　北国からのメッセージ」などがある。アイヌ民族出身の国会議員、萱野茂氏を始め、一流の環境保全家が富良野塾に集結し、様々な意見交換、貴重な情報交換をした。環境保全をテーマにした音楽会も富良野塾レストラン棟前の野外ステージで行われるなど、実に盛りだくさんな内容の一週間。このように、今、富良野自然塾が担っている、環境意識の高い人々が集まれるベースキャンプ的なポジションとして、富良野塾があった。

もちろん、映画やテレビ、演劇に関わる重要な人物が訪れ、大切なメッセージを残してくれる、芸術活動の大きな拠点となったことはいうまでもない。山田太一。高倉健。『北の国から』のスタッフ・キャスト。こちらも挙げればキリがない。

どんなに優れた作家でも、個の力にはおのずと限界がある。「富良野塾」という拠点があったこと。このことがいかに大きかったかは、多くの人が認めることであろう。これまでも、そしてこれからも。

富良野演劇工場で行われた富良野塾閉塾式において、駆けつけた塾生OB約 250 名の前で、閉塾の宣言と挨拶を述べる倉本塾長

富良野塾のラスト・デイ

2010年4月4日。富良野塾が閉塾する日。閉塾式上、倉本は挨拶する。ほぼ全文を採録する。

お礼を言わなくちゃいけない人は山ほどおりまして、いちいち申し上げることは出来ないんですが…3人だけ。

最初に僕と一緒に、木材運びから塾の礎《いしずえ》を築いてくれた橋本文義くん。そして、鬼塚孝次と森田雄一くん。この3人が居なければ、僕一人の力ではとても塾を立ち上げることは出来ませんでした。

26年間、僕を支えてくれたものは……無限にあり過ぎて、述べ切れないんですが、一つだけ申しますと、2600本のジャック・ダニエルと46万本のマイルドラークでした。「そういうことをしていては健康に悪いし、人を教える立場として良くない」という誹謗は年中浴びました。しかし……長生きをすることが人生ではない。僕は、その人生の中で〝どうやって生きるのか〟が一番問題であろうと思います。金を儲けるのもそうですが、儲けて何をしたいのか？　何のために金を儲けるのか？ということがはっきりしない人生は嫌です。昔の都々逸にございます。「酒と煙草と女を止めて１００まで生きた馬鹿が居る」。こういうのもあります。「酒と女と煙草を止めて50で死んだ馬鹿が居る」。これは僕が作ったものですが。くだらないことを言っておりますが——。

この塾を、そもそも始めたきっかけは、僕を育ててくれたテレビ界への恩返しのつもりでした。昭和30年代にテレビが出始めた時、輝ける処女のようなもので、それに対して僕は憧れを持ち、惚れ切って一生懸命尽くしてきたのですが、テレビ界はその処女をズタズタにしてしまい、娼婦のように扱って、今メチャクチャになってしまいました。いみじくも30年代に評論家の大宅壮一さんが言われた言葉に「テレビは一億総白痴化する」と喝破されましたが、まさにそのように、観客も巻き込み、そして作り手もどんどん駄目になっております。

その中で何か一石投ずることが出来ないかと思って始めたのがこの塾でありますが、テレビという凄まじい洪水の中に投じた一石は、波紋も見えずに、川底に沈んでしまいまして、非常に虚しい思いをし続けました。しかし、いずれは川底の小石たちがどこかで集まって、この洪水の流れをせき止めてくれることもあるかな？と思い、血圧のドンドン上がるのを我慢して堪えてやってまいりました。

苦しいときは北島三郎の『兄弟仁義』を歌いました。「ひとりぐらいはこういう馬鹿が居なきゃ世間の目が覚めぬ」という、この言葉を身に染ませました。

（中略）

この26年の間で、僕は若者の力というものを信じることが出来ました。若者はすごい力を持ってます。「これをやれ」というと、やります。「よく出来たな！」と僕はびっくりします。「やれと言ったじゃないですか」と言われます。初期にはホントにそんなもんでした。しかし、一々驚いていました。つまり、原石としての若者は今でも素晴らしいものなんだと思います。ただ同時に驚いたのは、その原石が

2010年の夏、閉塾後のスタジオ棟の前に設置された「富良野塾起草文」が刻まれた石碑

全く磨かれずに社会に出て来ることです。多分、家庭や学校の教育というものが、まことになってない。なってないものが社会に出て来る。その連中との戦いであった気がします。しかし原石として、ホントに光っている原石が、若い力の中にいっぱいあるということを再確認いたしました。これは嬉しかったです。

塾を止めるきっかけになった一つに、僕の尊敬する映画監督の岡本喜八さんが数年前に亡くなったんですが、その書斎の壁に1枚の紙が貼ってありました。これはエーリッヒ・ケストナーというドイツの詩人の文章で、「人生を愛せよ。死を恐れるな。そして、時が来たら誇りを持って脇へどけ!」という文章でした。これを読んで「そろそろ塾はやめたほうがいいのではないか?」という風に考え始めました。

しかし、その後ずっと考えてるうちに……いささか考えが変わりました。「今、脇へどいていいんだろうか? 時が来たんだろうか?」ということを思います。

「どくまい!」と思います。

「どいてたまるか!」と思います。

越えようとする人は、先輩より優れればいいんだし、死体を乗り越えて行けばいいのであって、わざわざどいてやる必要なんか何もないんじゃないかという風に、考えを変えております。

従って今回、塾は閉鎖いたしますが、富良野に残っている連中、それから今育ってきたライターたちを含めて、「富良野GROUP」というものを結成して、この人たちとこれから新しい芝居創りに励もうと思います。

幸いにして、この素晴らしい演劇工場というものを、そこにいらっしゃる高田元市長が在籍中に創って、我々にプレゼント、という言い方も変ですが、してくださいました。ほんとにこの劇場は、全国を回っても

富良野塾の開塾から26年。2010年の夏、閉塾して再び草ぼうぼうになった塾地を見つめる倉本聰

滅多に無いくらいいい劇場です。ここのお陰で僕らはどんどん仕事を、非常に豊かな形でやらしてもらってます。有り難うございます！

最後に、塾地をどうするかということをよく聞かれます。4町歩の塾地、谷の土地です。「何に利用するのか」とかいろいろと聞かれるのですが、考えました挙句、自然に返そうと思います。そのまま建物も朽ち果てさせようと思います。26年間騒がしてしまった植物や動物や…霊魂たちに、お返しするのが筋ではないかと思って、放っておくことといたします。

ただ、富良野塾の墓碑銘として一つだけ〝碑〟を建てさせていただきます。それは、僕が26年前にこの塾を創った時に創った起草文であります。

あなたは文明に麻痺していませんか？
車と足はどっちが大事ですか？
石油と水はどっちが大事ですか？
知識と智恵はどっちが大事ですか？
批評と創造はどっちが大事ですか？
理屈と行動はどっちが大事ですか？
あなたは感動を忘れていませんか？
あなたは結局なんのかのと言いながら、
我が世の春を謳歌していませんか？

この文を石碑にして、今月の末には建ち上がる予定です。どんどん伸びてくる雑草と木々の中に、その石碑だけが残ってくれれば、僕の理想の形です。そしてまたこの言葉は、僕にとっても一つの原点です。先ほどの『谷は眠っていた』の中で、落とし物をしてしまった男が出てきましたが……、彼が多分失くしてしまったものも、その原点のものではなかったか？と僕は思っております。

長いことお付き合いいただいて有り難うございました。これで、富良野塾の幕を閉じます。
ありがとうございました！

追伸――
閉塾式後開催された閉塾パーティ席上において。先ほど、一番感謝したい人を言い忘れておりました。用意したメモをなくしまして……。
26年間一緒に付き合ってくれた妻に、心から感謝したいと思います。

テレビドラマ「學」対談

教育者としての演劇塾

仲代達矢×倉本聰

俳優の仲代達矢さんと脚本家の倉本聰さんが初めて、ドラマ『學《がく》』(WOWOW プライム。2012 年 1 月 1 日放映) でタッグを組んだ。無名塾と富良野塾、同じ演劇塾の創始者として同じ時代を生きてきたふたり。壮大なスケールのドラマ『學』、そして塾を通して接してきた現代の若者たちを教育者としての目で語る

仲代達矢
1932年生まれ。主宰する無名塾は今年で38年目に。ドラマ『學』では、78歳にして標高2000mを超えるロッキー山脈でのロケに挑んだ

『學』というドラマはなぜ映像化されなかった？

仲代　ドラマ『學』は、倉本さんが10何年か前にシナリオをお書きになったものですね。それが今回のように映像化するまでの間、どういうお気持ちでしたか。

倉本　実はほっといたんですね。2～3回映像化したいっていう申し込みもあったんですよ。1回はカナダまで行って、ロケハンまでして、かなり長い時間をかけたんですけど、それでもポシャリまして……。

仲代　何ででしょう。

倉本　何なんだろう。スケールが大きすぎるというのか、当時はハイビジョンカメラが出たばかりの頃で、ハイビジョンカメラを持って行って山の上で撮るという大仰《おおぎょう》さに日本のテレビ界はビビッてしまいましたね。

仲代　そうですか。もちろん海外ロケだから経済的にも大変だったでしょうけど。私は俳優を60年やっていて、晩年のこの時期に倉本さんが作られたこの『學』という作品に出会えたことは、非常に幸せなことだと思っています。倉本さんはずっとテレビドラマの名作を書いていらっしゃいますけど、これはテレビドラマの枠を超えた作品で、映画にしてもいいですよね。これは私の私見ですけれども、どうしてこれだけの素晴らしいシナリオが、今まで映像で見せられなかったのかと非常に不思議に思いました。僕なんかは、14歳の少年が殺人を犯したっていうのは、とても理にかなっていると思いますね。

倉本　そうですね。シナリオを書いたあの頃は、ああいう事件が結構あったんですよね。あの酒鬼薔薇聖斗《さかきばらせいと》っていう事件があったりして。子どもの事件の背景にＩＴというか、コンピューターみたいなものがからみ始めていましたからね。子どもの教育形態が、自然からの原体験で取るのじゃなくて、本とかコンピューターから情報を取るようになっていましたから。知識を教えるっていう形態が変わって来ちゃったっていうのが、ひどく物足りなくなっていったんですね。五感教育っていうのがまったくなくなっちゃって……。それまでも僕はいろんな形で教育問題を追求してきたんですけど、当時、そんな殺人事件があったりしたもんで

※『學』のあらすじは188ページにあります

すから、これはひとつドラマにしようと思って。で、このシナリオを書いたんですね。

仲代 そうですか。今でも大きなテーマですよね。僕は新劇というところにいて、演劇を中心にして、60数年間やってきました。私が演劇の世界に入り込んだのは、戦後ですね、戦争が終わって世の中が非常に解放感があって、今まで抑圧されていた新劇も解放された頃です。役者によっては牢獄に入れられていた人たちもいて、そんな人たちが牢獄から出てきてました。ちょうど新劇が復活し始め、勢いがあった時代なんですね。やっと戦争が終わって自由な活動ができ、自由な発想ができるようになっていた時代でしたね。そんな時代に役者になったもんですから、芝居づくりの原点は悪しき体制に抵抗するっていう気分が、どうもありました。

倉本 当時は左翼演劇が盛んだったし、むしろそっちが強くありましたよね。

仲代 そうですね。イデオロギーっていう問題を芝居の中に入れなければいけないという風潮がありました。当時、私は俳優座ってところにいたんですけれども、民藝と文学座と俳優座の三大劇団が中心になって動いてましたね。そのうち、この3劇団が体制となって、それに対抗するアンチの劇団が出たんですね。それがつかこうへいさんとか、唐十郎さんとか、今度はこれらが体制になっていくわけですが……。

倉本 僕も俳優座系の劇団仲間っていうところからスタートしたわけなんですが、劇団仲間の場合、いわゆる民藝的な左翼とはちょっと違ったスタンスでやっていましたね。ドイツ演劇でしたから。でも、やっぱりあの頃はメッセージ性が強くて、いわゆるプロパガンダの匂いがしましたよね。

仲代 そうですね。

倉本 あれがやだなって思ったんです。

仲代 あぁ、あぁ。

感動を共有することができるのは人間だけ

倉本 その後、僕はテレビの世界に入ってしまうわけですが、テレビはプロパガンダ風にメッセージ性を強くしたときには、お客が離れちゃうだろうと思いました。それをすごく感じましたよ。

仲代 はい。

※プロパガンダ…特定の思想などへの宣伝行為

倉本　芝居が5万人のお客さんを対象とするならば、テレビは1％で100万人ですから。1000万人、2000万人と桁が違うわけですよね。その中でどうやって、自分の書きたいものを見せるかというと、薬でいえば糖衣錠、砂糖にくるまった。

仲代　糖衣錠？

倉本　僕は学童疎開っていうのをやるわけですけど。

仲代　僕もやりましたよ。

倉本　そうですか。小さいときは甘味が欲しくて、疎開先に薬を送ってもらって食べませんでした？

仲代　（笑）歯磨きまで食べましたからね。

倉本　そうでした？（笑）。だからその糖衣錠の感覚っていうか、甘味だけを食べたいがために、中身が何だかわからなくっても消化剤なんかを食べたりしちゃってましたね。エンターテイメントとは薬を飲むのと同じで、本当に言いたい苦いところは糖分で隠しちゃうことだと思うんです。特に大衆に対するエンターテイメントは。それは、ひとつのゲリラ活動ではないかって思いましたね。どういうふうにやったら大衆に受けるメッセージになるのか、そこに腐心しましたね。

仲代　俳優も同じです。俳優が持っている五感や魅力などをフル活動させて、お客さんに「いいな、素敵だな」って思ってもらえるのが大切で、さらにその舞台が持っているメッセージ性を伝えなければいけません。エンターテイメントとメッセージ性がうまく交わり合うのが、理想です。ただどうも最近はですね、糖衣錠の糖の方のエンターテイメントがいいというふうな……。

倉本　最後まで砂糖なんですよ。核がないんですよね。

仲代　倉本さんは、仲間からテレビに行って、テレビで名作をいっぱいお書きになっていますけれど、テレビ界ってものと自分で書かれたシナリオと実際のドラマとの違和感っていうのは、ずいぶんありましたですか？

倉本　ありましたね。年中その腹立ちばかりでしたね。

仲代　僕の親友でテレビマンユニオンを作った萩元（晴彦）という男がいるんですけれども、もう亡くなったんですが、彼はいつも視聴率、視聴率って追われていました。でも、問題は再放送っていうんですか、再放送まで視聴率に入れないのはおかしいと言っていました。さらに再再放送まで視聴率に入れてくれないかって頑張った人なんですね。テレビ界にいながらテレビを批判したりしたんですね。

倉本 その通りですね。

仲代 我々の芝居は、お客さんに劇場に足を運んでもらわないといけない。映画もそうですよね。テレビの方は素晴らしいものができても、茶の間で観るというシステムなので少し限界があるんじゃないかって気もしますけれど、その点は、お書きになっていてどうでしたか。

倉本 僕は、人間っていうのは、感動を共有できる唯一の動物だと思っているんですよ。感動することができる動物っていうのは、他にもいるっていう気がするんですね。馬なんか子分かれさせますと泣きますし、感動っていうのはあると思うんだけれども。でも見知らぬ人が隣にいても一緒に笑ったり、一緒に泣いたりすることで盛り上がってくる、感動を共有するっていう作業は人間にしかない特性だっていう気がするんです。だから芝居ができたし、スポーツが生まれたんだと思うんですよ。テレビっていうものが生まれたときは、最初は一家に一台っていう時代だったので、それをみんなが見て、家族で感動を共有できたわけですよ。

仲代 はい。

倉本 だけど、だんだん裕福になってテレビが各部屋に置かれてくると、みんなひとりで見るようになっちゃって、ここでまず感動の共有が断ち切られたんですね。次にビデオテープやＤＶＤが出てくる。そうすると好き勝手な時間に見ることができるから、時間すら共有できなくなってきたんです。生放送のときには、札幌と九州の恋人同士が、同じテレビ番組を見ていて、良かったなって電話で話せたんだけれど、それすらできなくなっちゃいました。どんどんバラバラになってったっていう気がするんですよ。今の視聴率調査っていうのは面積なんですよね、どのくらい広く見られたかっていう。深さがないんですよ。つまり容積率じゃなくて面積率。二次元のものなんですよね。僕は、ビデオデッキなどが世の中に出てきたときに、テレビの視聴率がビデオやＤＶＤにどれくらい取られたかっていう数字も出てくるものだとてっきり期待してたんですよ。

仲代 そうですよね。

倉本 そうすると容積率ができますから。ところがこれができなかったですね。なぜかっていうと、視聴率調査っていうのは代理店がやっているんです。電通の子会社のビデオリサーチっていう会社がやっているわけで、実はコマーシャル視聴率調査なんですよ。ＤＶＤで観てる奴はコマーシャルをスキップしていることになるわけでしょ。だからコマーシャルを見てくれないからクライアントに対する提示にならないんですね。つまり縦の面積の〝質〟っていう調査結果が出てこないんですよ。

仲代 なるほど、そこは気づきませんでした。

倉本 だから第三者機関が、郵政省なら郵政省が、きちんとした視聴率調査をしないといけないと思います。アメリカもニールセンっていう代理店が視聴率調査をやったりしてるんですけど、第三者の機関による視聴率はやっていないんですよ。

視聴率がいいドラマがすべていい作品とは限らない

仲代 非常に素朴な質問なんですけど、今度僕は、『學』のシナリオを読ませていただき、とても感動して出演させていただいています。非常に素晴らしい作品だと思っていますけれども、このドラマの視聴率が悪かったら評価って下がるんですか？　映画でもそういうことはずいぶんありましたけど。

倉本 これは不思議でしてね。僕は過去にテレビのシナリオを1000本くらい書いているんですが、シナリオの評判が良かったものでも視聴率がうんと悪かったものはいくつもあります。

仲代 ああ、そうですか。

倉本 ただ、世の中の話

學に生きることの意味を教える信一（仲代達矢）

題にはなりますね。例えば『6羽のかもめ』っていうドラマがありますけど、これは一桁、6~7%です。『流浪雲』っていうのも非常に悪かったですね。『北の国から』でさえ最初は良くなかったですよ。13~14%ですね。

仲代 うんうん。

倉本 だから視聴率が高いからって、そのまま残る作品になっていくのか、古典になっていくかのは、別問題って感じがしますね。

仲代 何年かのち、何十年かのち、その映像が残っていて、時空を超えて評価してもらえるってこともありますよね。

倉本 ありますね。

仲代 岡本喜八さんって監督は、時代よりもちょっと先行しているような作品づくりをしていました。だから後年になってから評価されたみたいなことがありますね。僕が不思議に思ったのは、キネマ旬報の順位でした。僕は木下恵介監督とも一緒に仕事をしましたし、とても尊敬している監督ですけど、ある年のキネマ旬報の1位が木下恵介監督の『喜びも悲しみも幾年月』でした。2位がやっぱり木下恵介監督の『女の園』、3位が黒澤明監督の『七人の侍』だったんですね。でも世界中でいろんなところに行って話をしていると、『七人の侍』の話がよく出るんです。木下さんの作品がだめということじゃなくて、そのときの流れっていうのもあるんでしょうね。

倉本 あるんでしょうね。それから投票する人間の価値観とか、その時々の感性とか、いろいろな要素があると思います。

仲代 それに黒澤さんっていう人はマスコミ嫌いだったから。「監督、この映画の意味は何ですか」って聞かれると、「意味なんかないよって。書きたいものを書いて、撮りたいものを撮っているだけだ」って。だからそういう反動が来る(笑)

倉本 それはありますよね。今回、外国の俳優さんと共演したでしょ。外国の俳優さんはこの本を読んでどういう感想を持っていました?

仲代 いや素晴らしいと言っていました。モス役をやっていたマクベスさんも素晴らしいシナリオだって……。これに出られることは俳優にとって、とても光栄だとも言っていましたね。そういう意味じゃ、このシナリオは、世界共通の問題をしっかりと抑えているんだと思いますが。

倉本　10数年前にぼしゃったとき、そのときはＮＨＫエンタープライズでやりかけたんですけど、監督は外人でやろうという話になったんです。当時、カナダで一番売り出していた監督と会って、その人の撮影現場に行ったら俳優さんたちに囲まれたんですね。『學』は、どんな話なんだって言われたんで内容を話したら、「ドラマに出してくれ出してくれ」ってすごい売り込みをされました。あの当時でもこういう問題に対する、外国人の食いつきの強さを相当感じましたね。そのあと、サンダンス映画祭とか、レッドフォードとかやっている仕事の中にこの傾向が出てきているんですね。「リバー・ランズ・スルー・イット」なんかにね。サンダンスの映画を見ていると僕、すごくその傾向を感じますね。だから『學』を映画化してサンダンスに出してよって頼んでいるんだけど。

脚本家は霊によって書かされている楽器

仲代　(笑)。それはいいですね。もうひとつお聞きしたいことは、『學』はなぜカナダを舞台にしたんですか。

倉本　それはね。僕は富良野のことをよく書くように、年中カナダに行っていたんですね。今は飛行機が全席禁煙で、煙草を吸えなくなったから行かなくなりましたけど……。

仲代　(笑)

倉本　カナダの親友にインディアンがいるんですよ。ハイダ・インディアンの酋長をやっているグジョーという人間なんですが。自然のことは彼にずいぶん影響を受けました。

仲代　例えば、どういう。

倉本　毎年のようにカナダに行って彼とキャンプしながら、クイーン・シャーロット諸島の島々をまわってたんですけど。彼から自然観を教えられましたね。それに何にもなくてもどうやって食っていくかっていう技術。日本でいうとサバイバルとはちょっとになっちゃうんだけど、サバイバルってことと違う気がしますね。金がなくても自然に食わしていただければ、ちゃんと生きていけるよって哲学。北海道でいうアイヌの人の考え方に似てますけども。そこらへんをすごく影響を受けたんですね。

仲代　例えば、生きるために食うか、食うために生きるのか。

倉本　（笑）そうですね。

仲代　人間ってこの世に生まれて、結局は死んでいくんですけど、生きている瞬間っていうのは〝生きている〟という感動がなければいけませんね。また、役者だけの問題なのかもしれないんですけれども、本当は誇りをもってこっちの仕事をやりたいんだけど、こっちの作品の方がお金がいっぱい出るから（笑）、こっちって。こっちはギャラが少ないからやだっていうようなことが、あるような気がするんです（笑）。

倉本　（笑）

仲代　俳優って待っている商売ですからね。僕は若い人を集めて無名塾っていうのをやってますけど、いつも言うんですが、俳優って常に待つ商売だって。実力があってすごい技も持っている、センスもいいものを持っているっていう奴が、全然売れなくってですね。で、おいどうしてこいつが売れるんだっていうのが売れたりするんですね（笑）。こないだゴッホの芝居をやっていたんですけど、ゴッホは生前４００フランの絵しか売れなくて、死んでから価値が出ました。今は一枚何百億でしょう。倉本さんがお書きになったものは、作品が残り、映像も残りますけど、ライブである演劇は、演じている瞬間っていうのはすぐに通りすぎちゃうんですね。そういう意味では、俳優って商売はおもしろいけれども、しんどい商売でもあるって思うんです。俳優に関して、倉本さんは何か思いがありますか。

倉本　ひとりの俳優と10代から50歳、60歳まで付き合っていたとすると、俳優はすごく輝いているときと輝きを失っちゃったときってありますよね。

仲代　そうですね。

倉本　これは何なんだろうなって時々思いますけど。

仲代　鮮度でしょうね。

倉本　僕のまわりにはすぐに警察に捕まっちゃう俳優が多くてね。何かいろんなことをやって（笑）

仲代　ええ（笑）

倉本　その捕まっている時期がものすごく光ったりしているわけですよ。そういうのがやたら多くて。何か身元引受人みたいになっちゃって、テレビ局に何とかこいつを使ってよっていうことが結構多かったですけど、そういうときに光っている俳優がいたりするんですね。僕ら作家もそうだけど、やっぱりエネルギーの燃え方で、えらい炎が上がるときっていうのがあると思いますね。その炎を絶やさずにいて、いつでも火をつければボッと燃える状態に自分を置いとくっていうのが、アーティストの使命だって気がしますね。もうひとつ言うと、僕は自分で書いているとは思えない時期があったんですよ。だれかに書かされているっていう気がすごく強くなったんですね。で、1時間もののドラマが1日で書けちゃったりするんですよ、まだ若かったから。その代わり手が動かなくなったり、吐いたりしますが……。ある宗教家のところに行ってその話をしたら、それは当たり前だって。お前が書いているんじゃない。お前にのっかっているサムシンググレートが書かしているんだからと。どうしたらいいんですかと聞いたら、お香を焚けって言われたんです。

仲代 ほお。

倉本 お香は霊を慰めるからって。だから僕はいつもお香を焚きながら書いているわけです、窓を閉め切って。いつもお香の煙が上がっているわけですよ。次にまた同じようなことがあったんです。いいものが1日で書けたんですよ。ふっと気がついたら、お香の煙が僕の体に巻きついていたんですね。

仲代 はぁ。

倉本 僕はそのときから、これはやっぱり自分が書いているものじゃないんだということを思ったんですね。その先生がですね、来年君は賞を取るよって言ったんです。僕はそれまで賞を取ったことがなかったんですね。そうしたら、その年は8本くらい賞を取っちゃったんです。そのときね、ちょっと待てよって。この賞は俺が取ったものなんだろうか、霊が取ったものなんだろうかって思っ

ちゃったんですよね（笑）。

仲代　（笑）

倉本　で、いくら何でも霊が取ったんじゃないだろう、俺が取ったんだろうと思っちゃったわけです。そうしたら、4年間くらいパタッと書けなくなっちゃいました。

仲代　はぁ。

倉本　4年半くらい経ってから反省しましたね。それで何て馬鹿なことをしたんだろうか、我々は霊によって書かされて、霊によって演じさせられている、いわば楽器なんだと。

仲代　なるほどね。

倉本　ちょうどそのとき、テレビで棟方志功さんのドキュメンタリー番組を観ていたんですね。棟方さんがベートーベンの第九を鼻歌で歌いながら彫るんだけど、そこの画面に棟方さんの声がかぶってくるんです。「僕は自分の作品に責任なんて持てない。だって僕が作っているんじゃないもん。神様が作っているんだもん」ってこともなげに言っているのを聞いてね、ああそうかって思って。それからすごく書くのが楽になりましたね。

仲代　ああ、そうですか。

倉本　毎朝、神棚にパンパンっていって。するともう書いてくださるって感じで、すごい楽になりましたね。

仲代　ようし、それ見習おう（爆笑）。もう残り少ない俳優人生ですけれども、やってみよう（笑）。僕らは塾をやっている関係で、僕や倉本さんのまわりには若い俳優志望者やライター志望者がいますよね。ある人が世の中には男と女と女優しかいないって言った人がいるんですよ。

倉本　男優はいないんですか。

仲代　男優は男なんですよ。社会性があるんですね（笑）。女優っていうのは特別なものでね。若い女優さんが入ってくるとしますね。彼女は一生懸命演技を勉強しているんですよ。一生懸命やっていて、ああ少しうまくなりかけてきたなって思って、100回の長い地方公演の旅に出ますと同じ塾生同士と恋愛関係になるんです。これは若いからしょうがないなあと思っていると、そのうち子どもができて、子どもがひとりだけだといいけど、子どもも3人もできると……。

倉本　そのくやしさよくわかります（と、仲代さんに握手を求める）（笑）

仲代　（爆笑）女優、やめるんだろうと言うと、まだ続けますと言うんです。そこで結婚式で何かお言葉をいただきたいと。俺はこの子を女房にするために3年間も苦労したんじゃないんだ。女優にするために苦労したんだって。

倉本 わかるなぁ(笑)

仲代 それが結婚した方がいいよっていう子だったらいいんですけど、これはいけるなぁと思った子に限って何か……。

倉本 (笑)

學の字にあえて旧字を使っているワケ

仲代 今の倉本さんの神が書かせているっていうのを聞いて思うんですけど、役者っていうのはなかなか神が宿らないですね(笑)。38年間やって来た無名塾の若者は、みんな僕の背中を見てるんですよ。ですから「あぁ仲代さんも年を食ったなぁ」と言われるのがいやで、頑張るんですけど、その頑張りがみんなにとっていいのか悪いのか自分でもわからないですね。一介の孤独な老人が、自宅の2階に寝ていると、朝6時くらいになると下でワーワァ、ワーワァと騒いでいるわけですね。そうすると「いいかぁ、大家族というのもいいかぁ(笑)」っていう気にもなるんです。でもいい時期を見つけて脇にどかなければいけないって思います。倉本さんも同じようなことをおっしゃっていますけど……。

倉本 いやぁ、どきたいんですけどね。どいたらだれかやってくれんのって考えたら、どけないんですよ。

仲代 そうですね。倉本さんにしても僕にしてもいわば、富良野塾や無名塾の創始者ですよね。歌舞伎の世界のように世襲制度だったらいいんですけど、つなげられない奴ばっかりだったらどうしようかなって思うんです。

倉本 そういう奴を育てられていないんだなって、自己反省するんだけれども。

仲代 僕もそうですね。

倉本 こっちがポコッと逝っちゃえば、意外に力を発揮して、つないでいってくれるのかなっていう気持ちも少ししていますが、それが果たして現実的なのかっていうのが。

仲代 だから、この『學』っていう作品でですね。私の役の風間信一がですね。何の反応もない孫の學を

元南極越冬隊員だった信一

絶対に人間として復活させるんだという思いと、無名塾なら無名塾で、次世代がこういうことをつなげてくれるんだという思いは、ちょっと共通点があるような気がするんですけれどね。

倉本 そうですね。そのひとつのキーワードっていうかな、學がね、1万円札を燃すシーンがありますね。お札といったものがいざとなったときに、今日一日を生きるってことに何の助けにもなってくれない。お札というのが、火を焚いて薪を燃やすための火口になるか、あるいはお尻を拭くことの役に立つか、その程度のものにしかならないってことをこの場面では言いたかったんです。今、お札が必要以上に世の中で大事にされてしまっていますよね。そこの考え方を変えていかないと未来につながっていかないんじゃないかって気がしてしまいますね。

仲代 えゝ。

倉本 『學』は、教育っていうのがひとつのテーマなんですけど。学という字を旧字にしたのは、今の簡単な学という字は間違っていると（笑）。昔のしっかりした学びをしてくれないとまずいという意味で旧字を使ったんですね。

金を稼ぐな 金を稼ぐと芸が荒れる

仲代 僕は教育のない人間でして、高校も夜間部なんです。これから何をしていこうかなっていうことで、結局役者になったわけです。僕は学芸会もやったこともないし、人前で歌を歌ったこともないような、どっちかというと引っ込み思案の少年だったんですね。高校卒業後、大井競馬場に勤めていたんですけど、ある人から「お前役者になれよ、顔がいいから」っていうひとことでなっちゃったんですよ。歌手にもなりたかったんですけど、スパンコールの紫の服を着るのはやだと思ったんです。でも俳優になるのも恥ずかしい、人の前でやるのはやだったんですね。俳優をやるにしても一番地味なところはないかと思ったら、新劇というのがあって、洋服なんかも金ピカの服を着ないで済むとわかったんです。将来、食えないかもしれないけど、一番アカデミックで地味な存在ということで新劇に入ったんです。そのとき、僕は無口だったんですけど、小沢栄太郎という先輩がいまして、「役者に沈黙は金なんか通用しない、だから日頃からしゃべれ、しゃべらないからお前のセリフはのろいんだ」って言われました。「軽薄に見えてもいい。日頃からしゃべれ」って言われたことが、大きな転機になっています。それは、今思うとありがたい言葉だったですね。

倉本 僕はね、大学に入ったと同時に劇団仲間に行ったんですけど、大学に全然行かなかったんですよ。4年間。毎日、劇団仲間に行っていたんです。

仲代 俳優座は1年を半分に切ってですね。半分は映像、半分は芝居。通行人の役でも芝居をやるシステムでした。当時、先輩たちは俳優座劇場を建てるために、大借金しまして、団員はギャランティの70%を俳優座に納めるシステムになっていたんです。でも、はじめから30%のギャラだと思ったら何ともないって思っていましたね。そして、100人くらい先輩がいたんですけど、「金稼ぐなよ、金稼ぐと芸が落ちるぞ」って毎日のように言われてました。

倉本 (笑)

仲代 でも今から思うと、売れるということは自分を増長させたり、いいかげんになったりするということを言っていたんですね。あれもやっぱりいい言葉だったですよね。

倉本 確かにハングリースポーツっていうのがあるけど、ハングリーっていいことなんですよ。望んでもできないハングリーっていうのもあるんですよね。僕は稼ぎ始めたときに遊び始めましたね。身の届かないような遊びに金をつぎ込んだんですね。

仲代 私はやってないな〜。その頃の映画スターってね。ヨット2台とか、車5台とか持ってたんですよ。

倉本 僕はね、ものは残さなかったんですよ。花柳界で遊んだりして金を使っちゃう。それがね、すごくいい財産になったと思いますね。5年くらい前に

『祇園囃子』っていうスペシャル・ドラマを書いたんです。祇園の芸者さんの話を書いたんですけど、この取材費は6000万円くらいかかっていると思いましたよ。その前もずっと通い続けていますから。でも税務署が必要経費として認めてくれないんですね（笑）

仲代 （笑）

倉本 本当につぎ込んだんですね。そうしないとつかめないいろんな廓の部分とか、女の心情とかがあるし。身銭を切って遊ぶことができましたね。それは、勝新（勝新太郎）なんかの影響があるんですけど、あそこまで破天荒にはなれず、自分の身の丈で。

仲代 僕らは新劇にいるからそんな派手なことはできないんです（笑）。勝さんとか京都の俳優さんは、すごく遊んでいましたね。市川雷蔵さんと勝新太郎さんが大映にいて、二枚看板でしたよね。雷蔵さんが祇園に行って、芸者を12人上げてやったっていう情報がいち早く勝さんに届くわけですね。雷蔵さんが12人ならば、俺は15人だって……。かつての映画スターってすごいですよね。僕の場合は、どうも亡くなった女房（宮崎恭子）の影響だったと思うんですけど、車は持っていなくても、素敵な俳優を見つけた方が道楽としていいんじゃないのってことで、無名塾を始めたわけです。僕も役者でいながら外国映画などで素敵な俳優さんを見るのが好きだったですから。そんなのが無名塾を始めたきっかけなんですが……。倉本さんは、そんなに遊びましたか？

倉本 特に一番変な遊びっていうのか、僕はNHKとトラブって北海道に来て、札幌でサッチョン生活を2年半していたんですけど、そのときが一番無頼でしたね。ひとりですから毎晩夕方から明け方まで飲むんですよ。ありとあらゆるヤクザからホステスから、トルコ風呂の社長からいろんな人と奥深くまで付き合っちゃったんですね。今まで東京にいるときには、自分の利害関係にある人としか付き合っていなかったんですよ。人を書く商売をしているのに、なんでこんなに利害関係がある人とばかり付き合っていて、なぜ書けたんだろうって不思議になりましたね。札幌では、まったく利害関係がない人と仲良くなろうってすごく努力しましたね。あの時の2年半という年月はホントに充実してました。

※サッチョン…「札幌」と独身を意味する「チョンガー」の合成語で、札幌に単身赴任する人

知識に行き着くまでの過程が大切になってくる

仲代　僕たちは、一本の芝居を作り上げるのに2カ月かけて稽古をやっているんですよ。地方で100回くらい公演をやって、東京に戻ってきて、2週間やるわけです。例えば旅が半年続きますね。若い役者が多いからと思うんですが、東京にいる時間がないから、マスコミに売れないって言って塾をやめていく奴がいるんですよ（笑）。旅に出ているとオーディションが受けられないって。そんなのを見ると、ああ演劇なんてやめた方がいい、役者なんかやめた方がいいんじゃないかって思いますよ。とにかくキョロキョロしていますよ、売れるか売れないかで。これが、役者っていう商売の宿命なのかなって思ってますけど。

倉本　それは役者だけじゃないですよね、ライターもそう。あらゆる人間が、若者が、有名になろうとか、名を持とうとか力を持とうとかになっちゃって、素晴らしい人間になろうとかいう根本的なことが欠けているような気がするんですね。

仲代　そうですね。

倉本　僕は、煙草を吸うなって年中言われています。でも健康になって何をするんだと思いますね。目的がなくて健康になってもしょうがない。ただ長生きだけしていたら世の中に迷惑をかけるばかりじゃないかって。何をしたいからもう少し生きるんだっていうことがないと、健康でいる意味がないじゃないかと思います。どうも本末を転倒している気がしますね。だから、若者が根本の気概というか、根本の思想というか、根本の哲学を持たないまんま育ってきちゃっている気がするんですね、今。

仲代　私が役者になる前は、映画バカでして、3食を1食にして映画を観て、で年間300本以上観たことがあるんです。余談ですが、それを超えた人が武満徹という音楽家で、「俺は340本観た」って言うんです（笑）。映画というのは何度観ても感動するんですね。15歳のときに『大いなる幻影』という映画を観て、何だかわかんないんですけど感動するわけですよ。そこで5回くらいは観ましたね。映画を観ていて、ジョン・ウェインやゲーリー・クーパーなどを観て、「ああいう人間になりたいな」という願望が、感動につながったという時代でしたね。

倉本　僕もそうですね。最近は少し時間ができたんで、今年の暮れまでに何かしたいなと思って、昔、感動したDVDを手に入れたんですね。

仲代　はい。

倉本　2〜3日前は、『赤い靴』なんていうのを観ましたし、それこそ『大いなる幻影』や『巴里の空の下セーヌは流れる』とか。僕らの時代は、フランス映画が入ってきましたよね。

仲代　ええ。ジャン・ギャバンなんて。

倉本　アメリカ映画でもフランク・キャプラとか、ウィリアム・ワイラーとか、もちろんチャップリンとか。今のアメリカ映画もおもしろいんだけど、あの当時のおもしろさと違うんですね。今のは、ハートに響いてこないおもしろさなんですよね。僕は若い頃、映画を観るとなぜか書きたくなったんです。そういう映画をもう一度探そうと思って観ることにしてるんです。変な話ですけど、僕は学生時代、木下恵介さんの映画を観ると書きたくなっちゃったですね。黒澤さんの映画は書きたくならなかったです（笑）。『女の園』とか『野菊の如き君なりき』なんかもそうですけど、木下さんの映画を観るとなぜか机に向かいたくなってしまったんです。机ったって原稿用紙なんかないわけですから、広告の裏だったり、大学ノートに書いていたんだけれど、ああいう純粋さ、書きたくて書きたくてたまらないっていう純粋さが、今の若者たちの間にあるのかって思いますね。うちのライター希望者なんかを見ていると、まずいい原稿用紙を買ってくる。「そんないい原稿用紙なんて使うなよ」って言います（笑）。もったいないっていうか、順序が逆じゃないかっていう気がするんですね。

仲代　敗戦を迎えてドッとフランス映画なり、ヨーロッパ映画なり、アメリカ映画なりがやって来ましたよね。僕はフランス映画が好きでよく見ていたんですが。

倉本　僕もそうですね。フランス映画が一番しっくりきました。何だろうあれ。あの頃の日本人のマイナーな気持ちに合っていたのかな。

仲代　そうですね。その頃の気持ちに合っていたんでしょうね。だから決してマイナーが悪いんじゃないんだという思いが、子どもの頃からありましたね。何かハッピーエンドっていうのは軽いような気がして。

倉本 偽物くさかったですね。〝お話〟っていう形になっちゃって。

仲代 僕らの時代はマーロン・ブランド全盛でしてね。『革命児サパタ』『波止場』『欲望という名の電車』、いろいろ来ましたね。だから俳優座の養成所はみんなマーロン・ブランドが大好きでしたよ（笑）。今の若い役者に対しては「僕は何も教えないよ」って言いたいですね。世阿弥さんが言っていますが、学ぶっていうのは「まねぶ」って。だから若い俳優さんに僕のやり方を教えてもしょうがないと思っています。若い人には、勉強という言葉は不適格かもしれませんが、もっと懐深く人間を見つめる目を持っていないといけないと言いたいですね。

倉本 僕は、「学ぶ」っていうのは、知識を身につけることではなく、そこに行き着くまでの過程にあると思っているんです。

仲代 そうですね。

倉本 この過程が大事なんですよね。その過程をクリアしていくには、知識ではなくて知恵を使わないといけない。でないと、過程が生きてこないんです。僕は、創作っていう言葉を分けて説明するんだけれども、「創」と「作」、両方つくるという意味だけれど、「作」というのは、知識と金で前例に基づいてつくるということ。「創」というのは金がなくても知恵を使って前例にないものを生み出すことを言うんだと。「創」でなければいけないとよく言います。

仲代 例えば、オリジナル？

倉本 オリジナル。「創」を生み出す術というのを学んでほしいと思いますね。

仲代 僕も若い人たちには、自分だけにしか作れないものを生み出してほしいです。

倉本 人と同じものを作り出しても意味がないと思いますね。やっぱり新しい作り方をもってしないと新しいものは生まれません。

仲代 役者もですね。今回の『學』の役で難しいのは、今まで使っていた引き出し一切使えないことですよ。

倉本 ああ、そうですか。

仲代 なるたけ今までの引き出しを使わないで、これからも無の状態になって芝居ができたらいいなと思ってます。

學

WOWOW開局20周年記念ドラマ

信一と學は、カナディアン・ロッキーの秀峰マウント・アシニボインを目指す

たったひとりでサバイバルの旅に出かける

上／ヘリコプターでマウント・アシニボインの頂上近くまで運んでもらう。
下／川では何度も溺れかかる

あらすじ

ニューヨーク在住のエリート商社マンを両親に持つ13歳の少年、學（高杉真宙）はパソコンだけを友だちに、東京でひとり暮らしをしていた。

ある日、學はパソコンを勝手にいじった近所に住む4歳の少女に激昂し、思わず突き飛ばしてしまい、少女は絶命する。恐怖に駆られた學は遺体を粗大ごみ置き場に遺棄するが、すぐに発覚し、マスコミを騒がせる大事件となる。世論の追及を受けた両親は自殺。學は一切の感情に蓋をするように言葉を発しなくなり、生きる気力さえ失ってしまう。

そんな學を引き取った元南極越冬隊員の祖父、信一（仲代達矢）は、自らの命を懸け、學を人として再生させることを決意し、ある計画を実行に移す。學を連れ、カナダの険しいロッキー山脈へと旅立つ。

カナダで待っていたのは、信一と同じ南極観測隊員だったシドニー・モス（TOM McBEATH）。南極では、

枯れ木を集め、いかだを作って川を下ることを思いつく

山の中は、グリズリーなど巨大なクマが棲んでいた

焚火でシマリスなどの野生動物を焼き、腹の足しに

目の前に大きなブラックベアが現れ、失神しそうに

ふたりで10日間ブリザードに閉じ込められて、雪洞を掘って奇跡的に生き延びた経験もある。信一と學は、モスが用意をしてくれたヘリコプターでマウント・アシニボインの山頂近くまで運んでもらった。ヘリコプターが再び迎えにくるのは、1週間後の予定だった。しかし、信一は迎えに来たヘリコプターに乗るつもりはなかった。學にサバイバルで生き抜く知恵すべてを教え、末期がんを患っていた自らの命を絶った。獅子は子を千仞の谷に突き落とす。自ら谷を登る力がないなら、それは生きる資格がないと思っての行動である。

　この場所は、グリズリーなど大きなクマが生息している場所。まして食料もすぐ切れるので、自分で食料を確保しながら、下山をしなければならない。草や木の実、ヘビ、シマリス、野ネズミ、アリなどを食べ、ライターのオイルも切れたのでキリもみ式発火法で火を起こす……。祖父が教えてくれた「これからの輝いて永い人生」のために。

倉本聰の教育論

26年にわたって、富良野塾で脚本家と役者を志す若者を育ててきた倉本聰。その数375人。若者のことを一番知っている者のひとりといえる。富良野塾11期生で、自身も北海道教育大学で教鞭をとる久保隆徳が、倉本聰が考える教育論を紐解く。

久保隆徳・11期生として富良野塾に入塾。卒塾後、富良野に残って農業をしながら役者を続ける。現在、北海道教育大学にて教師を目指す学生へ向けた授業の講師を務める。

倉本　まず日本人が、若者をどういう風に育てたいのかっていう、その目的によって「教育」って全然違ってくると思うンだよ。今の教育って、いい学校に入れて、いい就職ができて、出世ができるっていう、そういう教育じゃない？

久保　はい。

倉本　しかもそこに、知識をいっぱい持っていることが条件になってるでしょ。

久保　知識ですね。

倉本　例えば今回の地震や津波のような、根本的に生きるということに直面した時に、生き延びられる子を育てるという目的の教育であれば、ものすごく変わってくると思うんだ。

久保　僕は工業高校卒なんですけど、富良野塾に入ってくる人間には、結構高学歴がいたりするんですね。それで一緒に仕事していくと「あら？　大学出てる奴らってこんな程度しか生きる力がないのかな？」って、それはすごく思いました。

倉本　そこなんだよね。僕はやっぱり生きる力をつけさせる方が重大だって思うんだよ。それは言い方を変えるとね、今の教育って、バーチャル学問っていうかな。論理ばっかり教えて、実学じゃないところが大きな問題だね。

久保　そうですね。

倉本　それとね、社会人として、周囲と連携しながら社会の中で暮らしていくっていうことには、基本的に相手に余計な嫌悪感を持たせないってことが一番のベースじゃない？

久保　はい。

倉本　僕が富良野塾でオーディションをするときにもさ、感じの悪い奴って落しちゃうんだよね。そいつと2年間一緒にやっていくのは無理だから。だから人と接するときの、マナーとか礼儀とかが、まず根本にくるよね、どうしたって。

久保　そうですね。でも、例えば先生がそのオーディションで、態度は悪いけど、ものすごく優秀な奴が来た時にはどうします？

倉本　そうだね。……こいつと一緒にカンパニーを組んで、こいつは僕の言うことを真摯に聞いてくれるだろうか、才能はありそうだけど、こいつは絶対人の意見を聞かないなって奴は、はずすね。

久保　やっぱり心を共にできる人間じゃないと、一緒に進んでいきたくないという気はしますね。

倉本　だから、一緒に進んでいく人間を育てるのがさ、

言ってみれば「教育」だと思うんだ。人としてのマナーや礼儀はそれ以前の話。無礼な奴らには教える気にもなれない。

久保 こっちも人間ですからね。

倉本 僕が富良野塾で教えていて、嫌になっちゃったのは、どんどん無反応な子が出てきちゃったからなンだよね。教えてても、うなずきもしない。

久保 はい。

倉本 初期の塾生は本当に食らいついてきたから、教えがいがあったんだけど、それがどんどん無反応になって、それだとこっちもどんどん教える気がなくなるンだよ。

久保 はい。熱がなくなりますね。

倉本 熱がなくなるだろう。じゃあ、その無反応はどこからくるのかっていう風にも考えるよね。どこからくると思う？

久保 ……コミュニケーション能力の不足？

倉本 うん。そのそもそもの原因は、テレビ以降のＩＴだと思うんだよね。ＩＴは、社会をものすごく歪めたって思うの。人対人のつながりを切って、人対テレビ、人対コンピューター、人対インターネットで、世の中の人と袖すり合わせるだけのつながりにして。人対人の本当の付き合いがどんどん希薄になってるのは、僕はＩＴのせいがずいぶんとあると思う。

久保 アンケートとかで、若い連中に今の若者はコミュニケーション能力が低下していると思うかって聞くと「低下してない」って答える子が多いんですよ。それはそういうＩＴで、メールとかでコミュニケーションが取れてるし、ツイッターとかで知らない人たちともコミュニケーションが取れるようになったからっていう。

倉本 だからそこなんだよね。コミュニケーションっていうものを、そういう風に受けとめちゃってるわけだよ。メールでやり取りしても、実際にその相手と五感でつながってないよね。

久保 つながってませんね。

倉本 テレビ画面の視覚だけでコミュニケーションってものを判断しちゃってるから、そこに大きな誤解があるという気がするんだ。

※

倉本 それと、学校で勉強する以前に、人としてのマナーや礼儀を身につけるのに、今一番問題なのは、昔あった爺さん婆さんが孫に教育するっていう図式がね、核家族化の中で、どんどん失われてるってことなんだよ。

久保 お爺ちゃん、お婆ちゃんの教育？

倉本 炉端でお爺ちゃん、お婆ちゃんが孫に話をする。その話のなかでいろんな教育をしていったんだね。「何々はしちゃいけないよ」って、実はものすごく大事な教育だったんだね。

久保 はい。

倉本 日本の昔話は「昔々あるところにお爺さんとお婆さんがいました」っていうところから始まるでしょ。「昔々あるところにお父さんとお母さんがいました」って昔話はないんだよ。

久保 ないですね(笑)。

倉本 あれはお爺さんとお婆さんが孫と一緒に住んでたんだよね。じゃあ当主のお父さんとお母さんはどこにいたのかっていうと、たぶん出稼ぎに行ってるんだよ、町へ。

久保 あぁー。

倉本 だからね、僕はこの方式って、日本人にとってものすごく大事な文化だったんじゃないかって思うんだ。金儲けに忙しい親父とお袋は東京へ行って、爺さん婆さんは孫を田舎で預かって、自然の中で育てながら、古い日本の伝統みたいなものをさりげなく教育していく。これが、まず教育の第

一歩だって気が僕はしているの。

久保　なるほど。

倉本　ひとりの人間に対して、親はふたりだけど、お爺さん、お婆さんは全部で４人いるんだよ。その４人のどこに行ってもいいんだよね。

久保　(笑)選択肢があるんですね。

倉本　選択肢が多いんだよ。それだけ豊富なんだ。ひいお爺さんだと、その倍だからね。

久保　(笑)、そうですね。じゃあ、お爺さん、お婆さんって、いい教師だったんですね。

倉本　ものすごいいい教師だったと思う。それからあるときは反面教師であっても、いいんだよね。

久保　反面教師。

倉本　たとえば呑んだくれの爺さんがいてさ、でもその爺さんの話がやたらおかしい。そのうち「お前バクチというものはな…」なんてさ、４歳、５歳から教わってもね。

久保　(笑)４歳、５歳から。

倉本　それでも、それがひとつの教育なんだよ。

久保　……教育なんですか、それは(笑)。いや、確かに。お酒とか飲まされたりしましたね。爺さんが「お前ちょっと飲んでみるか」って。

倉本　そうだろ、でも爺さんだから、学生のコンパで一気飲みさせる先輩のような呑み方はさせなかっただろう。

久保　そうでした(笑)。

※

久保　最近の教師を見てですね、たとえば人を教育していくって言っても、確かに知識はいっぱい持っているんですが、それ以前に教師という器がまだできてない気がするんですよ。

倉本　人間の幅ができてないっていうか、人間としてまだ生きてないうちに教師になっちゃってるんだよ

ね。

久保　はい、なってます。

倉本　知識だったら確かに伝えられるんだけどさ、本当の教師が教えることとって、もっと別の所にあるよね。

久保　はい。

倉本　この前、テレビの対談で山田太一さんが話してくれたんだけど、小学校のときヒロポンを打ってる先生がいたんだってさ、当時ヒロポンって売ってたから。合法だったたから。

久保　合法だったんですか？　へぇぇ。

倉本　それで、生徒に買ってこいって言うんだって。

久保　生徒に(笑)。

倉本　そしたらある日ね、先生が「俺、ヒロポンやめる」って宣言したんだって。それで、部屋の中に入って、表から鍵閉めてくれって言って、中で絶つんだってさ、ヒロポンを。

久保　はい……

倉本　禁断症状になってもその部屋から出ないで。それで3日後に、「開けていいぞ」っていうんで開けて、「俺は切れた」って。出てきたとき、生徒たちがみんなで拍手したって。

久保　うわぁー、すごいですね。

倉本　その先生をものすごく尊敬できたって言うんだよ。

久保　うん、わかります。偉そうなこと言うとあれですけど、人生なんて失敗することの方が多くて、そこから立ち直り方を教えるのが教育なのかな、なんてちょっと……

倉本　そうなんだよ。俺もそう思うんだよ。そういう所が大事なんだよね。

久保　はい。

倉本　でもな、これをそのテレビ局がさ、あそこの部分を放送しちゃまずいんじゃないかと、言うんだよ。それで、当たり障りのないつまらない番組にしちゃうんだよね。つまりね、その程度なんだよね、世の中って。

久保　……そんな世の中で、教師は何を教えていけばいいんでしょうか？

倉本　うん。じゃあさ、例えば世に出て行って一生を終えるまでに、人間として必要なもの、条件ってなにがある？

久保　条件？……

倉本　例えば、「誠実さ」とか「正義感」とか「勇気」

とか。ザーッと列挙してみて。
久保　……急に言われても出てこないです。
倉本　でもいろいろあるだろう。
久保　はい。生きるうえで必要な条件。
倉本　それを思って、そこに目的をつけて人間を育てていけばいいんだっていうことなんだよね。それからあとがついてくる。
久保　あ――なるほど、根本ですね。

※

久保　そもそも先生が、富良野塾を始めた「目的」ってなんだったんですか？
倉本　役者とライターを、地に足がついた部分で育てたいっていうのが僕の原初の目的だったわけよ。というのは役者にしてもライターにしても、やっぱり専門職になっちゃうんだよね。
久保　はい。
倉本　そうするとね、世の中からどんどんはずれていくわけ。ものの書き方とか思考の仕方があって、それが実生活と即していればいいんだけど、実生活から離れてどんどん別の方角へ行くんだよね。俺、東京にいた時には、業界の奴らとしか喋ってなかったもの。それは世界をどんどん小さくしていたと思うのよ。
久保　はい、はい。
倉本　役者仲間だけで喋ったり、ライター仲間だけで喋ったりっていうことが生活の主体になってくると、一般のサラリーマンや中小企業の工員が、どうやって働いて、どういう風にメシ食ってっていう、そういう実生活からどんどんはずれていって、世界が狭くなって、描くものを狭くさせてるんだね。
久保　はい。
倉本　そんなことも知らない連中が、偉そうに社会を描写したって俺、無理だっていう気が非常にしてたのね。だから地に足のついた、本当の生活を知らなくちゃいけない。芸術の世界を特殊な世界にしちゃいけないっていうことがね、一番あったよね。
久保　都会の養成学校だったりすると、授業を受ける時間だけいればいいですよね。集団になると好きなやつと嫌いなやつって必ず出てくるじゃないですか（笑）。その中で、富良野塾の場合、逃げ場がないんですよね。
倉本　そうだよね。
久保　それで2年間、嫌な人間ともつきあっていくと、相手の嫌だと思っていた部分が、自分の見方だけであって、ときに違う一面が見えてきたりするんですよね。それで、自分の世界ってものすごく狭かったっていうことが、その嫌な相手と生活していく中で知ることができていったっていうことが、僕には大きかったですね。技術をどうこう学んでいったということ以上に。

倉本 それ僕の眼目だったんだよね。

久保 （笑）術中にはまってたんですね。

※

倉本 久保は富良野塾出てからも農業をやり続けたけど、一本のキュウリを育てるのと、ひとりの学生、

若者を育てるのとどっちが難しい？

久保 人間の方が難しいです、いや…、自然の方が難しいですね。自然の方が断然難しい！

倉本 （笑）どんな点が難しい？

久保 農業の場合、相手が自然じゃないですか、太陽であったり、雨であったり。コントロールできないじゃないですか。……だからまず、作物の状態をよく観察します。この状態で水やっていいのか？やりたい気持ちになっちゃうんですよ、すぐに。肥料であったりだとか。どうしても過保護に。

倉本 うん。

久保 でも、いや過保護にしちゃダメだと。しっかりした根を生やすためには、もうちょっと我慢させようとか……

倉本 それってさ、人間の教育と同じだと思わない？

久保 ……同じですね。（笑）同じっすね。

倉本 だから農業をやりながら、そこのところをちょっと誘導して、教えてやるってことはさ、俺、教育の本筋だって気がするんだ。

久保 本当にそう思いますね。教師になるには、農業やらしたらいいですよ。

倉本 だから、それなんだよ。教育大学は、学生に農業

やらすべきだね。4年間あったら3年間は農業やらなくちゃダメだよ。

久保　なかなか人間を育てるってことは、難しいと思うんですが、農業なら作物に対してはいくらでもできるじゃないですか。失敗もいっぱいできるし。

倉本　虫に食われたり、草に負けたりっていう。それも全部人間とあてはまるじゃない？

久保　あてはまりますよ！　虫に食われて。

倉本　虫いっぱいいるからな、人間社会にも。

久保　いっぱいいますね。雑草もいっぱい。親がやらなきゃいけないこととか、教師がやらなきゃいけないことって、農業の中にいっぱい凝縮されているような気がしますね。

倉本　だから俺は日本人を〝徴《ちょう》農制〟で、一度しっかり畑仕事をさせたらいいと言ってるんだ。

久保　いや、ホント農業やっててよかったと思います。今、思ったんですけど、作物であったり、人であったり、「育てる」って言ってるんですけど、僕の方が育てられているんじゃないのかって。

倉本　それはそうだよ。僕も富良野塾で26年間教えたけど、誰が一番育ったかって、俺が一番育ったね。教えることは、ものすごく育つってことだね。

コミュニケーション講座で教鞭をとる久保隆徳。久保は教育大学のほか、市民を対象にしたワークショップや学生演劇の指導も行う。写真は、2012年1月～2月に行われた富良野市の現役教職員を対象にした研修会での模様

第3章 演劇人・倉本聰

大学時代に演劇の世界に入ったことから、倉本聰の作家活動が始まった。そして、自身が育てた富良野塾生およびＯＢを使った舞台では、脚本・演出を手がける。その完成度の高さに魅せられたファンも多い。

富良野 GROUP の役者が、作・演出の秘密に迫る

僕はなぜ、
この舞台を創ったのか

学生時代は演劇に没頭していたという倉本聰。富良野塾を開設した後も積極的に舞台の脚本、演出を続けている。富良野塾ＯＢで今も役者として活躍する富良野GROUPの人たちに、倉本聰が創る舞台の裏側に迫ってもらった。

久保隆徳（くぼたかのり）
1966年福岡県出身。野球に青春を捧げ、1994年富良野塾11期生。卒塾後も農業をしながら演技研鑽を続ける。TVドラマ「優しい時間」「拝啓、父上様」「風のガーデン」ほか多数。

六条寿倖（ろくじょうとしゆき）
1961年岡山県笠岡市出身。プロゴルファーを目指す。1991年富良野塾8期生。主に富良野で演技研鑽に努める。TVドラマ「北の国から2002遺言」「優しい時間」ほか。

松本りき（まつもとりき）
1980年北海道帯広市出身。高校卒業後コンビニで働いた後、2000年富良野塾17期生。愉快な「勘違い造語」（マティーニをマタニティー等）を続発する天然キャラ。

大山茂樹（おおやましげき）
1977年大阪府出身。関西空港で働いた後、2002年富良野塾19期生。在塾中は役者リーダーや設備係を務める。富良野で演技研鑽に加え、照明など裏方仕事も勉強中。

※今回参加の４人は、女優二人芝居の「オンディーヌを求めて」の裏方も含めると、富良野塾（富良野GROUP）の芝居全作に携わっています。

倉本　そもそも僕は、富良野塾を始めた時は、映像に使える役者を育てようと思ったのネ。でもそれが、うまく行かなかったんだよ。いくつか事情があるんだけど、まず2年じゃ育たないってことが一つ。……それから、少しはこっちの放った球をテレビ界が受け止めてくれるかなと思ってたんだけど、全然受け止めてくれなかった。

久保　うむ。

倉本　だから、俺もまぁ責任を感じてね……。で、舞台をやろうと思ったわけね。舞台だったら俺の目が届くし。それと、せっかく富良野で地に足に付いた芝居を学んでも、東京で芝居を続けていくと、頭だけの芝居になってたのネ。身体能力もやっぱりガクッと落ちてて、そのことが非常にショックで、これはここで舞台をやって、しかも続けなきゃ、というのが大きかったよね。

一同　はい。

倉本　それと、テレビっていうのは脚本を渡しちゃうとそこで終わりなんだよね。あとは口出しできない。だから年中、演出に不満があって欲求不満を起こしていて、それを何とかしたいということがあって。その二つが重なって、舞台をやろうとなったわけなんだけど。

一同　はい。

倉本　ただやる以上は、今までのありきたりな演劇じゃ面白くないし、元もと僕は映像を経てこの世界にいる訳だから、映像的表現を舞台に持ち込みたく思ったの。でも、東京の演劇のように金をかけて豪華なセットを作ったり、コンピューター制御の仕掛けじゃなくて、あくまでも肉体を使った劇にしたかった。

一同　（大きく頷く）

倉本　映像的な表現を、役者の肉体を使ってどこまで出せるかということに専念したわけね。それがうちの舞台のスタートラインなンだよネ。

一同　はい。

倉本　しかも、それを金をかけないでどこまで表現できるか、ということにもこだわったよね。創作という言葉を僕なりに定義すると〝創〟は、知識も金もなくても、知恵でもって前例にないものを生み出すのが〝創〟であると。〝創〟がクリエイトで〝作〟はメイク。その〝創〟に徹しようと思ってやったのが『谷は眠っていた』だったンだよね。

谷は眠っていた

久保 『谷は眠っていた』は、完全ノーセットですよね（笑）。

倉本 金がなかったからね。それと、本当に演技のできる奴がいなかったの。だからこいつらの取り柄である身体で、全部を動きで表現するしかないと思ったんだネ。芝居の中でやる農作業や丸太小屋の建築って、塾生がみんな本当に、第1次情報として現実に体験していることだから、演じる必要がないわけだよね。

大山 炎天下の丸太の皮むきとか、僕もやらせていただきました。

倉本 そう。これは本当にやったものの強みだよね。もう説得力が違う。そこがまず観ている人の心を搏《う》てるンだ。みんなの頃になると、芝居も少しは出来るようになって、ドラマ的な芝居もやれるようになったけど、一番最初の時は、ホント言ってみれば高校野球だったんですよ。

久保 はい。

『谷は眠っていた　～富良野塾の記録～』 1988年1月初演

富良野塾スタジオ棟落成を記念して、こけら落とし公演として上演された記念碑的作品。富良野塾を立ち上げる草創期の若者たちの苦闘を描く。富良野塾舞台の第1作であり、閉塾（2010年）公演に上演された最後の作品。2000年に上演された「谷は眠っていた2000」以降、塾を卒業し売れっ子になったOBライターが〝初心〟に回帰する形で草創期が描かれる。

〈あらすじ〉 1984年春、まだ雪の残る富良野市西布礼別の谷に、日本中からライターと役者を目指す若者たちが集まる。徳島からやって来た「孝次」もそのひとり。廃屋一軒だけの何もない谷を切り拓き、共同生活を始める孝次たち。夏、初めての農作業や建築作業に若者たちの疲れはピークを迎える。そこに追い打ちをかけるように生活用水の沢の湧水が枯れ、そうした積み重ねが「アイ」たち生活優先派と、学業を優先させる「シロ」との間の溝が深めていく。塾の未来のため夢をあきらめスタッフになることを決意する孝次。スタジオ棟のこけら落とし公演のダンス稽古中、アイと衝突しアキレス腱を切って帰郷するアイ。それぞれの思いを込めてスタジオ棟が完成。そこには輝くばかりの若者たちの姿があった。

倉本　でもここの所が大事で、つまりハートと技術があって、高校野球はハートが技術をずっと超えてるから、すごく人を搏てるんだよね。ところがだんだんだん技術が上昇してくるとハートが追っつかなくなる。やっぱり物事はすべて、技術をハートが超えているときに搏つんだよね。

一同　はい。

※

久保　セットがないと、見る側の想像がどんどん掻き立てられますよね。

倉本　僕はラジオドラマからこの世界に入っているんだけど、ラジオドラマっていうのは耳から聞かせてお客の頭の中に映像を結ばせるっていうのがラジオの手法で、だから僕はラジオドラマが最高の映像芸術だって言っているんだけど。

六条　そうですね。

倉本　おんなじことを舞台もできるに違いないと思うんだ。お客は頭の中で創造したがっているんだよ。それをテレビは封じちゃうんだよ、全部見せちゃって。そのつまらなさがあるんだよね。で、それをうんと創造させちゃおーじゃないかと。一見不親切に見えるけど。

（上右）「孝次」は故郷・徳島で阿波踊りを舞う恋人の幻を見る。（上左）足をケガし、夢をあきらめ帰郷する「シロ」を見送る仲間たち。（下右）キツい農作業の一つ、ニンジン工場でのコンテナ集荷作業。（下左）睡魔と闘いながら必死に講義を受ける塾生たち。

久保　（笑）

倉本　お客も不親切だなと思いながら、だんだん自分の想像力と創造力を掻き立てられてくるんだね。その方がお客の心が動くんだよ。心が動くことを感動というんだからね。感が動くというんだから。

松本　『谷は眠っていた』では、セットがないどころか、授業のシーンでは教えている先生の姿も消しちゃってますよね。

倉本　そうなんだよ。それだって、俺に扮した役者が塾生を教える姿を出せるわけだよ。でもそれだと、富良野塾ではこんな講義をしていますっていう、それだけなんだよ。あえて出さないことで、お客が想像力を働かせて、いろんなことを考えられるだろう。

久保　自分の学生時代を思い出したりしますね、普遍化っていいますか。

※

六条　あの頃の、先輩たちの身体ってカッコよかったですね。

倉本　やっぱり畑でさんざん働いて、研ぎ澄まされていたよね。

久保　あの身体が解体新書と言われたやつですか？

倉本　そうそう。芝居であの身体を見てある医者が「杉田玄白の解体新書に出てくる人体模型図みたいですね」って言ったんだ。ボディビルやウェイトトレーニングでつけた筋肉と違って。江戸時代の頃って、農作業や本当の労働でついた筋肉だったんだろうね。

久保　塾生も機械が入れないところを、一日中地べたに這いつくばっていましたからね。だから説得力のある筋肉がついたんですね。

倉本　そういう筋肉がしっかりとついていたからこそ、スローモーションが出来たんだと思うよ。

松本　舞台でスローモーションをやろうと思ったのは、最初からだったんですか？　稽古中に思いつかれたんですか？

倉本　なんとなく最初から思っていたね。つまりね、スローモーションっていうのはどういう意味があるかっていうと、パッと過ぎちゃうことを、もっとゆっくりと凝視できるっていうことが出来るでしょ。

久保・松本　はい。

倉本　例えばリキ（松本）が歩きながらパッと嬉しい表情をしたとか、ワッと泣きそうになったたっていうときに、映像だったらズームで寄ったり、顔だけアップで抜いて撮るんだけど、でも舞台では抜けないいんだよ。だからそこをスローモーションにしちゃうことで、ゆっくりとお客が観察できるっていう、そういう表現が出来るんじゃないかって。

松本 スローになることで、お客さんの目がカメラになって、寄ったり引いたり出来るってことですよね。

倉本 そう。心の動きって、体の動きの変化になって表れるじゃない。お客はそこが見たいんだョ。その一番見たいであろう瞬間を、お客がその表情までじっくり凝視できるスピードで表現したのが、舞台のスローモーションなんだ。それで最初の頃は、いろんな動きをビデオで撮って、スローで再生して、本当に細かく分析してやったね。ただ普通の歩きはいいんだけど、走りがどうもね。

大山 (笑)一瞬飛びますからね。

倉本 そこがどうしてもできないから、まあウマい役者は、それっぽくは見せれるんだけど、ホントはねえ。なあ、誰か空中で止まれない?

一同 (笑)

倉本 実は『谷は眠っていた』で最初に創ったシーンが「丸太小屋完成」だったんだ。

久保 クライマックスが一番最初ですか。

倉本 そう。あの芝居はスタジオを造っているときの話だから、すぐ横でトンカチでトントンやってるのを、稽古場で、さぁ今のを演技でやれって、リアルにやれるわけだよ。

大山・松本 はあー。

倉本 ちょうどその頃、さだ(まさし)の「風に立つライオン」という曲を、たまたま聴いてこれはおもしろいなと思ったんだよね。それで、その曲を流しながら、「丸太小屋完成」を組み立てたんだよ。

六条 曲先行ですね。

倉本 まあ、そうだな。それで最後に梁の上を釘で打つ工事を表現してみようっていうことで、丸太を立てる動き、みんなでそれを支える、男たちが2段のやぐらを組んでかがむ、一番上に棟梁の鬼(鬼塚孝次・塾スタッフ)が乗っかって曲に合わせてスローモーションでゆっくり立ち上がる。

……出来ちゃったんだね。

一同 (笑)

久保 鬼さんが釘を打つ音……何度聞いても搏たれます。

倉本 あの「風に立つライオン」も、クライマックスに「アメイジング・グレイス」のメロディーを使っているんだよネ。今は倉田（信雄）さんのオリジナルを使ってるけど、昔はそのあとナナ・ムスクーリの「アメージング」でみんな飛び出してくる。

松本 ホント、塾の芝居に「アメイジング・グレイス」って合いますネ。

久保 魂の歌、っていう感じがしますからね。

倉本 その「アメージング・グレイス」で4倍の大スローモーションをやったのが、次の『今日、悲別《かなしべつ》で』なんだネ。

シーン「丸太小屋完成」人間ヤグラの頂上に立つのは、初演から棟梁の鬼塚孝次本人。（俳優の天宮良が演じた公演もあり）

今日、悲別で

倉本 あの最後に出てくるご先祖様だけど、それだけをやりたいって奴が結構いたんだよ。俺は最後に出るだけじゃ可哀想だなって思って他の役を用意するんだけど、「僕はご先祖様に命かけます」って奴が。

六条 あれは良い役ですからね。

倉本 俺は元もと「怒り」をパッションに作品を創るんだけど、その最たるものがこのご先祖様だよね。国の身勝手なエネルギー政策で炭坑《やま》は潰される、古里はなくなる、絆が断ち切られる。それで最後にご先祖たちが表れて、古里の子どもたちに憐れみを与えて、今を生きる僕たちへの怒りを爆発させる。

久保 ものすごいエネルギー量ですよね、怒りの。

倉本 ご先祖は観客に向かって「貴様ら何やってるんだー」「今のお前ら何やってンだー」って怒りを叩きつけるんだけど、それをスローモーションでやるから、怒りが増幅されて「き・さ・ま・

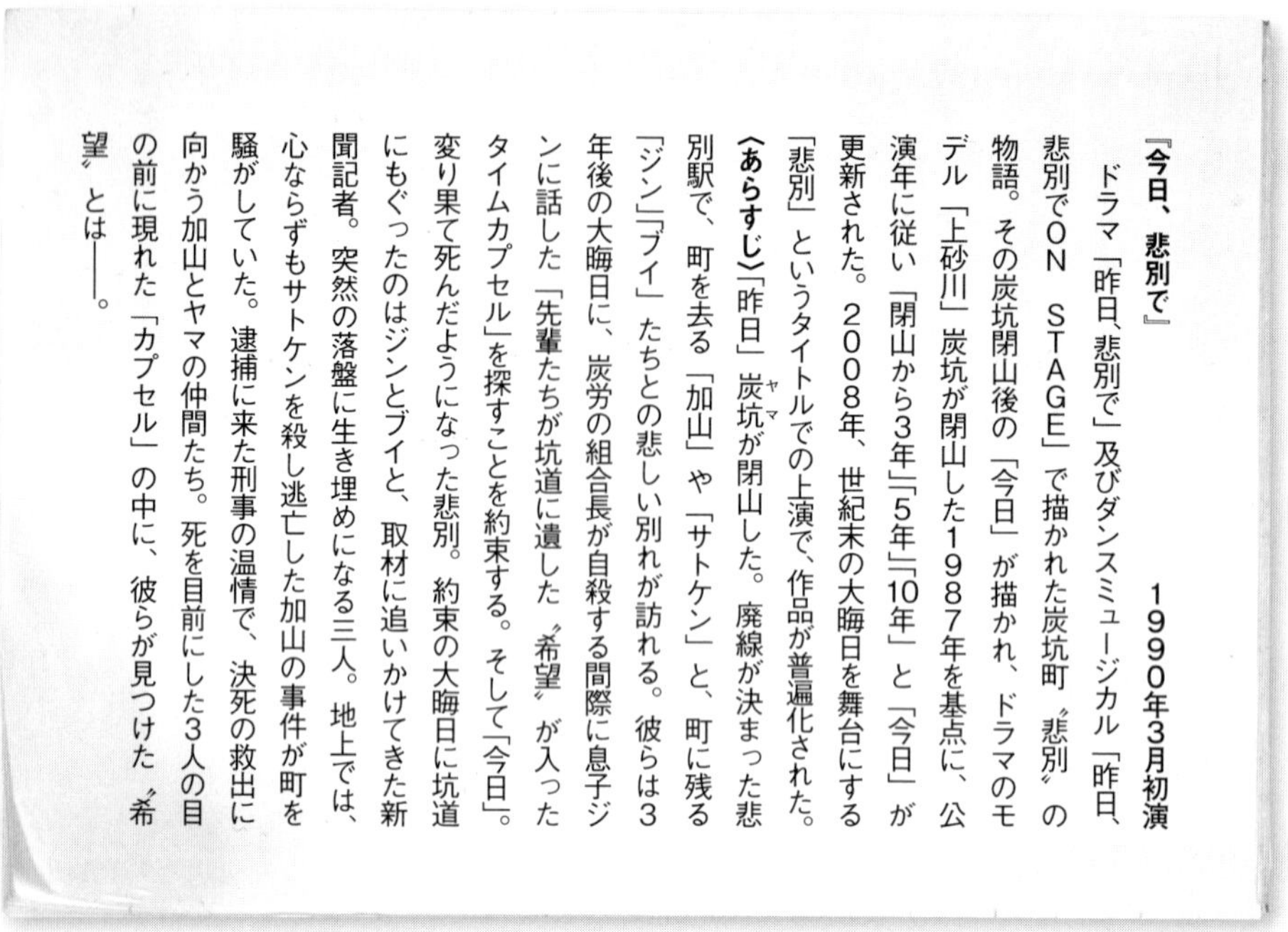

『今日、悲別で』 1990年3月初演

ドラマ「昨日、悲別で」及びダンスミュージカル「昨日、悲別でON STAGE」で描かれた炭坑町〝悲別〟の物語。その炭坑閉山後の「今日」が描かれ、ドラマのモデル「上砂川」炭坑が閉山した1987年を基点に、公演年に従い「閉山から3年」「5年」「10年」と「今日」が更新された。2008年、世紀末の大晦日を舞台にする「悲別」というタイトルでの上演で、作品が普遍化された。

〈あらすじ〉「昨日」炭坑《ヤマ》が閉山した。廃線が決まった悲別駅で、町を去る「加山」や「サトケン」と、町に残る「ジン」「ブイ」たちとの悲しい別れが訪れる。彼らは3年後の大晦日に、炭労の組合長が自殺する間際に息子ジンに話した「先輩たちが坑道に遺した〝希望〟が入ったタイムカプセル」を探すことを約束する。そして「今日」。変り果て死んだようになった悲別。約束の大晦日に坑道にもぐったのはジンとブイと、取材に追いかけてきた新聞記者。突然の落盤に生き埋めになる三人。地上では、心ならずもサトケンを殺し逃亡した加山の事件が町を騒がしていた。逮捕に来た刑事の温情で、決死の救出に向かう加山とヤマの仲間たち。死を目前にした3人の目の前に現れた「カプセル」の中に、彼らが見つけた〝希望〟とは――。

らぁー！」って。

六条 普通、1秒の動きを4秒にすると、動きが引きのばされるというか、薄まるって思いがちなんですけど、逆なんですよね。

松本 私、数学は苦手なんですけど、正方形で考えてみたんです。1秒間に1エネルギーの1対1の正方形があって、それが4秒間になる時に、その正方形が横に4つ並んで長方形になるんじゃなくて、下が4になったら上も4にならなければならないって。4対4の大きな正方形にならなければならないって。

大山 あ、それ分かりやすい。

倉本 だからスローモーションは、思いとエネルギーが普通の動きより表現出来るンだネ。みんなカッと怒る時も一瞬じゃない。それを、カ――――ッと怒るわけだから。

久保 瞬間って、なんとなく勢いで誤魔化せることってあるじゃないですか。勢いで怒鳴り合う芝居って、役者としては楽なんですね。でもスローモーションで、あれだけじっくり見られるとホント一瞬たりとも誤魔化せない。全部埋めなければならないですからね。

六条　ものすごい集中力が必要です。終わるともうボロボロになります。

倉本　そう。集中力だよね。だから怒りをこう一点集中で出していくご先祖様ってのは、まことにやりがいのある役だよね。それをやりがいがあるという風に受け止めてくれる役者がいたことが嬉しかったね。今やあれは言ってみれば、ハムレットの墓堀りみたいに名優がやらなきゃできない役なんだから。

一同　（大きく頷き）はい。

※

久保　『谷眠』はパフォーマンスが多かったですが、『悲別』になってドラマが出てきましたよね。それも、地下で落盤に遭って生き埋めになる者と、地上で救出に向かう者とがどんどん場面転換する二重構造で。

倉本　僕は元もと映像を仕事にしてたから、そういう映像的なカットバックで出る緊迫感を舞台でも出したいと思ったんだ。映像はテープやフィルムをつなぎ合わせて簡単に出来ちゃうけど、舞台は場と場の転換がもたつくんだよ。それでこのもたつきを変えたいというのが、舞台をやる一つのテーマとして大きかったンだ。

松本　それで、富良野塾の舞台の場面転換はすごいんですね。

六条　今は九さん（9期・九澤靖彦）ですけど、6期の野村（守一郎）さんとか、各期に必ず一人、場面転換に命をかける人がおりまして（笑）。

大山　役者も自分が出てないシーンでは裏方になりますから、もうスタッフとホントに一緒になって。

六条　『悲別』の時は、イントレ（組み立て式の足場）の使い方も見事でしたね。イントレを使うことは最初から考えていたんですか？

倉本　いや、『悲別』の時も金が無かったから、『谷眠』と同じように、無セットでいこうと考えていたんだ。坑内のシーンは真っ暗闇の中、キャップライトの光だけでね。そしたら、スタジオ棟に、建築用のイントレが。

久保　あったんですね（笑）。

倉本　あったンだ（笑）。それを持ち出して、それで例えば坑道を表現できないかってやってみたんだね。イントレをスローモーションで動かしながら、坑道を表現できるんじゃないかって。やってみたら面白いンだよね。

六条　キャップライトの灯りが動いて、イントレの影が広がって。ホントに坑道のようで。

※

久保　『悲別』の坑内のシーンで、役者が影絵になりますが、あれも偶然に出来たと聞いていますが。

倉本　そうだね、粉塵が舞う坑内を表現しようと、手前に紗幕（奥が透ける薄手の幕）を下ろして芝居させていたら、何かのはずみに、逆に光が当たって、紗幕に大きなシルエットが影絵になって浮かび上がったんだよ。あれ、ロク（六条）だったろう？あのゴリラみたいな影（笑）。

六条　（笑）はい、僕でした。

倉本　筋肉隆々の巨人の影が出て、みんな息を呑んだんだよね。それであわてて、「ちょっとロク、もう一回そこに立って」って。それから影絵のシーンが生まれたんだよ。

大山　生きるために最後の力を振り絞る動きが、影絵で拡大されるから、余計に力を感じるんですね。

倉本　だからこの偶然も、塾の稽古場で、音も明かりも最初っから一緒につくっているからこそ生まれたんだね。東京の劇団だと、照明や音響って最後の一週間しかこないんだよ。あれはおかしいと思う。演劇って総合芸術だから、役者の芝居だけじゃなく、照明や音響も一緒になって常に実験していって初めて、もっといいものができるはずなんだけど。

久保　音というか、音楽の使い方も『悲別』は見事でしたよね。僕、あのシーン好きなんです。今は長渕さんの「マイセルフ」で、前は矢沢栄吉さんの「Ａ　ＤＡＹ」にのって老婆が登場する所が。なぜか合うんですよね。あんなに今風の音楽なんだけど、お婆ちゃんの登場に、なぜか（笑）。

倉本　舞台や映像の音楽には、大きく二通りの付け方があって、一つは直接法。悲しい場面に悲しい音楽を付けることで悲しみが増すという基本的な音楽の付け方だね。そしてもう一つが逆の音楽を付けること。対位法というか、例えば悲しいシーンに楽しい音楽を付けちゃうの。

大山・松本　？・？・？

倉本　（理解してない様子を見て）じゃあ例えば、ダンサーが主人公のドラマで、最後に病気か何かで死んでしまうとするよね。その時に、お涙頂戴の悲しい音楽を付けるより、そのダンサーが元気な頃に楽しく踊っていた楽しい音楽を付ける

炭坑の坑道のシーンで、稽古中偶然生まれた逆光による影絵技法を生かしたシーンの一つ。ご先祖たちの魂がシルエットになって幾重にも重なる美しさは格別

ラスト「エピローグ・救出」で御先祖様たちが登場する。彼らは子孫たちの姿を指し、何か無言で観客に訴える。根深い悲しみと怒りに充ちた、ご先祖たちの無言の訴え（台本より）

と、どうなる？

大山 悲しみが……際立ちます。

倉本 そうだよね。それで僕は、よく脚本の中でそういう音楽を指定して、演出家から嫌われるんだけど、ネ。とにかく「逆をいく」と、面白い効果が出るんだよ。

久保 先生は稽古の段階でも、いろんな音楽を付けてみたりしますね。

倉本 全体的なリズム、バランスの中で、どう響くかというのも大事だからね。

六条 ジョン・レノンの「イマジン」にのせて、盆踊りを踊っちゃうのなんて、ビックリしました。

※

久保 この『悲別』で海外公演行きましたね。ドキドキもんじゃなかったですか？　言葉の違う外国でどう受け入れられるかって。

倉本 そうだねぇ、初めて『悲別』をもってカナダ、NY行ったときはね、やっぱり度胸がいった。

久保 冒険してますねー（笑）。

倉本 いや、俺も若かったから試したいと思ったんだよ。一番最初にブライスっていうカナダのちっちゃな町の創作劇のフェスティバルで、昼間中学生

相手にやったんだよ。向こうは、必ず演劇を学生に見せなくちゃいけないことになっていて。でも中学生だからさ、始まる前はギャーギャーギャーギャー言っているわけ。

六条 どこでもそうですね。

倉本 それでいやだなーと思いながら始まったの。それが始まったとたんにシーンとなったんだよね。それで終わってもしばらくシーンとしてて、その間が怖かったんだけど。そしたらいきなりその間が突然破けるみたいね、ブワーって全員が立ち上がって大拍手、スタンディングオベーション。そんときはね、もう涙出てきたね。カミさんと後ろで握手してさ(笑)。

大山 (笑)中学生がスタンディングオベーションですか。

倉本 向こうは感動の表し方が、やっぱり日本と違うね。それでみんな家に帰って、親に広めたから、夜は立ち見になっちゃったんだよ。そこから始まったんだよ。

六条 周りが僕たちを見る目が変わったのが、感覚で覚えてます。役者はみんなホームステイしてたんですけど、芝居を見せた次の日から、「あなたを誇りに思います」って。

倉本 翌日の新聞に「Japanese theater mesmerizing」って。mesmerizingっていうのは何なんだと思って辞書引いたらamazingよりもさらに上だって。催眠術にかけるって意味なんだよね。

久保 あぁー。すごいな。

倉本 地方紙なんだけど、一面トップに出たわけ。それでちょっと自信が湧いてさ。

久保 自信が湧いて(笑)。

松本 mesmerizingですね。「イマジン」で、木太鼓を敲《たた》いて、盆踊りをするんですから。

石炭から石油という、エネルギー政策の転換に振り回され、人生を狂わされてしまった「悲別」の若者たち。

ニングル

久保　『谷眠』と『悲別』は、既成曲をうまく使って、時代や世界観を現わしていましたが、次の『ニングル』から、作曲家の倉田信雄さんが加わって、オリジナル曲で舞台を作っていきますね。

倉本　実は『ニングル』の主題歌の「今思い出してみて」は、この芝居とは別に森山良子と作ったんだよ。そのとき編曲者だったのが倉田さんで、スタジオ・ミュージシャンでナンバーワンのピアニストって紹介されて、それから塾の舞台にずーっと参加してくれるようになったんだよね。

久保　「今、思い出してみて」は、最初はこの芝居用ではなかったんですね。

倉本　テーマが同じだったんで使ったんだ。それで良子ちゃんがその後にもう一曲詞を書いてほしいって曲を作って来たんだよ。今度は中年の恋の歌をつくってほしいって。で、その時こっちはもう『ニングル』を創り始めていたから、ニングルにあてはめちゃえって思って。

『ニングル』　**1993年3月初演**

富良野塾が最初の夏に経験した〝水枯れ〟に着想して倉本が書いたセミドキュメンタリー「ニングル」の舞台化。ニングルとは、アイヌ語で「縮む人」の意で、自然と共生している伝説の森の住人。

〈あらすじ〉　農地開発が進む時代。富良野の山里「ピエベツ」村にも機械化・大規模経営の農業化の波が押し寄せ、美しい原生林の森も伐採が決まっていた。村の若者「ユタ」は結婚式の夜、妹の「スカンポ」と幼なじみの「才三」との3人で、伐採予定の森を訪れる。彼らの前に、身長15センチ程の小さな人間「ニングル」が現れ「森ヲ伐ルナ、伐ッタラ村ハ滅ビル」との警告を残す。彼らの言葉を信じた才三は森の伐採に反対し、開発推進派のユタはニングルの存在自体を否定し対立する。国からの補助金を頼みにする村は開発を決行、太古の森は皆伐されてしまう。責任を感じた才三は、自殺とも思える事故で死ぬ。やがてニングルの言葉通り、様々な災厄が村を襲う。天然のダムと呼ばれる森の保水力を失った村は干ばつに襲われ、今度は降り止まぬ雨が畑ごと大地を押し流す。借金だけが残った村の中で、すべてを失ったユタは、生まれてくるわが子の「明日」のために木を植え、森に還すことを決意する。

一同　（笑）

倉本　鴨の群れの中の弓に打たれた鴨がひとりだけ取り残されちゃうっていう、そういう歌を作っちゃったんだよ。そしたら良子ちゃん、怨んじゃってさ。

久保　あーらら（笑）。

倉本　コンサートで歌うたびに、「倉本さんがね、中年の恋の歌をあたしは作ってって頼んだつもりだったんだけど、矢鴨の……」

久保　矢鴨の（笑）。

倉本　ホント年中、言ってたよ。それが舞台の途中で流れる「鴨」。

松本　あれもいい曲ですよね。

※

久保　『悲別』のご先祖様もそうなんですが、『ニングル』でも先生は「この世ならざる者」を舞台に出しますよね。

倉本　元もと僕は舞台幻想が好きで、日本で言うと加藤道夫の「なよたけ」。フランスのジャン・ジロドウの「間想曲」とか。両方とも、出る。

久保　出ますか（笑）。元もと先生は単行本で『ニングル』って本を出されましたよね。

倉本　僕はあの本をセミドキュメントのつもりで書いた

美しい原生林が残る「ピエベツの森」。ドラマは主人公たちがここで伝説の森の住人「ニングル」に遭遇し、森林伐採による破滅を警告されるところから始まる。（上）ニングルの魂と一心同体になった父・民吉は、森の樹たちの心を語りだす。（下左）村の発展のため、心ならずも大切な樹にチェンソーを入れる才三。（下右）ニングルに遭う直前、ユタは結婚式を挙げ、「そうは言っても、家族の為に」という選択をしてしまう。

んだけどネ。『ニングル』というものはいるっていう。ニングルっていうのは、縮んだ人っていうアイヌ語で。「ニン」が縮むで、「グル」が人かな。

久保 読みました。ニングルは本当にいるって思っていました(笑)。

倉本 そうだろ(笑)? あの中に井上のじっちゃん(井上碧)って人が出てくるんだけど、彼がまだ生きてたんだよ。彼は、何ていうの……人類と類人猿の間みたいな。

一同 (爆笑)

倉本 本当にすごい、ものすごいんだよ。本当にこれが人か?っていうくらいすごい顔をした……ユニークなじいさんなんだよ。突然「アインシュタインの相《あい》対性理論によると」なんて言い出したりして。

久保 はあー。

倉本 植物の大家なんだけどね。彼から木のことや森のことをいろいろ教わったけど、その彼がニングルを見たっていうんだ。彼だけじゃなくて、この辺りってニングルを見たって人が本当に多い。

松本 へえー。

倉本 塾のそばの渡辺さん家のお婆ちゃんや伊藤さん家のお婆ちゃんが、まだ子どもだった頃、布礼別の家から小学校まで八幡丘の方へ山越えする道の途中に、妙見様の祠があって、その祠から、一尺もない小さな人間が出てきちゃった。

久保 (笑)出てきちゃった。ニングルが。

倉本 びっくりしてランドセル放っぽりだして逃げたんだって。「どんな格好してた?」って聞いたら、白いひげ生やして、袢着て、下駄履いてたって言うンだよ。とたんに信じたね、俺。

久保 袢に下駄ですか(笑)。

倉本 それから今、ＳＴＶの重役になった奴の実家が富良野にあって、昔、父親が子どもだった頃、富良野の駅から汽車に乗るふたり連れのニングルを見たっていうんだよ。汽車に乗るんだぜ。

久保 汽車……(笑)。周りも受け入れてるんですね、子供料金なのかな?

倉本 そういう話が、さんざんあったわけよ。それで『ニングル』っていう本を書いてさ。6期の時に。これを舞台化したいと思ったんだよ。それでちっちゃい人間を出そうとみんなでいろいろやったんだけど、うまく行かなくてネ。それであるとき、いやこれはニングルを出さない方がいいんだっていうことにハタと気づいたんだ。

久保 ニングルを想像させるんですね。

倉本 そう。ニングルをお客の頭の中の想像体で表現した方がいいんだって。いろんな人が「ニングルを見ました」って絵を書いて送ってくれたんだけど、みんなやっぱり西洋の妖精とか小人とか、知識からインプットされている像を作っちゃっているんだよね。これはいけないと。ニングルっていう像を作っちゃいけないと。お客の中で勝手に想像させるべきものだと。

久保 そうですね。

倉本 お客の興味を、ニングルの造形じゃなくて、ニングルの思いに向かせようと思ったの。それでニングルは出さないで、それを見たという奴と本当は見たのに見ないといってしまう奴の葛藤を描こうと。それでユタと才三っていう二人の親友の葛藤の話になったんだ。

久保 そこに至りますよね、人間ドラマに。

※

六条 あの頃って、今ほど環境破壊なんて言われてなかったのに、『ニングル』ではしっかりとそのことを言ってますよね。

倉本 この話は、元もと富良野塾を始めた最初の夏に、塾で使っていた森の湧水が枯れたことから始まっているンですよ。何百年も枯れたことがない湧水だったんだけどね。あの時は、近所の農家の井戸も軒並み枯れて、けっこうパニックになったの。

六条 はい。

倉本 それで僕たちもいろいろ調べて、旭川の林産試験場にも行って専門家の話も聞いたりしたんだけど。それで僕らなりに考えたのは、農地開発で上の方の森が伐られていたのね。その影響が出たんじゃないかと。森の保水力ってものすごいものがあるからね。

大山 天然のダムって言いますものね。

倉本 それが伐られた結果、というのが最も有力な仮説で。

六条 そこから『ニングル』が生まれて、先生、富良野自然塾まで創ってしまわれますものね。

※

久保 森のセットが、ものすごく効果的だったと思うのですが。

倉本　そのころ僕はカナダが好きで、カナダによく行ってたんだね、まだあっちでタバコが吸える時代だったから。

一同　(笑)

倉本　カナダのハイダグワイの森がものすごいんだ。まさしく原始の森。枝から垂れるサルオガセがすごくてね。それで『ニングル』で、その原始の森を作りたくて、どうやったらいいかって考えているときに、何かの芝居で岩国行ったときに、岩国の繊維工場で大きな布を作っているところを見たんだけど、最後に機械で両端をカットして、切れ端が段ボールに落ちて山積みになっているんだ。それどうするんですか?って聞いたら、捨てるって言うんだよ。拾い上げてみたら、これはサルオガセになる!

一同　(笑)

倉本　思わず「これください!」って(笑)。それで、大量に送ってもらったわけ。

松本　「拾って来た家」ならぬ、「拾って来たセット」だったんですね。

久保　先生はやっぱり目の付けどころが違うなぁー。

倉本　だけど元もと切れ端だから、しばらくすると、ほつれてきて取れちゃうんだよね。何年か使ったらゴミがすごく散って、今はもう使えないなぁ。

大山　今は別モノを吊っています。

久保　あのサルオガセのドロップ(吊り布)の動きは、ホントにたまりませんねぇ。

倉本　あのドロップの動きで、映像のパン(カメラを横に振る)とか、ズームアップの効果を出したいと思ったんだ。

大山　ドロップが3枚あって、それぞれが同じ方向に移動したり、交差したり、しかもそれぞれがスピードを変えて動くから、奥行き感がものすごく出るんですね。

久保　確かに車や電車で窓から外を見ると、手前の景色はサッと過ぎますけど、遠くの山なんかはほとんど動きませんものね。

倉本　そういう映像的効果が出したいなあと思ってね。シゲ(大山)は才三の役、やったことあるよね。

大山　はい、2008年の時に。あのドロップの下を歩けるのは、ホント幸せでした。

倉本　オガセのドロップで森を表現してるけど、才三が最後に伐る樹は照明で表したよね。

大山　はい、上から下に、ストンと明かりが落ちていて、

倉本　僕はそれにチェンソーを入れます。

倉本　そう、これも見せない手法なんだね。伐られる樹の痛みや悲しみは、作りモノの樹を伐っても出ない。

松本　樹の悲鳴が聞こえて来るような。

倉本　役者としても、モノがない方が、役者の質は向上するんだよね。

久保　モノに頼っちゃうんですよね。

倉本　モノがあるとね。それで、再び完全な無セット、人間の肉体だけで表現するという原点に戻ったのが、次の『走る』だよね。

ニングルと心を一つにした民吉は告げる。「樹たちはそれを二百年三百年、静かに受けとめ、黙々と生き、そうして現在の森を創った。しかし、人間は発達した機械で、わずか５分で一本の樹を倒す。五百年の生を５分で奪う。あなた方はこのことをどうお考えか。――」

走る

久保　いやー、走りました。『走る』。

倉本　これはね本当は一番やりたい芝居なんだけど。ってて言うのは、パフォーマンスの究極なンだよ。

久保　究極ですね。最初っから最後まで役者が走り続けるだけ（笑）。

倉本　高校野球もそうなんだけど、僕らはいつもスポーツの感動には勝てないよね。それはその本番にかける汗と涙の量が違うからだと思うんだ。だから、役者も先ずはスポーツマン並の汗と涙を流させようと。

大山　フルマラソンを走り抜くぐらいの運動量がある芝居ですからね。

松本　袖に酸素のボンベがあったりして（笑）。

倉本　これはマラソンの有森裕子が、二度目のメダルをアトランタで取った時に、出る前の一年間をニッポン放送がドキュメントを作ろうと電話で声を毎日録ってたんだね。今日の練習はこうだったとか、気持ちの高揚から、落ち込む日から全部。

『走る』　1997年3月初演

「なぜ我々の与える感動は、スポーツが与える感動に勝てないのか」と常々口にする倉本。それは流す汗と涙の量の差に違いないと考えた倉本は、まずは役者にスポーツ選手並みの汗を流すことを求め、書き上げたのが全編役者が走り続けるこの作品。富良野塾の2年間の修行生活をマラソンランナーに仮託して、様々に変わる富良野の四季の中を走り抜ける役者の肉体で描かれた。後期の富良野塾の卒塾（卒業）公演の定番となり、文字通りの競い合う熱い斗いが舞台上を駆け巡る。

〈あらすじ〉あるマラソンの競技会。一年間走り続けて順位を競い合う若者たち。春、黒いユニフォームの2年目ランナーと、白いユニフォームの1年目ランナーが同じラインに立ち、号砲と共にスタートする。駆け引き、葛藤、誘惑、焦り、挫折――。ひたすらトップを目指す者。順位に捉われず完走することを目標とする者。仲間と常に反目しながら走る者。挫折し走ることをやめてしまう者もいるが、様々な者が自身のゴールを目指して、猛暑の夏、物思う秋、そして雪が降りしきる冬を走り続ける。ゴールを果たした者は一様に喜びに輝き、更なる高みのゴールを目指す。挫折し夢を果たせなかった者の中には、再起を賭けて新しいコースを走りだす姿もあった。

それでマラソン中継の映像を流しながら、本人のモノローグ（一人語り）を重ねようと。そのテープを聞かせてもらって、これをドラマか映画化したいなぁーって思ったんだよね。

久保　はい。

倉本　マラソン中継って、固定カメラの前をランナーが走り抜けていくのと、カメラがランナーに伴走して、後ろの町は流れて行くけど、ランナー自身はど真ん中に映っている映像があるよね。

一同　はい。

倉本　それを舞台でやるとすると、どうしたらいいかっていろいろ考えて、走り抜けるシーンはそのまま出来るとして、役者がその場で走っている格好ができたら、そこで、画面の真ん中で映るランナーそれぞれのモノローグを乗っけられるんじゃないかと。

大山　それで〝その場走り〟が出来たんですね。

倉本　それがそんなにシンドイものだとは思わなかったけどね。

六条　最初は腿《もも》上げになってしまうんですね。直線的に、ピストンみたいな動きに。

倉本　そう。それが足を回転させることが（森上）千絵（8

期)とか水津(聡・10期)とかができるようになって。それで芝居が成り立ったんだね。足音がパーカッションのようにリズムを刻んで、遠くから近づいてきたり去っていったりっていうのが、なんとも心地良いんだよね。で、しかも秋なんか全員が走るシーンがあって、あれはホント、スポーツの感動に近づけた気がしたね。

久保 みんな黙々と、ただひたすら走り続けて行くだけですからね。

倉本 でもやっぱり一番グッときたのは〝サラリーマン走り〟

一同 はい。

倉本 観客から募集して、戦後日本のずっと走ってきたサラリーマンたちが、「威風堂々」にのって、必死に走る。あれは感動的だった。

久保 感動でした。走りはヘタなんだけど。あれは高校野球ですよ(笑)。気持ちでやってますからね、あの人たちは、本当に。

倉本 そう。走れちゃいないんだけどね(笑)。

(右) 富良野の四季を走り抜けるランナーたち。寒風吹きすさぶ冬も一足一足ゴールに向かって。(左上) 一人ぽっちで走り続けた仲間を迎える。(左下) 新しい春。夢に向かってのスタート。倉本は「走る」初演の13期生の卒塾式に言葉を贈る。「夢を持つことは君たちを走らせ　走る苦しさは君たちを止まらせる　感動を創るものは走らなければならず　感動を得るだけなら座しても可能だ　走るか　坐るか　覚悟を決めなさい」

屋根

倉本　『屋根』はね、僕の廃屋体験がもとなんだよね。僕、廃屋をずっと歩いてた時期があって、北海道中の廃屋ばっかり探して歩いていたんだ。廃屋評論家と言われた時期もあって。

一同　（笑）

倉本　屋根だけが残っているんだよ、草むらの中に。で、この屋根がすべての生活を最後まで見ていたに違いないって思って、それが発想源だったんだけどね。

大山　屋根の上で、夫婦が語ったりとか、なくなった息子たちが出てくるとか。印象的でした。

久保　大正から平成まで、すごい大河ドラマですよね。

倉本　大河だよね。時代が流れたね。

久保　映像的多重構成に、今度は時間構成が重なって。

倉本　途中でファッションショーなんて、あってネ。

久保　あれで時代がまた、加速しますもんね。

倉本　それまでの塾の芝居って、老け役はプロの役者に頼んでいたろう。

『屋根』　2001年3月初演

北海道人となった倉本は廃屋評論家と呼ばれるほど、道内各地の廃屋を見て回る。浜のニシン番屋。閉山後の炭坑住宅。離農した農家。富良野近郊には屋根だけ残して崩れ落ちた農家の廃屋が多い。北海道の厳しい自然環境の中での農家の苦闘を何年も見守り続けたであろう屋根の目線で、開拓農家の生き様を描いた作品。

〈あらすじ〉大正12年、富良野の山里に入植した「根来公平」の元に、気だてのよい秋田美人「しの」が嫁ぐ。貧しいながらも柾ぶきの屋根をこしらえて迎えてくれた公平の優しさに、夫婦を絆を深めるしの。子宝にも恵まれ、根来一家は幸せな毎日を過ごす。子どもたちの一番の楽しみは見晴らしの良い屋根の上で合唱すること。やがて時代は昭和の世界大戦に突入。長男次男を戦争で失ったうえ、心優しい三男は徴兵拒否で自殺してしまう。戦後の復興、高度成長。大正育ちの夫婦にとって平気で物を捨てる戦後生まれの若者の行動は理解できない。平成となり、日本は国をあげて大量生産・大量消費・大量廃棄のバブル時代。後を継いだ息子が農業経営に失敗し夜逃げをするとき、屋根の上から懐かしい長男次男三男の声が聞こえる。「親爺たちが戦後見ていた世の中は夢だから、またみんなで屋根の上で唄を歌おう」と。

六条　『悲別』の時の羽鳥靖子さんとか、『ニングル』の時の坂本長利さんとか。※※

倉本　でも、この『屋根』の時からは、塾の役者にやらせるようにしたんだ。あの時、タコ部屋から逃げ出して彫刻家になった生松和平をやったのは、久保ちゃんだろう？

久保　はい、僕です。

倉本　俺あそこからだと思うんだ、久保ちゃんが演技に開眼したのは。

久保　ありがとうございます。

倉本　水津もそう。娘を人買いに売った過去を悔む荒木役をやってポーンって抜けたんだよね。いや、水津は『地球、光りなさい！』のパキが先かな。ああいうふうに役者が抜けるきっかけになる作品ってあるんだよね。

久保　千絵さんの老け役もよかったですよね。

倉本　少しずつだけど、塾の役者に実力が付き始めたころかな。（強く）少しずつだけどね。

一同　はい。

倉本　だけど、それまでは年相応の、等身大の君たちを使うしかなかったのが、いろんな役を想定できるようになったから、塾の芝居の幅が広がったことは確かだね。……だけどねえ、器用にはなったけど、振りだけっていうか、ハートは昔の方がやっぱり上だね。

一同　はい……

倉本　昔の塾生は演技どころじゃなかったけど、ここ（ハート）があった。だから、俺も搏たれたもの。技術が上がった分、心を入れなきゃダメだよ、もっと、もっと。

一同　はい！

久保　『屋根』のラストで、息子の借金のせいで、夜逃げしなければならなくなった根来夫婦の所に、昔命を助けてあげたタコ部屋から逃げた男が、木彫りの大先生になって訪れるというシーンがありますよね。※

倉本　うん。

久保　観ているみんな、大先生がお礼にお金を持って来て、それで借金が返せてめでたしめでたしになると思ったっていうんですよ。

倉本　成程ね。

久保　昔の見返りを何も求めずにした善行が、何倍にもなって帰って来るっていうのは、それはそれで

※羽鳥靖子は、倉本作品では『北の国から』で駒草のママを演じる。坂本長利は、同じく『北の国から　'87初恋』で、大里政吉、つまり「れい」ちゃんの父親を演じた

大正〜昭和〜平成という激動の時代を駆け廻る舞台「屋根」。（左上）いきなり叩きつける『万博の唄』にのって、戦後日本の猛烈な流行の変遷がファッションショーの形で繰り広げられる。（左下）ラスト「周囲に原始の森が蘇える」。（右）夫婦が手にした木彫には、エネルギーあふれる若き日の姿が活写されていた

いい話なんですけど、なんだか安直過ぎる気がして。

六条 安っぽいドラマに。

久保 それで、木彫りの先生が、夫婦の亭主の若い頃の姿を木彫りで持って来て、夫婦がそれを見て感動して涙を流すっていう。お金じゃないんだっていうあのラストが好きだっていう人が多いんです。

倉本 問題は解決してないんだけどね。

久保 でも、けっして悲しくないんです。

倉本 悲劇的な話なんだけどね。……僕はああいう話をときどき書いちゃうんだけどさ、結論がつかなくなるのよ。ハッピーエンドにしたいんだよ、でもそのままだとハッピーエンドにならないっていう。

六条 はあー。

倉本 テレビで『幻の町』って書いたでしょ。それも『屋根』と構図は似ているんだよ。『幻の町』っていうのは戦時中、樺太の真岡で暮らしていた笠智衆さんと田中絹代さんの老人夫婦が、その頃の地図を一所懸命書いているんだけど、もうぼけているから、あっちこっちの記憶が入り混じっ

てるんだね。それを指摘されて、ガックリ落ち込んじゃうんだね。そのまんまだと解決が付かないんだよ。

久保 はい。

倉本 それで、小樽の埠頭で突然女房の田中絹代さんが「真岡にこれから行きましょうよ」って。「これから連絡船がでますよ」って。そしたらボーっと汽笛が鳴って、手宮の桟橋の手前に汽車がつくんだよ。そこでみんなが船に乗り込んで。音だけなんだけど、二人には見えるんだよネ。それで「行こう！」って、二人が幻の町に向かって歩いていって、それで終わり。そこはものすごく、解決ついてないんだよ。

一同 （笑）

久保 解決ついてないんですけど、世の中ほとんど解決つかないんだってことで。

倉本 ついてないところを幻想でね。幻想というかな、メルヘンというもので包んで、解決つかないまんま、解決つかしちゃう。

六条 でも二人の間ではついている感じはしますが。

久保 夫婦は幸せなんですよネ。

倉本 だからもちろん、そういう風にもっていっちゃう。『屋根』も同じやり方なんだよね。

久保 お金っていう物理的なもので解決するんじゃなく、二人が幸せを感じることで解決、というか、終わってることが僕は深いなぁって思います。

六条 結末をお客にゆだねるやり方ですよね。僕もそういうのがいいなぁ、心に響くというか。だからお客さんも『屋根』を観たいという人が多いんですね。

戦争で死んだ息子たちが屋根の上から囁く。「こっちは不便だけどそのまゝ昔だ。あの頃のまゝの森の中にわしらのちっこい屋根がある」

オンデーヌを求めて

倉本 『オンデーヌを求めて』は最初、千絵とマーボ（香川佳子・8期）でやったよね。

松本 最初に西田ひかるさんと宮沢りえさんに書いたって聞いたことが。

倉本 そう、二人と飲んでて、二人芝居をやりたいから書いてくれって頼まれて書いたの。そしたら、りえママからクレームがついて潰されちゃったんだ。それで頭にきて、じゃあうちでやろうってなったんだネ。

久保 ドラマはシンプルですよね。二人の女優が『オンデーヌ』役のオーディションの結果を待っているだけですからね。この作品には、先生のお芝居にかける思いがいっぱい詰まっているような気がしますが。

倉本 今もそうなんだけど、テレビの役者の使い方がすごく嫌でね。何年も修行していい芝居が出来る本物の役者を使わないで、芝居も出来ないアイドルやタレントや芸人を話題性だけで使って。

『オンデーヌを求めて』 2001年10月初演

富良野演劇工場実験舞台の第1作として、一般市民からスタッフを募集して創られた作品。詳しい制作過程は対談で語られている通りだが、特に2010年秋の再演で、双子の女優、三倉茉奈・三倉佳奈（マナカナ）が出演した際に、3つの違う結末が用意され、公演の最中にどのパターンで行くかがシーン直前に合図されるという演出が話題となる。

〈あらすじ〉 外国から演出家を迎えたジロドウ作「オンデーヌ」のオーデション会場で、数年ぶりに顔を合わせた「アイ」と「メグ」。ふたりは若い頃、同じ劇団で役を競い合う同期生だった。オーデションの結果を知らせる電話を待つ間、それぞれの役者人生を振り返るふたり。見た目の愛らしさで劇団でもすぐ役に付き、その後もスター街道まっしぐらのメグ。役に恵まれず、思い切って演技修行に本場ニューヨークまで行って厳しいトレーニングを続けるアイ。しかし、ニューヨークでの生活でアイは心も体もボロボロになり、アルコール中毒で幻覚を見るまで追い込まれていた。一見恵まれたメグも、可愛いだけのアイドル的な扱いを恥じ本格的な演技力で勝負したいと切望。ふたりが心から求めるオンデーヌ役というプロの仕事。やがて結果を知らせる電話のベルが鳴る。

俺、何度作品をダメにされたか……

一同（苦笑）

倉本 それで、昔劇団の研究生の同期で、一方のメグは見た目のよさでスターになって、もう一方のアイは売れないんだけど、ずーと真面目に芝居を追求し続けてるという、そういう二人の女優の葛藤のドラマを創って。

久保 はい。

倉本 結局スターの方が選ばれて、芝居を追求してる方が落ちる。それでも私は芝居を続ける！ってアイが言う所で終わるんだね。

久保 生き様がカッコいいですね。

大山 2年前にマナカナ（三倉茉奈・三倉佳奈）でやりましたね。

倉本 そうだね、彼女たち双子だから、近くで見れば判るけど、舞台で見ると判んないんだよ。まあ、違いを出そうと相当頑張ってくれたけど。

大山 はい。

倉本 でね、ふとオーデションの結果が違っていたらどうなるんだろうって思って。見た目は同じなんだから。それで、最初通りアイが落ちるパターンと、メグが落ちるパターンと、二人とも落ち

（左）劇団の養成所の同期生「アイ」と「メグ」。アイドル的容貌でスターとなったメグと、本物の演技を身につけようとニューヨークへ修行に出たアイは、10年後、舞台「オンデーヌ」のオーデションで再会する。メグの部屋で結果の電話を待つ二人が語るそれぞれの役者人生。（右上）メグ〈右〉に芝居への覚悟を告げるアイ。（右下）劇団時代、演技をくさした評論家を「ナスの呪い揚げ」でジュー！　この呪術結構効き目があるとか

るパターンと3通り創ったのネ。しかもその結果を、本番中に知らせるって、やったんだね。アトランダムに毎日変えて、これは面白かったね。

久保 面白かったですね。役者的にはとても大変だったと思いますが(笑)。

倉本 普通、ラストに向かって予定調和しちゃうだろ。だから予定調和できないようにしたんだよ(笑)。

大山 (笑)逆算とかできないですよね。落ちる人として演じようとか。

久保 だから、結果を聞くときの衝撃って本物じゃないですか。電話が鳴って、どっちだろうっていうドキドキ感があって、予定調和じゃないと受ける度合いが違いますよね。生ですから。

倉本 アイの方の携帯に結果の電話がかかって来るんだけど、最初本当に電話かけて言おうと思ったけど、他の電話が本当にかかってきたらアウトだし。

松本 それで私の出番です。先生から舞台袖にいる私に無線で結果が知らされ、私が電話を受けたアイにサインの紙を出すんです。

久保 どっちなんだろうってアイを見つめるメグの表情も、もう芝居じゃない。

倉本 本モノだからね。

松本 サインの紙を出す私の優越感たら、なかったですよ(微笑)。

久保 実は最初、僕は普通りのアイが落ちるパターンが好きだったんですよ。でも、他のパターンも、見る度に好きになって、どれ見ても心にグッときて。

倉本 だからあの公演はリピーターが多かったんだよね。

※

倉本 最初のときにロク出てたろ?

六条 はい、黒い人で。

倉本 あの黒い人がスローモーションで動いてさ。セットもスローで動いて場面展開するんだけど、それが非常に効果的だったんだよネ。ところが、この芝居を劇団昴《すばる》でやったとき、新人の演出家がやったんだけど、それが使いこなせないんだよ。舞台転換にやたら時間がかかって。舞台を動かすなんてことの発想がなかったんだろうね。

久保 場面転換を、ただの場面転換にしか考えなかったんですね。

倉本　あれは黒い人が出てきたり、部屋のセットがグッーと動いてくれたからこそ、芝居のリズムを壊すことなく、場面転換が出来たんだよネ。

大山　お客さんの集中力を途切れさすことなくですね。

六条　僕が先生をスゴイと思うのは、普通、黒子って、黒子に徹するって言葉が生まれるぐらい、本当は舞台で見えてはいけないものじゃないですか。それを逆手にとって、堂々と出して場面転換させて、しかもアイのアルコール中毒が見せた幻想っていうことで、芝居の中でも重要な意味を持たして。

久保　先生のマイナスをプラスにする思考の転換、これホントすごいと思います。黒子が見えることなんて、舞台にとってキズじゃないですか。それをあんな風に。

倉本　だから欠点はチャームだって、いつも言ってるだろ。あと、俺は転んでもタダでは起きない奴を尊敬するなァ。

久保　ホントに、欠点が芝居の最大の魅力に変わるんですからね。

地球、光りなさい！

倉本　そうした場面転換で、登場人物の心情を表したりすることを、より発展させたのが『地球、光りなさい！』の木だよね。

久保　カーテンコールで、木を動かしていた人が出てきた時のお客さんの反応！　全部持っていかれちゃいました。

一同　（笑）

倉本　人が動かしていたなんて思わなかったんだろうね。

大山　絶対コンピューター制御だろうって。

久保　この『地球、光りなさい！』って、元になってる芝居があるんですよね。

倉本　ギュンター・バイゼンボルンって人の『天使が二人天下る』っていう芝居があって。うちのかみさんそれでデビューしてるんだよ、20くらいのとき。

松本　うわあー。写真見ましたけど、ものすごく可愛らしくて。

2002年3月
『地球、光りなさい！』

倉本とこの作品の関わりは長い。1957年、学生時代から所属した劇団「仲間」で、ギュンター・ヴァイゼンボルン原作の「天使が二人、天降る」が上演され、主役の宇宙人役が後に妻になる女優の平木久子。71年、倉本自身の脚色で「地球、光りなさい！」（日比谷芸術座）として上演。95年にはニッポン放送でラジオドラマ化。そして、富良野塾舞台として創られたのが、2002年。

〈あらすじ〉 時はクリスマス。人里離れた山の飯場で、伐採作業を行う「ガク」たち6人の労働者と賄い婦の「レオ」。突然の雪崩に陸の孤島となった飯場に突如UFOが着陸。女性の宇宙人φ（フィー）とμ（ミュー）が降り立つ。必死のコミュニケーションの末、彼女たちが3億年前、自星を環境破壊で失くし、還る故郷もなくさすらいの旅を続けていることを知る。彼女たちが求めていたものは、UFOの動力源である「純粋な水」。だが地球上の水はすべて汚染されていた。感情を持たない宇宙人のふたり。しかし飯場の人々とコミュニケーションを交わし、ガクと心を通わし、遺伝子の記憶の底に残る懐かしい〝自然〟に触れ、別れ際、涙を流すφ。それこそまったく曇りのない純粋な水であった。

倉本 俳優座劇場でやって。それは演出も面白かったんだよね。木の動きはないけど、キャッツウォーク（舞台や劇場の上方高所で裏方が移動・作業できるスペース）に照明が仕込んであって、それが宇宙船の様に明かりをつけたまま、いきなりガーっと下がってきてさ。そこから宇宙人が降りてくるっていう。

久保 すごいですね。

倉本 僕が所属していた「劇団仲間」の中村俊一っていう演出家がものすごい冴えわたってたんだよね。いろんなことやってる人なんだけど、もう〝創〟の塊。彼のモノ創りの姿勢には、ものすごく学んだね。

久保 ほおー。

倉本 学んだと言えば、このバイゼンボルンって人は、非常に優れた作家なんだけど、戦争中は結構レジスタンスに絡んだ人なんだよ。

六条 圧政に屈しない人なんですね。

倉本 そう。それでこの『天使が二人天下る』の前書きに「物事を見るときに望遠鏡をたまにはさかさまに見るといい」って書いてあって。そうすると、今までアップで見てたのが、ロングになって俯瞰で見られる。そういうものの見方をすることが大事だってことが書いてあって。それは僕の心の中にしっかり残って、自分の作品の中にかなり取り入れることがあったね。モノを書くときの姿勢としてもネ。

※

倉本 最初、演劇工場の1回目は、実験舞台として短い期間でやったんだよね。で、そのあとに宇宙人を外人でやったのかな。

久保 そう、外人(笑)。カナダ人のサラとケイト。

松本 ホントに綺麗な女優さんで。出てきただけでホント異星人でした。

久保 先生、日本語を覚えてこなくていいっていったんじゃなかったでしたっけ? それで台本を初めて読んで、俺らげらげら笑って。それでショック受けて傷ついちゃって。で次の日に先生、俺らに英語で読めって。俺ら必死に片言イングリッシュ。それで仲良くなりました。

倉本 そうだったね。

久保 でもその感じ。こう、初めて接する感じがすごくしたんですね。本当に未知との遭遇で面白かったです。

※

久保 この作品では「宇宙人」が登場しますが。

倉本 ライターの連中には何度も教えてるんだけど、「糖衣錠」ってことがあるんだ。僕が学生時代にこの世界に入ったときにはね、左翼演劇が盛んだったんですよ。プロパガンダっていうか、テーマ性をすごく売りつける芝居が多かったんですよ。僕それがすごく嫌だったわけ。俳優座、民藝。文学座はそれがなかった。文学座は演劇の感動というところをとことん追求していて、僕はそっちを目指していたんだけどね。

久保 はい。

倉本 でも最近になって、なんかこの年までいっちゃうと言いたいことを、ドラマを通して言いたいなという気になる。かつてを否定しているんだけどさ。

六条 でも先生の作品のメッセージ性には、本当に強く魅かれます。

倉本 うん、それでテレビを長年やってて思うんだけども、ドラマってそのメッセージ性が表に出ちゃうと途端につまらなくなっちゃうんだよ。あくまで糖衣錠、薬でいうとまわりに砂糖のおいしさを塗《まぶ》しておいて、後で薬の苦みが効いてくる

（右）降り立った二人の女性宇宙人と未知との遭遇に慌てふためく山の飯場の男たち。ちなみにこの背景の樹々が、シーンに合わせて回転・交差・移動し、場面転換を美しく彩る。（左上）感情があると欲望が育ち、破滅に至った過去を持つ宇宙人は、感情を捨て、欲望の塊である男性全員を駆除していた。（左下）感情が芽生え始めた同僚の記憶を消去し、「このままでは地球も同じ悲劇を繰り返す」という警告を与える宇宙人

ように、ドラマは作らなくてはいけないいじゃないかと思い始めたんだ。

大山　砂糖の甘みを塗して、本当に効く薬の苦みの部分は後で効いてくる。

倉本　そう。『北の国から』だってフジテレビは「小さな家族の大きな愛の物語」なんて売ったけど（笑）、俺はそんな甘いことを売りにはしたくなかったんだけど、でもそこへ膨らませるんだよ。例えば都会からいきなり田舎の、しかも崩れかけた廃屋で暮らすことになった純の慌てぶりって、見ていて笑えるよね。

一同　はい。

倉本　「電気がなければ暮らせませんよ」って。「夜になったらどうするの」って。「夜になったら寝るんです」って言われてボヤキまくるけど、その驚きの馬鹿さ加減、カルチャーショックの馬鹿さ加減って、これは糖衣錠だよね。

六条　糖衣錠ですね。

倉本　でも今にして思えば、それは非常に重大なメッセージなんだよ。だけどそれを観たときに気づかなくてもいいんだよ。3・11なんかが起きてみると、それが重大なメッセージだったたって初め

て気付く。そういうことを、作品に含めたい、という手法なんだね。

松本 感情がない宇宙人が、遠い星から来た宇宙人じゃなくて、今の私たちの遠い子孫なんじゃないかって思いました。

倉本 今の無反応の若者って、俺から見たら宇宙人みたいなものだよ。これからITがもっともっと進むと、もっともっと無反応になっていくと思う。パソコン相手にコミュニケーション能力も要らないし、感情表現も要らないし、どんどん感情がなくなって、理性だけのあの宇宙人になっていくんじゃないかと。

久保 はい。

倉本 ファンタジーって、そういうことを描ける「糖衣錠」だね。

宇宙人と一緒に、広大な宇宙にさすらいの旅に出たいという風来坊の「学」に、故郷の温かさとを語る「レオ」

歸國

倉本 その糖衣錠を極力取っ払ったのが、『歸國』だね。これは長谷川岳※が自民党で出馬するとき言われたらしいんだけど、選挙演説の時に絶対言ってはいけない、触れてはいけないことがある。戦争、靖国神社問題と、終末医療、つまり安楽死、そして自殺問題。

久保 全部入ってますネ。しかもかなり激しく。

倉本 もちろん、英霊が出てくる時点で甘くはない糖衣錠なんだけど、でも本当の英霊の気持になれば、日本人が蓋をしてしまった臭い物を、臭いと言えるんだよ。

久保 臭い！って言い続けましたね。これはおかしい！って。これは変だぞ！って。

六条 英霊だからこそ言えるんですね。

久保 改めて日本というものについて考えましたね。改めてっていうか、今までぜんぜん考えてなかったなって。日本っていう自分の国とか、家族や自分の存在とか、そういったルーツというのを

※長谷川岳：札幌で初夏に行われる「YOSAKOIソーラン祭り」の創始者。現・参議院議員

『歸國』　２００９年６月初演

原作である棟田博の「サイパンから来た列車」が出版されたのが１９５５年。すぐに映画や舞台化され、大学生だった倉本はラジオドラマ版を聴いて感動。約40年後の98年、ニッポン放送で自身の脚色でラジオドラマ化。この時すでに原作の「戦後10年の東京駅に」という舞台設定を、その時点の「今日」に変えての脚色をしている。それからさらに11年を経て、２００９年夏に「歸國」という旧字を使った題名で舞台化。

〈あらすじ〉戦後64年の東京駅に一台の軍用列車が到着した。そこに降り立ったのは、あの戦争で南の海で戦死した若き英霊たち。迎えるのは別の場所で戦死した新聞記者の幽霊ただひとり。お盆の深夜、夜が明けるまでの短い時間、故郷を訪ねることを許された英霊たちは、喜び勇んでゆかりの地へ向かった。しかし時の流れは無情にも彼らと故郷の絆を断ち切る。故郷がダムの底に沈んだ者。血縁が絶え廃屋をになった我が家を前にする者。しかし、彼らの悲しみは、もはや誰もが自分たちの働きを忘れ、浮かれ騒いで暮らしていたこと。家族を忘れ、自分たちの享楽に明け暮れていたこと。夜明けを迎え、彼らは新聞記者に、自分たちの時代は「貧幸」＝貧しかったけど幸せだったと告げ、南の海に帰っていった。

すごく考えたりとか。そういう作品でしたね、僕には。

大山　この作品の元になった『サイパンから来た列車』って、8月15日の深夜、東京駅に英霊を乗せた列車が到着するところは同じなんですけど、時代が違うんですよね。

倉本　棟田博さんの原作だと、戦後10年。敗戦の荒廃から立ち直り、日本が元気になったころだね。だから、英霊もそれを見てホッとして海に帰っていくという話なんだね。

松本　先生がラジオドラマにされたのが、戦後50年ぐらいで、『歸國』という芝居にしたのが、60何年。

倉本　英霊たちが帰って来て、今の日本を見たらどう思うんだろうかって考えたんだ。ホッとするんだろうかって。逆じゃないかって。

久保　僕が最初にこの本を頂いた時、先生がこれを書き進めた原動力が怒りだと感じたんですね。なんで、こんな国にしてしまったんだ?っていう。もちろんその怒りがベースにあることは確かなんですが、芝居を創っていく過程で、それが悲しみへ、もっと言うと、哀《あい》の方の哀しみだって感じて来たんです。

大山　最初の頃の稽古でラストの「海ゆかば」のシーンで、英霊たちは客席に向かって刀を突き付けましたよね、グィっと。

倉本　もっと最初の構想では、ラストで暗転した後、明るくなると客席の周りに旧帝国の軍人がいっぱい立っていて、銃を観客に突き付けて周囲を取り囲んでいるっていうところでバって暗転して、終わろうと思ったぐらいだったんだ。

松本　怖い……

久保　それが最後には、今の我々に決別するように敬礼をして、クルっとまわれ右して去っていきましたよね。僕はあの時、いつも怒りの気持ちではなく、哀しみの気持ちでやってます。

倉本　そうしたんだよね。

※

久保　僕が演じた秋吉部隊長が言った「貧幸」って言葉がズーンときたって、どこに行っても言われましたね。言ってる僕自身、ズーンときてましたから。「貧しく、幸いという二文字を重ねる。俺たちの時代はみんなそうだった」

六条　これって「貧幸」っていう熟語じゃないですけど、他の芝居でも言ってますよね。『悲別』でも『二

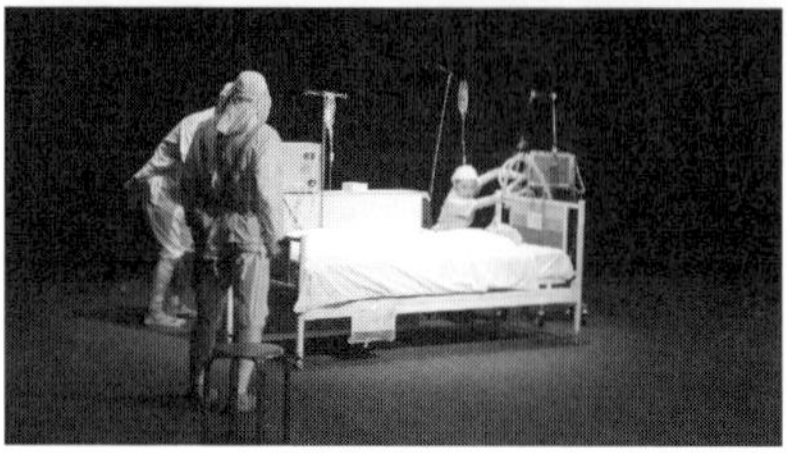

60余年ぶりに故郷・日本に歸國した英霊たちが、現代の東京で見たものは？（右上）故郷のあまりの変貌、家族を顧みない人心の荒廃に愕然とする英霊たち。彼らは、時代に流される新聞記者の幽霊に、「貧幸」だったあの頃の生き方を伝える。（左上）戦友の手紙を検閲したことを死しても悔み続ける検閲官「志村」。（下）死にたいと切望する病床の妹を見守り続けるしかない「大宮」

松本 ングル』でも。

倉本 私『ニングル』のスカンポの最後のセリフが大好きです。「あの頃、うちには何にもなかったけど、ぜんぜん不思議に思わなかった。みんなで寄り添って、それがとっても幸せだった」

久保 『屋根』なんて、作品全体で貧幸を描いてますよね。幸せはお金やモノじゃないんだって。

倉本 俺がこっちに来た頃の富良野って、まだまだそういう生き方が残っていたんだよ。町じゃなくて、山の方にネ。

久保 そうですね。

倉本 今もう、戦争で死んだ人の思いを知っていてそれを代弁できる年代って、ものすごく高齢になっているんだ。終戦の時10歳だった俺ももう77だろう。これは書き遺すというか、やっておかなければならない芝居だと思ったんだね。

久保 はい。

倉本 「人は二度死にます。一度目は肉体的に死んだとき、二度目は完全に忘れ去られたとき」。あの言葉なんかはね、この年になると、やっぱりしみじみとわかるんだよ。

マロース

倉本 『風のガーデン』や、『歸國』で終末医療を扱ったこともあって、命ということを深く考えたね。自分が、どこで、どういう風に死ぬんだろうって。年取ってくるとどうしても死というものと身近になるんだよね。『マロース』を書いた時、そこがポイントだったね。最後にマロースが人間に殺された奥さんを埋めて言うんだけど、春が来て妻の体がキツネに食われて、小さな生き物たちが骨をついばんで、完全に土に帰ればそれが一番の倖せだと。それがやっぱり命ある者の本当の死だって気がするのね。だから俺は墓とかこだわらないし、死んだら土にかえるっているのが一番ナチュラルじゃないかって気がするんだよね。

松本 埋葬のシーンって本当に綺麗で……綺麗って言うか……澄んでるっていうか。

久保 神々しい感じがします。

倉本 昔、この国には八百万の神々がいたんだよ。至る

『マロース』　**2011年1月初演**

2010年4月の富良野塾閉塾後に製作された、富良野GROUPによる完全新作の一本目。マロースとは、ロシア語で「冬将軍」を意味する。倉本が主宰する「富良野自然塾」など環境保全活動で切迫感を持って感じた地球環境の危機が、舞台演劇に昇華されている。2009年12月にNHK―FMにてラジオドラマ版放送。

〈あらすじ〉北海道の南にある町〝音別《おんべつ》〟。季節は春だというのにその一帯だけ寒波が居座っていた。いつまでも降りやまない雪。町は発生した鳥インフルエンザを治めるため、渡り鳥の越冬地の沼を急襲して、寝ている鳥たちを皆殺しにする。同じころ吹雪の中、喫茶店「ブナの森」に記憶を失くしたひとりの老人が転がり込む。喫茶店のママ「みどり」の厚意でブナの森の居候となった老人は、離れ離れになった家族を探しながら、喫茶店を手伝い常連客とも仲良くなっていく。やがて、鳥インフルエンザ自体、町の有力者が過去の化学薬品の不法投棄を誤魔化すためのでっち上げだという噂が流れるなか、老人の元に不思議な来客が訪れる。白い衣をまとった3人の若者は、老人に「あなたはマロース。私たち冬の旅団の将軍です」と告げる。老人は記憶を失うほどの辛い過去を取り戻す――。

ところに。でも人間はアスファルトで土を固め、コンクリートで家を固めて、自然との絆を断ち切っちゃっただろう。だから俺、レイチェル・カーソンの「沈黙の春」を何とか舞台にできないかなって思ってたんだ。このまま行ったら、春どころか、夏も秋もこない。

六条　それで、ずーと冬が続いてるっていう町が舞台になったんですね。

大山　でも今年、ホント春が来ないんじゃないかって思いました。4月に大型低気圧がきて、真冬のようになって。先生は『マロース』の鳥インフルエンザも、こんなに大ごとになる前に作品に取り入れられてますし、『ニングル』もそうですが、なにか予言者的な感覚を持っておられるような気がしてるんですが。

久保　それは俺も感じます。その点はみんないつも驚かされていまして、先生はもしや……。

倉本　（笑）やっぱり想像力なんだろうね。後は感受性。些細な変化を感じられる感受性。これは磨けるものなんだよ。君たちも富良野で暮らして、少しはそういう変化を肌で感じられるようになってるだろう。

（右）北海道の南にある「音別町」の町はずれの喫茶店「ブナの森」に集まる常連客はウワサ話好き。春が来ても冬が居座り続ける異常気象に不安が広がる。（左上）吹雪の晩、転がり込んできた不思議な老人の面倒を見る、ママの「みどり」。（左下）記憶喪失の老人は、覚えていた名前の一部から「マロさん」と呼ばれ、常連客とも楽しく交流する。森の生き物の命を愛する老人は、鳥インフルエンザの疑いをかけられて殺された水鳥を埋葬する

久保　そうですね、特に畑仕事をしていた時は、強く。

倉本　そうだろう。都会で、窓のない部屋でコンクリートに囲まれて、朝なんだか夜なんだか分からないところで仕事をしていると、もう何も分からなくなってくるよね。

一同　はい。

倉本　だからクリエイターは、富良野みたいな土に直結した所に住むのが一番だよね。富良野はそういう日々の些細な違いが肌で感じられる土地なんだよ。あとはそれに気づくかどうか。気づいた些細な変化に、想像力が加わると、『ニングル』になったり、『マロース』になる。

久保　僕も気づくところまでは、少しは出来るような気がするんですが、でもそこから先が。

倉本　だから、やっぱり想像力。相手のことを想像するっていうのも想像力。相手を思いやるとか、思い図ることで相手との距離がどんどん縮まる。そこで生まれるのが〝絆〟ってことだろう。

久保　絆ですね。

倉本　君たちは普段の生活の中で、そうしたことを自然とやってるはずなんだ。相手のことを思いやって、そばに寄り添ったり、ちょっと距離を置い

たり。そういうことを言葉で言うんじゃなく、自然と体が動いているよネ。どうして芝居になったら、それが出来ないんだろう?

久保 生きてないんですね。

倉本 そう、みんなもっと生きなきゃ。

一同 はい。

倉本 先ずは感じること。すべてはそこから。

(上)冬が去り、春が訪れた音別町。しかしみどりはいつもと違う春を感じる。「鳥も啼かない。虫も飛んでない。これでも本当に――春っていえるの?」(下)「マロース。その人は吹雪の晩にやって来た」

明日、悲別で

倉本 原発事故後の福島に何度か行って、現地を見て感じたことはいっぱいあるんだよ。みんなもそうだよね。この前「いわき」に行って。※

久保 ……ちょっと言葉にし辛いですね。

倉本 あそこには常磐炭鉱があったんだよね。それで『悲別』っていう地名は何も北海道だけじゃなく、常磐を悲別って言ってもかまわないんじゃないかって。

久保 悲別ですね。

倉本 常磐炭鉱って、北海道の炭鉱と同じで日本のエネルギー政策を支えてきたじゃない。東京のため、関東のためにあったんだよね。炭鉱の閉鎖の時代と原発の建築の時期がシンクロしてるんだよ。だから閉山で仕事にあぶれた炭坑労働者が、原発労働者になることが実際に多かったんだね。危険だけど金払いが良かったから。だから加山とサトケンを原発に行かせたわけだよね。

松本 リアルなんですね。

倉本 一方で、今のガレキ処理の問題があるでしょ。ど

※震災1年目の2012年3月11日、倉本をはじめ富良野GROUP、富良野自然塾のメンバーは福島に行ってキャンドル・ナイトを行った

『明日、悲別で』 　**2012年6月初演**

東日本大震災後、倉本が渾身の筆で書きあげた最新作。公演パンフレットの作者の言葉によれば「新作とはいえ、前作『今日、悲別で』と構成的にはそんなに変わっていない。それが意味的に大きく変わっている」。大震災、福島原発事故を通して、日本人のエネルギー政策に対する方向性が問われる今、過去のエネルギー政策の大転換を経験した〝悲別〟の「明日」を描くことは、今絶対的に必然であったとの声が多い。

〈あらすじ〉1991年閉山した悲別炭坑。炭労の組合長は息子「ジン」に、先輩たちが坑道に遺した〝希望〟を封じたタイムカプセルの話をし、「20年経ったら掘り出してごらん。希望の意味が分かるから」と告げ、閉山の責任をとって自殺する。仕事を失った炭鉱マンの中には、次世代エネルギーのトップ、原子力発電所で働くために福島に向かう「加山」と「サトケン」がいた。2011年暮れ。悲別に残った男たちは、町の有力者で道議会議員の「江口」から、原発廃棄物という〝絶望〟を、旧悲別炭坑の地下1000mの坑道に埋められないかとの内密の相談を持ちかけられる。大晦日。「ジン」と親友の「ブイ」のふたりは、300mの地下に埋まっているタイムカプセルの中の〝希望〟を探しに、懐かしい坑道を下りて行った。

こも受けないっていう。これには、僕らはホントに強い憤りを感じるんだよ。放射能に関する福島のガレキならまだしも、震災のガレキを全部NOというのは、人として考えられないよね。

大山　そうですね。

倉本　だから今度の『悲別』では、そのガレキをどこも受け入れないっていうことに憤っている元炭坑夫たちがいて、議員になっている男が、せっかく悲別の廃坑の深い穴があるんだから、その穴の底に放射線汚染物を「石棺」に込めて1000mの地下に埋めてしまおうという案を国に出すわけだよ。

六条　実際にそういうことは可能なんですか？

倉本　フィンランドなんかが実際に放射性廃棄物を石棺に入れて地下深く埋めてるんだ。オンカロっていう施設で。

六条　やってるんですね。

倉本　炭坑そのままでは難しいけどね。でもどこかが引き受けなければならない事なんだけど、どこも引き受けないというなら、俺たちの手で、という男気のある人間が悲別にいるんだ。

久保　炭坑の人たちって、普段から命を賭けて運命共同体の仕事をしているから、男気っていうか〝絆〟

が強かったって言いますものね。

倉本 うん、だけど相手は放射性廃棄物だから反対する者も多い。しかも閉山から20年経っているわけで、タイムカプセルを掘りに行く約束を守ったのも、たったふたりだけなんだから。

久保 はい。

倉本 それで、300m地下のタイムカプセルに〝希望〟が入っていて、1000m地下に〝絶望〟を埋めるのか、っていうつぶやきが出るんだよ。

久保 ビビーンと来ましたよ、俺。このシリーズ、何十年前に作った作品ではなくて、今のために作った作品だと、本当に思いましたね。

倉本 そのテーマが見つかったときは『明日』になったと思ったね。

閉山の晩、炭労の組合長は息子に、300メートルの地下の埋まっている「先輩たちがその中に“希望”を封じたタイムカプセルを探してごらん」と告げる

地底の奥深く眠っていた御先祖様たちと力を合わせて、「明日」への希望がつながった瞬間

演出家・倉本聰

魔法の演出術

城田美樹
（富良野塾15期生）富良野グループ演出助手

物を創るには技術と心、二つのものが必要だと思うのだが、人の心を摶《う》つ為には、技術を心が超えていなければならないと、常々僕は考えている。技術を磨くのは勿論のことだが、技術が少しでも高まればそれを超える心を磨かなければならない。

――『優しい時間』

魔法に至るための心と技。演技術・演出術。
その教えられたところの幾つかの覚書を、ここに記す。

一　履歴を作れ

ドラマを一本の木とするならば、一人一人の役を掘り下げて作ることが木の根を深くすることになる。そのためには**人物を作る**こと。シナリオに書かれていない〝役の履歴〟を役者自身で創造することが大切だ。

「言ってみれば一本の木が立つわけだけど、根は一人ずつが創るわけです」

履歴は自己満足的に作ればいいというものではない。ドラマの上で役立ち、そこからエモーションを導き出せる履歴でなければ意味がない。まずは具体で名前と映像を創っていく。たとえば――。

①年齢・生年月日・出身地及び育った場所のはっきりしたイメージ。転居したのであれば、した分すべて。
②父母、祖父母の職業。兄弟の存在と、自分との関係。
③初恋から始まる恋愛歴。恋愛の質と深さ。失恋、破恋の一つずつの理由。
④現在にそれが続いているなら、相手の現在地と現在の関係。
⑤興味を持っているもの。その理由。具体的に。
⑥何でも打ち明けられる親友がいるか。いるなら具体的にその人の職業、名前、年齢。
⑦これまでに最も影響を受けた人。尊敬できる人。これも具体的に職業、氏名、年齢。
⑧役の長所と欠点を列挙せよ。
⑨過去或いは現在に受けた精神的ダメージ、傷は何か。その役にとっての心の拠り所、〝居場所〟はどこか？
⑩住んでいる町の地図を描く。部屋の間取りを描く。窓から見える景色は？　家の外の町並みは？

「この人が生活しているところがどういうところなのかということをはっきりさせないとダメなんだよ。まず家ありき、なんだよね。なるべくトリビアルに全部映像で結んでいくこと」

「架空の履歴を、五感を伴った映像として埋め込んでいきなさい。人間をテーブルの上で作ってもダメなんだ」

⑪出演しているシーンの前と後を考えよ。
出演場面の前も後も、その人物は生きて何かをしているはず。その、舞台に出ていないときのことも考えよ。

登場人物の過去、ここ一週間の行動、今日の動静。出演する一分前の行動を洗い出せ。

「台本をくまなく読んで、履歴のためのキーワードを他の人のセリフから発見するという思考をすること」

「このシーンのこの時に、自分の履歴がどうだったら自分の芝居が深くなるか、ということを考える！」

「履歴は作っても、根っこは表面に出さないこと。みんな作ったことでいい気になってそれを出そうとするンだよ。そうすると芝居が下品になる」

木は根によって立つ。されど根は人の目に触れず。

二　インナーボイスを埋め込んでいけ

舞台に出てくる人間はセリフ以外にいっぱい、書かれていない意見や考えを持っている。セリフを喋っていないとき、その人物は何を考えているのか？　インナーボイス、内面の声。語らない中に伏せている感情がある。

たとえば『谷は眠っていた』の一シーン。一人の塾生が丸太の皮むきをしているところに、別の塾生が駆け込んできて告げる。

友田　**「車の鍵！」**

一木　**「何だ？」**

友田　**「平岡のおふくろが死んだらしい」**

このとき、友田の頭の中にあるインナーボイスは何か。

○富良野塾は自己運営している。平岡を故郷に帰さなければいけないとすると、作業の割振りをどうするか？

○オレが今、物事を解決する、という気概！

○同時に、こういうこともある。どうだ、**驚いたか？　凄いニュースだろ！**

どこかでそう思ってる。そんな感覚が人間にはある。

「『北の国から』の草太兄ちゃん。普段はインナーボイスがない。ときどきフッと入る。インナーボイスの分量や入る位置は人物の性格によって変わる」

「無口な奴ほど心の中は饒舌だったりするよ」

年代によってもインナーボイスは変わる。四十代の役者が二十代の役を演じる場合、役者本人の思考方法でインナーボイスを考えてはいけない。二十代のインナーボイスは四十代より無鉄砲であっていい。

「インナーボイスが強くなったら、間になる」

「インナーボイスは露骨で正直なもの。状況をイメージして生理的なものから考える」

「インナーボイスは直接セリフや状況とは無関係の場合もある。インナーボイスって文章じゃないンだよ。バーッとものすごい数の思考が断片的に混ざり合って来る」

〈応用編　フラッシュ・インサートの手法〉

「絵＝映像が心の中にない芝居なんてね、読書にすぎないよ」

『谷は眠っていた』。一人でダンスのレッスンをしているシロが、踊りながら過去の恋愛を回想するモノローグ。

シロ　「彼、アルバイトでその頃忙しくって、相手してくれる時間仲々なかったから、一人で河原で練習したわ。多摩川の近くに私住んでたから」

シロ　「突然彼から手紙が来たのは、オーディション当日の三日前。一緒に踊れなくなったからって。テレビに抜擢されることが決まって、スタンドバイミーは踊れないって」

この間の中に彼女の頭に浮かんだのは何か？

その当時の情況を想像し列挙してみる。

○彼からの手紙を受け取った場所は？　ポスト？

○その時、彼女はお腹がすいていたとしたら？

○ガスに火をつけて、インスタントラーメンを食べようとしてて、封を開けて読んだ、としたら？

○火はつけっぱなし。ラーメンを食べた？　食べない？火は無意識に消したの？

○どんな封書？　封筒には相手の名前が書いてある。その字はどんな書体？

○文面を読んで呆然。火がシュンシュン沸いてる。その音だけが聞こえる。後は記憶にない。

大胆にポーズを決め、それからゆっくり手を降ろしていく中に、以上のフラッシュインサートを入れる。これで間の中にインナーボイスが埋め込まれる。

三　ステイタス　イニシアチブを握るのは誰？

意識しようとしまいと、人は相手と会話するとき、自分より格上か、格下かを判断しながら言葉や応対を選んでいる。劇中においてはこの関係が逆転することがあり、それがドラマを、人物同士を魅力的にする。従ってステイタスの意識を持って演技をすることでドラマに貢献する幅が広がる。

例えば、『前略おふくろ様』。

ヤクザのような風貌の板前、修が、店の前に無断駐車しているリンカーン・コンチネンタルに文句を言いに行く。

修。

——にらんでいる。

助手席のウインド、スルスルと開き、北島三郎の演歌と一緒に、無表情な男、顔を出す。

男　「——何か用か」

修　「——」

間。

扉を開けて男、ヌッと出る。

途端に修パッと、しまらない顔になる。

修　「すごい車すネ」

男　「——」

修　「何ていうンですか？」

男。

男　「リンカーン・コンチネンタル」

修　「あ、そうかァ！　これかァ！　これがリンカーン・コンチネンタルかァ！」

出演しているシーンのステイタスがどうなっているのか、またどうあればより面白くなるのかを考えるべし。

四　受信せよ

乾いたスポンジをいくら絞っても水は出ない。濡れたスポンジでなければ無理だ。それと同じで受信しなければ発信はない。

「君たちの仕事は70パーセント受信なンですよ！」

第一次情報から受信すること。

本やテレビや映画に頼ってはいけない。それらは誰かの頭や経験を通過して来た第二次第三次情報であるからだ。

第一次情報とは自分の体験から、即ち自身が暮らしの中から直接見、聞き、嗅ぎ、触り、味わい、体験することを通して発見したものである。

「現実の中では思いもよらない行動を取るンですよ」

「現実社会を、日々の生活をつぶさに観察し、その中から人間の〝業〟を掘り起こせ！」

どうしても体験できない、判らないことは調べ抜け！

「戦時中に生まれていないから判らない、ではダメ。とにかくその気持ちに入れないとその時代の人になれないから見ること。調べること」

「このビデオをもう見た、じゃないンです。何度も見るンです。一回目はドキュメントの、物語のおもしろさで見ちゃう。それを今度は研究のために再度見る。するといろんなことに気付いてくる」

「調べ尽くした、ということはないンです」

五　目線・呼吸

「空を見ながらセリフを言うとメロドラマチックになる。手元を見て言うと具体的になる」

「心の中の声を大事にすれば、目線は生まれてくる。計算より、思うことを先に考えて」

「思い出に入るとき、まばたきか呼吸を使ってごらん」

「どこまで話そうかな……と考えてるとき、目線は空ではなく地上２・３メートル先を見るね」

「瞬間的に目線を移動させることで、ステイタスが下がってみえる」

「相手を見るとき、胸のあたりを見ると弱くなる。しっかり目を見ると強さが出る」

「本当に伝えたい！　と思ったら、相手の目をじっと見続ける」

「言おう！　とする前は呼吸する。吸う」

「感心するときは、呼吸で体があがってくる」

「言葉だけじゃない。呼吸でもやりとりしてるンですよ」

『玩具の神様』。妻の浮気に気づいたシナリオライターが、恩師の葬式帰りにホテルのレストランで妻とワインを傾ける。ガラスの外に東京の夜景。夫は妻に、「もう一度、昔に戻れないか」と尋ねる。

二谷「戻れないか」

桃子。

二谷。

間。

桃子、グラスを取り口に運ぶ。

そのまま窓外をぼんやり見る。

桃子「（かすれて）いつごろ気づいたの」

この時、桃子の目線の先に映っているものは?

「ビルの夜景より窓ガラスに映ってる自分の姿を見てください」

六　IQ

役者のIQと役のIQは別物である。

IQを変えるには、動きの中で個性を出すこと、セリフのスピードやインナーボイスを大胆に変えてみること!

『谷は眠っていた』。怪我のため故郷へ帰り、ダンスもやめるというシロに、見送りに来た二人の塾生の片方が訊ねる。

シロ「こっちに来る前の無理がたたって——踊りはやめろって云われていたのよ」

二人「——」

歩く三人。

友田「じゃあ芝居だけでやっていくのか」

この時、間をおいてインナーボイスをもってから言うと、友田のIQは高くなる。が、同時に若さも失われる。

無神経に明るく大声で間をおかず言うと、IQが低くなり、若者の無鉄砲さが表現される。

それと同時に、もう片方の男をハラハラさせることもできる。こいつ連れてくるんじゃなかったァ!

七　セリフ・アクション・キャラクター

「セリフはリングです」

「間をあけるところはあけるンですけど、すき間はダメなんですよ！　間が抜けちゃうンですよ！」

「リングにするために呼吸を盗んで！　相手のセリフが終ってから息を吸ってちゃダメ！」

「セリフはまず楷書で喋る！　それから草書にして！」

「もともとアクションがあるの！　セリフはそのあと！」

人によって行動が違う。雑な奴もいれば緻密な奴もいる。そこに性格の違いが出る。

「俺んちの雪かきに来る塾生見てると、本当に個人差があっておもしろいね。性格が出てるよ」

「耳からだけでなく、目から見た相手の状況に反応するの。相手の態度からエモーションを起こす」

「セリフはそうなの！　でも相手の表情見てたらそういうふうには出ないの！　この表情に反応してよ！」

「足の指だけでショックを表わして！」

「いつも君自身の表情だけで演ろうとするからダメなの。表情を変えてごらん。動きも変わってくるよね」

〝職〟を表現するのはセリフ以前にアクション。

「看護婦って台本に書いてあると、君たち、ああ看護婦かって〝職業〟で表現しようとする。それが違うンです。看護婦だっていろんな看護婦がいるわけだから」

職業とキャラクターは違う。どんな職業であろうと性格を出すところに役作りの面白みがある。

「人格を出すということを役者ができないと、役者がただの将棋の駒になっちゃう」

欠点こそ魅力。

「役者ってね、自分の役を良くしよう良くしようとしちゃうのね。でも自分をだらしなくしようとするとキャラクターはどんどん深くなってくよ」

「欠点って何らかの自覚があると思う。コンプレックスだったり、周りに迷惑をかけるものだったりするから。で、そこに罪の意識が生まれたりする。欠点を持っていることで自分が苦しんでいる。そんな苦しんでいる奴をみていて観客は可哀想になってきたり、優越感を感じたりする。それでその人物がチャーミングに見えてくるんじゃないかな」

○役者が役を演ずるための三つの作業。
集中・解放・創造。
○役としてセリフを発声するときの三つの作業。
音量・音速・音程。

「初見の第一印象だけでキャラクターを決めてしまってはいけない」

「選択肢を持たないで決めてしまったら、もう他に役者は思考が広がらないンですよ。それをみんな、早決めしちゃうのね。それがいけない」

「他のシチュエーションを四つか五つは出すこと。それで一つ一つの選択肢をたどって考えてみる。空想してみる。想像力を使う」

「心と、口で言ってることが全く違うように見えると、表現の幅が広がるよ」

「**ダスティン・ホフマンやデニーロだったらどういう芝居をすると思う？**」

人間を！　やんちゃに！　ボルテージ！

八　doとshow

演技術の中でｄｏとｓｈｏｗという対比言葉がある。
ｄｏとはその人物が今やるべきこと考えていることを、人の目など気にせず集中して懸命に行っている状態で、これは見ていて誠意が必然的に伝わるし、その人物の立場を極めて真剣に理解できる。
これに対して、ｓｈｏｗという演技は、自分が集中して行為を遂行することよりも、どこかで他人の目を意識して、どう行動すれば人々の目にどのように写るのか、無意識のうちにそっちの方に神経が行っている状態で、しばしば厭味、少なくとも、格好つけの方が先に目立ってしまって観客の心を捉えるには程遠い。

―**『ゴールの情景』**

「〝どう表現しようか〟ではなく、〝どうなのか〟ということに神経を持っていけ！」

演技プランを考えて演技しようとすると、集中できずに学芸会芝居になってしまう。その状況の中に身を置くこと、身をひたすこと。

「芝居、じゃなく日常会話にしなきゃダメ！」

『谷は眠っていた』の「授業」シーン。講義は聞きたいが、疲れているため塾生は眠くなってしまう。

このとき、眠くなるという描写をしようとするとｓｈｏｗになる。眠くなったら眠るまい、と思うはずだからだ。このｄｏが極まれば、そこに悲愴感とけなげさが出る。さらに哀しさが極まれば、笑いになる。逆もまた然り。

「大真面目にやれば、ユーモアにいくのよ。笑わせようと思ったら最後！　お客にウケた！　と思ったら最後！」

「涙を堪えることが涙の表現です」

九　スローモーション

ビデオで様々な動きを撮り、それをスローで再生し、手足のみならず指先、首のふり、あるいはまばたき、呼吸にいたるあらゆる肉体的動きの細部を分析し、それを役者の肉体によって直接スローに再現するテクニック。的確厳密な観察力と日常的な肉体トレーニング、表現力が必要。

心の中もスローにせよ。感情の分量も細かく計算すべし。

スローにすることで、映像的になる。異化効果を生む。表現効果が驚くほど倍増し、強力になる。

十　想像力・五感

想像力を使い、五感を駆使して表現せよ！

今いるその部屋は暑いのか寒いのか？　匂いはあるのか？　何かの音が聞こえているか？

「自分が感じてないと出せない。降る雪が小道具に見えてはダメ！」

芝居に嗅覚を与えよ。

好きな彼女と二人きりになって話すとき。風に乗って、彼女の香水の匂いが運ばれるとしたら？

観客の五感にも訴えろ！

カレーを作りながら喋るシーンなら、実際に裏でカレー粉を炒めてみよ。コーヒー屋の芝居ならコーヒーの匂いを劇場いっぱいに溢れさせてみよ。演劇の可能性をとことん追求し、楽しむべし。狂うべし。


創るということは遊ぶということ。

創るということは狂うということ。

十一　小道具・衣裳

小道具、衣裳にも履歴がある。衣裳であれば、どの位着たのか？　いつその服を買い、何回洗濯したのか？　洋服にしみこんでいる大前史、小前史を洗い出せ！


例えば『北の国から』。

五郎が夜汽車で富良野から東京に来るシーン。その着ているシャツがパリパリなのはおかしい。五郎は飛行機に乗る金もないくらいだから、わざわざワイシャツを買うはずがない。昔から持っているワイシャツを着てきたはず。そのワイシャツはクリーニングには出さず、絶対に手洗いをしている。したがって五郎のワイシャツはノリでパリパリになっていてはいけない。


純が東京に出る際に、トラックの運転手から渡された一万円札には泥がついていた。この札には泣きたくなるほどの履歴がある。母を亡くした幼い純と蛍が探した、捨てられた運動靴にも履歴がある。

自己満足でなく、ドラマに貢献する履歴を創ること。

十二　転換・モンタージュ

芸術はびっくりすることから始まる。

—『冬眠の森』

転換はマジックでなければならない。

出来る限り短い秒数でたたみかけるように次のシーンに入ること。無理だ、は禁句。ムチャを承知でやる。やってみたら……出来る。その繰り返しでどんどん速くせよ。

裏方も役者も、観客をびっくりさせるために、金に頼らず知恵を絞ること。身体的感覚を研ぎ澄ませること。

「一つのシーンが一つのことを出すためにあってはいけない」

　今このシーンは一つのことしか言ってないな、と思ったら、そこにもう一つ別のモメントを埋め込めないかと考える。会話で説明するのでなく、埋め込むことは出来る。


　たとえば、『歸國』。

　六十余年ぶりに帰国した日本で、ロックを聴きながら踊り狂う若者を見て、英霊たちが驚くシーン。それだけでは、現代の若者の軽薄さ、風俗に驚くという情報でしかない。

　しかし舞台背景いっぱいに翻る星条旗を出し、それに向かって若者たちが腰を振り拳をあげるとき、英霊の背に焼けこげた日の丸の旗を背負わせたとき、シーンに多重性が出現する。英霊たちの驚きは猛烈な怒りにまで達し、シーンのボルテージは格段に昂まる。


モンタージュ。

　静と動、明と暗、強と弱、暖と寒、緩と急。

　シーンとシーンをどう重ねるのか？　つながり方によって気持ち良くなってくる。そのつながり方がモンタージュ。

　『悲別』。無人の炭住で一人残された老婆が叫ぶ。


老婆「国っ！　いつ気を変えたっ！

**　誰に断わって気を変えたっ！　何じゃあ——ッ！」**


　暗転して花火が上がる音。音楽「イマジン」イン。そしてゆっくり明かりが入ると——

　舞台上では幻の盆踊りがスローモーションで展開される。幸せだったかつての炭住の盆踊り。前の場面の老婆の鬼哭とは真逆に、踊る女性たちは皆、いっぱいの笑顔だ。

　セリフ上は無関係の二つのシーンだが、爆発的イメージで、かつ詩的につなげることで強烈な**モンタージュ**となる。

十三　再演は続演に非ず

「前の芝居を残そうとするンじゃない、捨てるの！」

「役者として必ず、前回と何か変えるぞ、と思うこと！」

「過去のものってひきずっちゃいけない。過去って僕にとってはライバルなの。過去ってライバルなのよ」

「自分の欠陥を、きちんと見つめて直す。逃げない。怠けない。できた、というのはない。自分ではうまくいった、と思ったものでも、やっぱり良くなかったりしますよ」

　変えることを恐れるな！　ダメ出しを恐がるな！

　ダメ出しはデメリットではなく、メリット。もっと良くするチャンスを与えてくれた、と仏のような気持ちでやる。


感動させて「参りました」って言われるくらいにやれ！


「僕なンかホンを直してくれって言われたら、一本でいいところを三本出しちゃうのよ。その努力はしなくちゃ」

「演出家は何を要求してるのかな？　ってことを純粋に忠実につかむこと。そして要求の少し上を返すの」

「君たちは何からどう手をつけて芝居を変えていけばいいかわからないンだと思う。風船羊羹ってあるだろう？　丸くてつるつるして掴みどころがない。あれだよ。あれをとにかく、どっからでもいいから破ろうとすることだよ。引っかかりが見つからなくても、いろいろ爪をかけてどこかしら破るの。一つ破れれば、つるっと剥けて、そこから何かが見つかるよ」


どうしたらできるかって？　どうしたらできるんだろうと本気で考えれば出てくるのッ！

十四　他人の中に入れ

　授業の中で、僕のくり返し訴えたことは、ライターも役者も〝他人の中に入る〟仕事であり、従って他人の心の中を、理解することから始まるという一点だった。

　他人の中に入るということ。

　他人の気持ちに立ってみること。

——『谷は眠っていた　富良野塾の記録』

　他人を否定したり批判するのでなく、丸ごと信じてみる。理解できないと諦めるのでなく、その身になって思考してみる。でなければ自分以外の人間を真に演じることなど出来ない。自分以外の思考方法を獲得することなど出来ない。

一人で演じるな。相手と演じよ。

「一人じゃ芝居は出来ない。拍手の音は片手では鳴らせない。自分が音を出してると思うとｓｈｏｗになる。相手とぶつかったところで音はうまれてくるンです。わかる？　相手と一緒になって初めて音を出してるンだよ！　右手が音を出してるか左手が音を出してるかってことは、わからないでしょ？　右手が出してますって言う必要ないでしょ？」

自分が言ったセリフに対して相手が何と答えるかを、きちんと受け止めよ。相手がどう受け止めたか、その反応を見ないと自分の次のセリフは生まれない。

「いい役者は、相手をよく立てようとするよ」

僕たちの仕事は人を愛することから始まる。

十五　心を清めよ

表現者とは神に使われる道具である。神様にのっていただいて演奏する〝楽器〟である。心がクリアに澄んでいなければ神様はのってくださらない。

自分が何とかしようとしてる間はいいものなど出来ない。のっていただく、という心理状態にならなければダメ。同時に観客にものってもらう。観客と舞台と一緒になって、一つの魂を創る。そこに感動が、浄化が出現する。

再び、銘記せよ。

「物を創るには技術と心、二つのものが必要だと思うのだが、人の心を搏つ為には、技術を心が超えていなければならない。技術を磨くのは勿論のことだが、技術が少しでも高まればそれを超える心を磨かなければならない」

演出家・倉本聰の魔法とは、これら一つ一つの総合的な、愚直なまでの実践。その一歩一歩の実りである。

第4章

自然人・倉本聰

かねてから自然の大切さを訴え続けてきた倉本聰。その自然観には、独自のものがある。そして、ゴルフ場6ホールを森に戻す「富良野自然塾」は、着実にその成果を出してきている。

自然人・倉本聰

農業をやらないヤツがエラそうなこと言うな！

役者志望で富良野塾3期の時に入塾した白井彰《あきら》。卒塾後、倉本聰塾長より塾の農園の運営を任される。一切農薬を使用しない農業。実は、毎日が大変なことの連続で、過酷な挑戦であった。以来、22年間有機農業を続けてきた。倉本聰と白井彰が、農業の大切さを語り合った。

白井農園

倉本聰×白井彰

倉本 僕がなぜ、農業をやりたかってことの原点を言うとね、僕ら戦後の食糧難の時代を通ってきてて、戦後食料がなくなったときに、みんな着物とかいろんなものを持って農村に行って買い出しに行くけど、なかなか売ってくれないんだよ。

白井 はい。

倉本 農家がいばっちゃっていばっちゃって。……だから飢えた時期になると農業が力を持っちゃうってのは、あのときまざまざと経験したんだね。

白井 はい。

倉本 江戸時代に安藤昌益って、秋田の医者で哲学者がいるんだけど、〝直耕〟っていうことをよく言っていたんだ。直《じか》に耕すってことを。で、封建時代のなかで、孔子も孟子も孫子も全部否定するんだ。釈迦すらも否定するんだよ。否定っていうのはね、偉そうなことを言っても自分で食うものを作ってないじゃないかって認めないんだね。

白井 はあー。

倉本 偉そうにしてる僧侶にしても武士にしても、米を作らなくて米を食っている。乞食みたいに托鉢をもらっておいて、偉そうなことを言うな、結局米を作ってないやつは認めない！っていうのが、安藤昌益の論法なんだよね。ホント激しいんだよ。

白井 激しいですね。

倉本 僕も結局、最終的には食糧を作っているやつが一番強いって思って、農業というものに、今の経済主導社会のアンチテーゼみたいな形として、農業をこれからもっと重大に見なくちゃいけないっていうのがずっと心の中にあってね。それで富良野塾で農業をやらせたんだ。

白井 はい。

倉本 最初は援農（ヘルパー）で食ってたんだけども、援

〈白井農園〉

大麓山の麓に農園はある。富良野塾があった頃は、塾生たちが働く実習農園としての役目もあった。現在は、有機農業を行っている地域の５人の仲間と作った「N.O.F(New Organic Farmers)」のメンバーとして野菜や果物を出荷。なるべく土を汚さないようにして、次世代に伝えていきたいというのがモットーである。

農だと農協から今日はどこそこの畑行って大根の間引きやれ、今日こっちで人参の草取りやれみたいな話になるんだよね。せっかく農業をやっても、種まきから収穫までを全部やらないと、農業の感動っていうのはなくなっちゃうっていうことで、それで全部を体験させるために、あなたに農園を任せたんだよネ。最初4町歩だっけ?

白井　最初は6町歩4反です。

倉本　それが農薬漬けの畑だったんだわけだよね。それを僕は有機農法でやれって。

白井　無農薬で。

倉本　レイチェル・カーソンの「沈黙の春」を読んでいたし、僕らもシラミ退治でＤＤＴを頭からまかれたくちだからね。だから戦後のアメリカ軍が持ってきた農薬に非常に恐怖心があったわけだよね。そういうことで始めたわけだけども、現実にあなたは有機農法をやってどういう大変さが、まずあった?

白井　いわゆる農業っていうのは一子相伝で、その農地を知り尽くした親がいて、何かあったときには親に聞けばすぐ解決するというのがあるんですけど、そういう環境がまったくなく、しかも当時、有機農法って、教科書になるものがまったくなくて。

倉本　なかったね、うん。

白井　正直言ってあの頃はとんでもない世界に足を踏み入れたなって気がしました。ただ、試行錯誤でやっていくうちに、発見もあるわけですね。自分が汗をかいてそのなかで発見するものですから、非常に鮮烈に残るし。

倉本　自分で見つけたものだからね。

白井　はい。それと同時にひとつ発見があったら、新しい疑問が3つ4つ生まれるんですね（笑）。そうなると知りたくなるわけですよ。発見もあったけれども、知らないことの方がより多く生まれたから、次の年にそれを知ろうと思って。それの繰り返しで二十数年きたと思います。

倉本　土っていう問題があるよね。土のことが、やっぱり一番でかかったんじゃない？

白井　土を知ることが、やはり大きかったですね。土の仕組み、土の役割、種をまいて育つまでに、土がどう関わるのか、まったくわからなかったですね。

倉本　ホントに試行錯誤をして、いろんなことをやったよね。

白井　とにかく聞いてまわりました。それも今親方として現役の方ではなく、引退されて隠居された方たちから教わりましたね。何もない昔の農業で、どうやってそれをカバーしてきたかっていうと、やはり知恵だっていうんですね。

倉本　知恵だよね。

白井　それと土を知る、作物を見る、この観察だっていうんですね。特に有機農業やってて思うのは、病気が出たりするともう対処ができないんですね。特効剤になるような殺菌剤が使えないですから、僕らには武器がないんです。

倉本　化学薬品だからね。

白井　ということは、それがないんだから、出さないようにしなくてはいけない。それで前もっての予防がとても大事になってくるんですよね。

倉本　うん。

白井　それで、例えばトマトの独特なあのにおいが一種の虫の忌避効果、虫を寄せつけない効果があるよっていうことをあるお年寄りから聞いて、それ

で実際にトマトを植えて。

倉本 見事に虫が寄りつかなくなったよね。

白井 そういった積み重ねで、とにかく試せるものはすべて試して、それで淘汰していきました。

倉本 そうだね。

※

倉本 最初手に入れた農地が農薬漬けで、土壌を改良することが、すごく大変だったよね。いろんなことを試みて、ミミズが出てくるまで、ずいぶんかかったよね。5〜6年？　もっとかかったかな。

白井 10年ぐらいかかりました、はい。

倉本 で、最後に炭を使ったよね。

白井 はい。

倉本 あれが結構、有効だったわけだろう。

白井 そうですね。炭が有効でしたね。炭っていうのは、多孔質で穴がいっぱい開いてますが、あれが微生物のすみかになるらしいんですよね。そこに定着してくれるっていうか。それが不思議と病原菌というか、悪さをするような悪玉菌はどうも炭に住みつかないらしいんですよ。

倉本 ほぉー。

白井 で、微生物のすみかをうばっちゃってるのが、今の科学農法だっていう気がするんですよね。

倉本 要するに、今まで農薬漬けであったところでは、悪玉菌と一緒にせっかくの善玉菌も全部死滅させちゃってたんだろ。

白井 はい。農薬を使ってるところは。

倉本 そこに炭を入れることで、その善玉菌のすみかができたと。

白井 すみかができて、有機農業ですから、そこに堆肥とか、落ち葉とかを畑に持ってきますよね。そうするとその中にいた微生物が、すみかがあるから定着してくれます。

倉本 …ってことは、農薬を使うアメリカ式のやり方は、土の中の生物をすべてを殺しちゃって、無菌室みたいなつくり方をしちゃうってことだよね。

白井 はい。

倉本 だからもう根本的に、日本人の思想と欧米の思想との違いだと思うんだけど。欧米は自然を征服するっていう思想でしょう。日本は自然と共生するっていう思想があるでしょ。ここの違いがすごく出てきているんだろうね、きっと。

白井 はい。まったく右岸と左岸で交わらないと思います。

倉本 だから有機であなたがやろうとしたことは生きた土に戻そうとしたことでしょ。極端に言えば、その前の農薬漬けの土というのは、死んだ土だったってことで。

白井 その通りです。

倉本 それで、こういう事件があったよね。あそこで河川工事があってさ、土地を市が徴収するってことで、最初ここらの土地は坪いくらだから、いくらで売れっていう話になって、僕ら怒ったことあったよね。

白井 はい、怒りました。

倉本 ホントお役所的なものの考え方で。だけど白井が何年もかけてその土を変えてるわけだから、値段が違うだろうって。市とモメて、それで結局あれは表土を移動させたんだよね。

白井 移動させました。向こうの保障で。

倉本 向こうの保障でね。

白井 もうあれは、僕らがこれまでやってきた財産ですから、有機の農家は土に貯金をしてますから。それはもらうよと。自分がそこで貯金してきたものだから、それはもらう権利があるからって（笑）。そのあとに関しては、相場でやってくれと。でも上の土だけは譲れない！という話で。

倉本 あれはやってよかったと思うんだ。あれをしないと、銀座の鳩居堂前は坪何百万ですよっていうものの考え方で土地の値段を測るっていう、そういうナンセンスがまかり通るからね。

※

倉本 石油が高騰して、漁民がデモをしたことが2〜3年前にあったろ？　あのときに富良野の農家さんに聞いたんだよ。農業はどうか？って。

春から夏にかけて、残雪が残る高山を望みながら白井農園で農作業に勤しむ富良野塾生。痛む腰を時折伸ばしながら作業を続ける

白井　はい。

倉本　その人は50代で、親父さんが80近いけどまだ働いている。で、息子も農家を継いでいて、10ヘクタールやってる。で、「石油がなくなったら、今の10ヘクタールできるか?」って聞いたら、「できない」っていうんだよね。「じゃあ、何ヘクタールぐらいならできる?」って聞いたら、「親父だったら1ヘクタールはやるだろう」『親父は馬を飼って、馬を扱って農業ができるから』って。

白井　馬ですね。

倉本　「大体親父にはガッツがある」って。「俺は馬の飼い方も知らないし、親父みたいなガッツがない」って、だから1ヘクタールもできないって言うんだよね。

白井　(笑)はい。

倉本　息子だったら、「土日も休ませろ」って農家のくせに言うやつだから(笑)、とても無理だって。

白井　(笑)

倉本　たとえば、白井のところで今、ガソリン、石油が使えなくなるとするとどうなる?　重機がダメだよね。トラクターも使えない。

白井　ダメですね。……そうなると不耕起栽培っていうのをやり始めます。

倉本　え?　フコーキ……?

白井　不耕起栽培って、起こさない農業、耕さない農業ということです。たとえば牧草でもいいんですけども、植物の根っこって生長しながら土を耕していくんです。根のまわりの土って、根っこで耕されるわけなんですね。それで土を起こしてもらうんですね。で、上だけ刈ってひと冬寝かして、次の年の雪解けを待ってそこに直に種をまくんです。そうすると根っこが通ったところには、すき間ができてますから、そこに空気と水が貯えられていて、種が育つんです。

倉本　成程ね。じゃあ、ビニールハウスはどう?　温めるのに重油を使ったりしてるでしょう?

白井　してますね。

倉本　それも使えないっていう状態になると、それは薪で温めるとか、そういうことしかできなくなるよね。

白井　はい。ただ、僕がやってるビニール栽培の場合は、今まったく石油は使ってないです。

倉本　えっ?　使ってないの?　どうしてるの?

白井　たとえば堆肥から出る熱、うちの場合はたとえば落ち葉であったりとか、近隣からもらった発酵前の堆肥とかを敷き詰めるんですね。そこで発酵させて、その熱で芽出しさせるっていう方法で、石油は今のところ使わないでやっています。

倉本 そうなんだ。

白井 はい。あとは太陽の熱ですね。いかに太陽の熱を有効に使うかということで、古いビニールでも、2重3重にして使うとか。たとえばペットボトルを置いておけば日中ガンガンにお湯になりますよね。それを夜、湯たんぽ代わりにポット苗の近くに置いてやるんですよ。ハウスの中だと、そんなわずかな暖でも苗ってよく育つんです。ですから、電気だとか石油とか使わなくても、やれる自信はあります。

倉本 成程ね。智恵と工夫と、自然の力を上手に使うと、出来るんだよね。

※

倉本 白井に役者をやめさせて農業やれって頼んだときって、いくつだったの？

白井 27です。今年51になりました。

倉本 そしたら、あと10年経てば60だよね。するともう高齢者だよね。するとやっぱり、農村の高齢化の進み具合ってのは、もう白井を見ていれば歴然だよね。

白井 そうですね。塾ができた二十数年前と今を比べると、農家さんは4人に3人がいなくなっています。布礼別麓郷の方で。4人に1人いなくなったんじゃなくて、4人に3人がいなくなった。

倉本 そんなに農家さん減っちゃってるんだ。

白井 減ってます。

倉本 塾をやめてから塾生の労働力がなくなったよね。これからあなたすごく大変だと思うんだけどさ。ヘルパーなんか使って、成立する？

白井 ヘルパーでは難しいですね。それは金銭的にもそうですし、僕がやっている有機農法、これを伝えきれないんで。有機農法って、簡単で単純な作業に見えても、やっぱりきめ細かいところってたくさんあるもんですから。同じ人がひと月ならひと月、固定で来てくれるんだったら、まだ違うかもしれませんが、日替わりですから。だから今は家族操業です。

倉本 成程ね。……都会でさ、今失業者が多いよね。あの失業人口が、農村にきた場合、彼らを受け入れる要素って、農村に今あるだろうか。

2009年、入塾早々の最後の25期生に、白井農園の流儀を教える白井の親方。農作業で得られる数々の「山の幸《さいわい》」が語られる

白井　それは多分にあると思います。

倉本　多分にあるでしょ。仕事はあるでしょ、

白井　いっぱいありますね。

倉本　日本はね、１９６０年代の後半から工業立国になって、北海道・東北の農家の次男三男が「金の卵」って呼ばれて都会に出て行ったんだよ。それから東京は膨張し始めるわけだけど。「北の国から」でいうと黒板五郎は出て行った世代だし、純と蛍って向こうでアルファルトの上で、生まれちゃった世代なんだよね。今もそれは同じで、金の卵が出て行く一方通行なのね。で、これを両方通行にしないと農村って疲弊して老齢化しちゃって、……二十何年で4分の1になるっていうのは、これは非常事態だよね、

白井　非常事態です。実際、来年には純と蛍が通ったあの麓郷中学はなくなりますから。学校がなくなる、集落がなくなる、そういったところまできています。

倉本　せっかく労働力は都会にあふれているのに。でもなぁ、今の若いのは、さっきの農家の話じゃないけど、根性がないから。

白井　……はい。

倉本　だから俺は今〝徴農制〟ってのをやれって言ってるの。徴兵制じゃなくて。もう国家が強制的に高3から大学に行くまでの2～3年は農村に行って作物を育てなきゃいけないって制度を作って。

白井　徴農制ですね。

倉本　でも、今の農政をやってる奴ら自身が、土をいじったことがない奴らばかりだから、まずはそこから。

白井農園でアスパラガスを収穫する富良野塾生。手前の水津聡（10 期）は、卒塾後も白井農園を手伝い、後輩を教え続けた。彼の舞台での演技が、観客の心をつかむのは、彼自身が「地に足のついた」畑仕事を続けたからであろう

無農薬でこれだけの広大な畑を維持運営するには、実際相当の覚悟と地道な努力が必要。有機農業が勇気農業といわれるのは、いい得て妙である。白井農園の勇気の味を、ぜひ子どもたちに。写真は 15 年前の白井農園でのニンジン収穫の様子

富良野自然塾

「どうして先生は自然に興味を持つようになったのですか?」

倉本聰の自然に対する思いは深い。数々の環境を考えるシンポジウムで鋭い発言をしているほか、自らもゴルフ場を森に返す「富良野自然塾」の活動を行ってきている。それらの原点はどこから生まれたのか、富良野自然塾のスタッフが先生のバックボーンを聞き出す。

富良野自然塾スタッフ

（右から）**齋藤典世**（さいとうのりよ）
1965年島根県出身。広島で造林業従事。1997年富良野塾。2002年富良野移住。Soh's BARバーテンダー（現職）。2005年自然塾立ち上げから参加。現・理事、フィールドディレクター（現場運営の責任者）。

中島吾郎（なかじまごろう）
1977年静岡県富士市出身。富士通のコンピュータープログラマー職に従事。2007年富良野自然塾に加入し移住。倉本塾長から「調べものなら吾郎ちゃん」と信頼されている。

小川喜昌（おがわよしあき）
1960年大阪府出身。北アルプスの登山ガイド等を経て1997年富良野移住。アウトドアガイド職後、2007年自然塾加入。愛称ドーヤンでの楽しいインストラクターが好評。

進行役
林原博光（はやしばらひろみつ）
富良野自然塾副塾長、専務理事。
倉本とはTBS勤務時代からの盟友。

林原（進行役）　先生のエッセイとか、話される少年時代の記憶から浮かび上がるのは、とても思慮深い少年の姿なんですが。

倉本　でもぼんやりした子だったよ。

林原　そうなんですか？

倉本　うん。ホントにぼんやりした子だった。生まれたのは東京の代々木。今、代々木ゼミナールがあるところ（笑）。駅前なんだよ。

齋藤　東京のど真ん中ですね。いいとこのお坊っちゃんだったんですよね。

倉本　戦前はね。親父は科学関係の本の出版社をやって、僕は5人兄弟なんだけど、上のふたりが母違いなんだよね。そのことを小学校5年生で初めて知るんだけど。だから上のふたりよりも親父が僕のこと、すごくかわいがってくれて。……かわいかったからね、俺（笑）。

一同　（笑）

齋藤　いやホント、写真を拝見したことがありますが、ホントに。

倉本　（笑）だから、いろんなところに親父が連れてってくれたよね。親父は野鳥のことを歌に詠む俳人で、中西悟堂さんっていう「日本野鳥の会」の創

「4歳にして、鳥の名前と鳴き声を全部覚えて、神童と呼ばれ……」

設者と仲が良くて、僕を連れて一緒に山歩きを年中してたわけね。僕が4歳ぐらいから。

齋藤　4歳。

倉本　その4歳の時に、代々木から善福寺に引っ越したんだよ。中西さんがすぐそばにいたから、その関係でだと思う。善福寺っていうのは、当時まだ武蔵野の名残がいっぱいあって。

齋藤　いわゆる〝里山〟みたいな感じですか？

倉本　武蔵野の雑木林がいっぱいあって、わらぶき屋根の農家があって、周りが全部自然。それが、戦争中、松の根っこからの油、松根油で飛行機を飛ばすっていうバカなこと考えて。そのために、全部切っちゃったんだよ。それで、あそこらへんがガラッと変わったのね。

齋藤　そうですか。

倉本　中西さんって不思議な人で、山の中にいると鳥が寄ってくるんだよ。「探鳥の会」という集まりをやっていて、そこで僕も一緒に写ってる写真があるんだけど、植物学の大権威の牧野富太郎とか、『遠野物語』の柳田國男とか、そうそうたるメンバーが入って、その中にちっちゃい僕が親父の膝に抱かれて……。

齋藤　かわいらしく（笑）。その中西さんが先生のことを「神童」と呼んだ方ですね。

倉本　（笑）そう。4歳にして、鳥の名前と、鳴き声を全部覚えたんだからね。

齋藤　その鳥の鳴き声の覚え方と、お父さまに薦められた宮澤賢治の音読が、先生の中での自然と文学の結びつきの原点ということですね。

倉本　やっぱり、親父の力だったと思うね。戦争中、岡

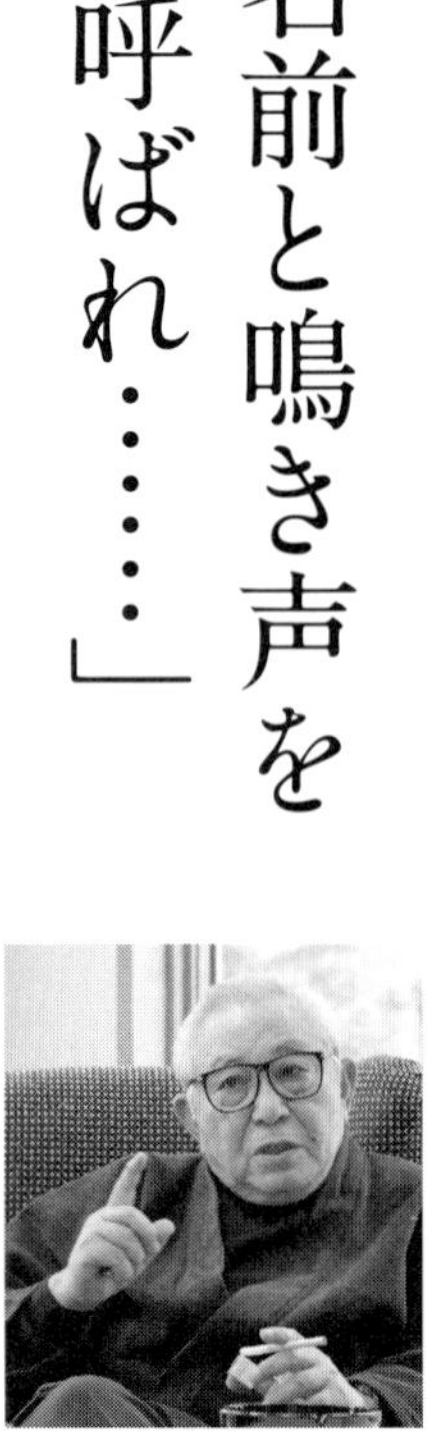

山に疎開した時、親父の自然力っていうのかな、子ども心に目をみはったね。

齋藤 山形へ学童疎開された後ですね。

倉本 縁故疎開で、家族で疎開した時にね。でっかい庄屋のあとみたいな廃屋に、もう蜘蛛の巣だらけのボロ屋敷で。そこに春先から暮らし始めたんだけど、親父がいきなり山菜を取りに行こうって言って、一緒にフキノトウとツクシを取ってきて、みそ汁に入れてメシと食わされたときは、世にもこんなうまいものがあるかと思ったね。ホントに山菜とか山の幸には詳しくて、それから魚の獲り方とかもね。

齋藤 釣りですか？

倉本 いやいや、道具なんか使わないで。親父が裸足で川に入って、石の下を足の爪先で探るんだよ。それで、ウッとひっぱるとフナを押さえてるんだよ。

齋藤 足で？

倉本 足で。そういう方法を教えてくれたり、もう少し進歩すると、「ここいるぞ」って言って、上からボンと石を落とすんだよ。それでショックで魚が気絶して浮いてくるんだよ。そういう獲り方とかね。

齋藤 野性的ですね。じゃあ先生にとってお父さんは、男として憧れるような人だった。

倉本 ものすごくね。柔道も強くて、だから強さに守られているって感覚がすごかったよね。

齋藤 生活に関するしつけとか、勉強しなさいっていうのは父親？ 母親の役割でしたか？

倉本 やっぱり、しつけや勉強についてはおふくろの方が厳しかったような気がするね。

「鳥と鳴き声と宮澤賢治の音読が自然と文学の結びつきの原点？」

齋藤　お父さんは、しつけとかはあまり言わなかったんですか？

倉本　親父はなんにも言わなかったけど、でも随所随所でこうビッと。

齋藤　そっちの方が効きますよね。

倉本　ただ親父は金のことだけは厳しかったね。金のことをちょっとでも口にするとすごく怒ったね。子どもは金のことを口にするなって。品がないって。

林原　そのお父さんのセリフって、今もって生きている気がしますね。先生はお金のこと、あんまり言わないじゃないですか？

倉本　言わない。ギャラのことはときどき言うけど。

一同　（笑）

林原　でもあんまり、尊敬してないでしょ、金持ちの人を。

倉本　全然してない（笑）。

※

齋藤　今、先生が口にされる言葉や、書き記される文章、哲学的ともいえるそういった思考は、どの段階で築かれていったと、ご自分ではお考えですか？

倉本　やっぱり、富良野塾を始めてからだよ、僕の中にその思考経路ができたのは。オリジナルの発想が出来るようになったのは。

齋藤　でも、脚本家として、お若い頃から活躍されてますけど、脚本を書かれるには、人間を掘り下げっていって、奥へ奥へって入っていく思考って元々持っておられたんじゃないかなと思うんですけど。

倉本　いやぁ、今ほど深くはなかったと思うよ。あのころは、技術者としての思考であって、作家としての思考ではなかったからね。

齋藤　では、その富良野塾の開塾を志す、というか、それ自体が大きな転機だということですけど、そこに至ったきっかけは何か？

倉本　うん、あのね、自分の考え方が一番変わったと思うのは、ＮＨＫと衝突して札幌に来てひとりで住んでた、あのときだと思うの。あのときはまったく、無関係な人たちと付き合ったんだよ、毎晩呑みながら。この時がやっぱり一番自分の精神構造が変わったと思う。利害関係のないやつとしか付き合わなかったから。

齋藤　世界が広がったんですね。

倉本　もうひとつ変わった大きなポイントは、北島三郎の付き人をやったことだね。これは変わったね。

齋藤　北島さんの付き人をやって得たものって、一番はなんですか?

倉本 あのね、自分がそれまで作品を発表するときに、どっかでエリート意識があったなってことに気づいたのね。目線が全然上だったていう。批評家とか、インテリ相手に作品を書いてたって気がしたのね。

齋藤 目線の違い?

倉本 ところがサブちゃんのコンサートっていうのは違うんだよ、全然。最底辺で、自分も底辺の位置で歌うんだよね。歌ってお客とやりとりするんだよね。これがやっぱりショッキングで、俺の作品を隣の農家の伊藤さんが10時まで働いて、家に帰ってきて風呂入ってビール飲みながら観てくれるだろうか?って、こう、リアルに考えちゃったね。

齋藤 じゃあそれまで自分の中になかった視点を、札幌の飲み友だちやサブちゃんから見て学んで、それで物事をいろんな角度から見ることができるようになったということですね。

※

倉本 それでやっぱり一番強烈だったのが、富良野に来た最初の晩だね。

林原 ここで富良野編になりますね。じゃあ聞き手、(中島)吾郎チャン。

中島 はい。……そのとき先生は何歳だったんですか?

倉本 42で家を建て始めて、43だね。

中島 その、富良野に移住されて、最初の夜に何を感じられたんですか?

倉本 闇だね。完全な闇。今、我々がやっている「闇の教室」も完全な闇なんだけど、教室から出れば逃れられるでしょ。でもここで闇になるとね、出ようがないんだよ。逃げようがない。それで最初の晩は、手違いで家に電気が来てなかったんだ。

中島 あーー。

倉本 来たばかりで地図を知らないでしょ。地形が分かんない。どっちが山だか谷だか沢だか道だか……方向性がわからないと恐いよ。

中島 ここに来るまではそういう闇は経験されていなかったんですか?

倉本 子どもの頃の夜は本当に真っ暗だったよね。だけど、子どもは夜、外に出ないんだよ。「危険だから出ちゃいけない」って親から言われたし。僕らの時代の子どもはみんな闇の怖さを知っていたから。だから、親は「言うことを聞かないと押入れに入れますよ」とか、「納戸に閉じ込めますよ」

「闇の怖さは、三半規管がずれて船酔いするような怖さがあるでしょ」

という。僕なんか「井戸の中に吊るしますよ」って言われた。

一同 (笑)

倉本 それぐらいの怖さがある。闇の怖さっていうのは、方向も何も分からなくなって、船酔いするような怖さがあるでしょ、三半規管がずれちゃって。その闇の怖さを思い出したね。

中島 「闇の教室」でも、苦手な人は船酔いみたいになりますね。

倉本 今はもう、他では味わえない感覚だね。……それで俺、来る前に、吉村昭さんの「羆《くま》嵐」を読んだばかりだったの。バラ(林原・当時TBSラジオ制作)とあとでラジオドラマ創ったアレ。

林原 アレは怖いですねー。

中島 「羆嵐」というのは、あの苦前の?

林原 うん。開拓農家の6人が食い殺された、日本最大の羆《ひぐま》襲撃事件。母親のお腹の赤ン坊まで食われたっていう。

中島 アレを……読まれちゃったんですか。

倉本 読んじゃったの(笑)。当時、ここらもクマの爪痕だらけだったから。夜中、カサッ、コソッて聞えただけで、来た!って感じで。よく「聞き耳立てる」って言うけど、怖いから寝ちまえ!って思ってウトウトした時に、音がすると聞き耳が立つんだよ。起きてたら顔を向けるんだけど、寝かけているから音を確かめようと、耳が音の方に向くんだね。

中島 耳が動くということですか?

倉本 動かせる人、いるだろう。で、ああいうときって原始的に耳が必死に聴こうとして、そっちに向くんだ。それで筋肉が引っ張られる感じで、痛くて目が覚める。それが何度もあって、もう目が冴えちゃって寝られるもんじゃない。そのうち恐怖の対象が、動物から霊的なものに変わるんだよ。魑魅魍魎の怖さ。

中島 お化け?見えるんですか?

倉本 見えはしないんだけど、得体の知れない「気配」だね。それで気が変になるぐらい怖かったね。

林原 気配ですか。

倉本 で、俺最近、年中その気配はあるんだよ。でもこの年だから、あんまり恐怖心はわかないけどね。

齋藤 そういう感覚って、ちっちゃい頃からですか。

倉本 ちっちゃい頃は親に守られてたからさ、怖かったらすぐに親の懐に飛び込んじゃってたから。そういうことだろね。

小川 でも、普通でしたらそこまで怖い体験をされたら、「あぁ、やっぱり俺ここには住めないな」と考えちゃうと思うんですが、それでもここに住み続けられたのは?

倉本 家建てちゃいましたから(笑)。

一同 (笑)

倉本 今さら逃げられないもんな。元手かけちゃったし。

林原 でも、そんな恐怖が毎晩続くわけですよね。普通だったら考え直しそうなんだけど。

小川 えゝ、ですからそれに勝る何かがあったんじゃないかと。

倉本 朝起きたらさ、太陽の光と熱を感じて「あっ、こんな味方がいたんだ」って感じはあったね。

林原 味方がね。なるほど。

倉本 その晩の味方はジャック・ダニエルだけだったか

「闇の教室でも、苦手な人はそのようになる人もいるようです」

らね。

林原　なるほどね。魑魅魍魎という敵があって、闇という敵があって、こっちにジャック・ダニエルという味方があって、こいつを頼りに夜を頑張って、朝になったら太陽という、「光」という強い味方がやってきた。

倉本　本当、もう出ないんじゃないかって思ったもん。最初の晩は、太陽が。

齋藤　朝が来ないかもと。

倉本　そう思ってみな。怖いから。でもね、これはね、人間に想像力、感受性があるからだと思うんだよ。動物にはないんだと思うんだよ。だって動物にあったら、あいつら生きていかれないよ、いちいち恐怖してたら。

齋藤　(笑)動けなくなりますよね、もう。

中島　想像力は、先生は小さい頃から?

倉本　あったね。うん、それはあった。

齋藤　それは何か影響を受けたんですか。たとえば本を読むことであったり、ラジオを聴くこととか何か?

林原　宮沢賢治の本なんかは、影響してるんですかね。

倉本　宮沢賢治より柳田國男の「遠野物語」あたりとかね。それから小泉八雲とかさ。

小川　ちょっと怖いタッチが、想像力をかき立てますよね。

倉本　うん。「耳なし芳一」なんて怖いよね。

林原　怖いですよね。ということは、今トラウマになるからとかいって、そういう話を避ける傾向があるんですけど、子どもたちの情操教育には、「怖い」話も必要なんですよね。

倉本　「怖い」ことを感じるのは必要だと思う。今、「押入れに入れますよ」っていったって、押入れ開けると自動的に電気がついて。

一同　(笑)

倉本　だから怖いほどの闇を知らないんだよ。だから、あの最初の夜の「闇」と朝の「明るさ」と「暖かさ」が、僕を根本から変えたね。

齋藤　先生がよく言われる「something great」を意識した、最初だったんですね。

倉本　そうだね。

※

中島　先生が富良野塾を始める前後、オーストラリアやカナダのネイティブの人、こちらでもアイヌの人と交流することで、「自然」との共生への思いを強めたと聞きますが。

倉本　僕はとにかく40から50にかけてやたらといろんなこと始めちゃったんですよね。エネルギーがあり余ってたんだと思う。好奇心も強くなってきて。傷だらけの中年になっちゃったわけ。本当に怪我ばっかりしてたの。

林原　お父さんの血が騒いだんですね。

倉本　うん。それでオーストラリアはね、最初馬で一週間、１７０キロを馬で旅行するっていうグループに加わっちゃって。ろくすっぽ乗れないのに参加して、それで覚えちゃったけどね。翌年はカヌーで行って、やっぱり百何十キロカヌーで下ったんだけど。カヌーのときにね、アボリジニの人がいたんですよ。そこで、アボリジニの生き方の哲学をちょっとだけ教わったんだ。自然観が全然違うんだよね。でもそのときはまだピンときてなかったんだけど。

中島　はい。

倉本　その後、カナダに行って、ハイダグワイって地元の人が呼んでるクイーン・シャーロット島に行って、グジョーっていうハイダ族の酋長と知り合って。で、このグジョーと気が合っちゃったわけだよ。グジョーとは本当にいっぱい遊んだね。遊ぶって本当に遊ぶんだよ。

中島　(笑)はい。

倉本　でもね、その中でグジョーからいっぱい教わった。彼は教えようなんて気はなくて、さりげなくものを言うんだけどね。海で釣りしてると、あそこは自然の宝庫だから、でかい魚が山のように釣れるんだ。で面白いからどんどん釣って、十何匹釣ったら、「お前さ、そんなに食えるの?」って言うから、「いや、食えない」って。「食えないのに、なんでそんなに釣るの?」それで「あぁ、そうか」って逃がして。日本人は食えなくても釣って、売ろうとするけど、我々はそこまでしない、自分たちの食う分だけ獲るって。

中島　はい。

倉本　グジョーたちハイダの先住民には、土地を所有するっていう概念がないんですよ。その代わりに、トラップラインっていうのを先祖から受け継いでるのね。罠をかけてもいいという、縄張りを受け継ぐのね。

中島　トラップライン。

倉本　それでカナダが建国したときに、ハイダは「クイーン・シャーロット」という国有地になったんだ。

巨樹をバックにグジョーと

この「国有地になる」って意味が先住民にはわからなかったんだよね。ところが国有地になったもんだから、ある木材会社が太古の森であるハイダの木を伐らしてくれって国に申請して、実は汚職も絡んだらしいんだけれども、当時の大臣が許可しちゃうんだよ。そしたら急にクリアーカット始めちゃったの。

中島 それは先生が行く前ですか、あとですか？

倉本 ちょっと僕はあと。ホントに太古の森なんだよ。屋久島を大規模にしたっていう感じの。それをクリアーカットし始めちゃったんだよね。

林原 なんてもったいない。

倉本 それでハイダの人たちが仰天して、森を守ろうと政府とぶつかるわけだよ。グジョーも逮捕されちゃうんだけど。世界中の環境保護団体が駆けつけて大騒動になって、決着に10年くらいかかって、結局そこはハイダのものだってなって。北と南に島があるんだけど、北島の一部だけ伐採が許可されて、南は手つかずのままという話で、その後世界遺産に認定されるんだけど。

林原　よかったですね。

倉本　僕は1回ヘリコプターでね、北島の伐採現場に降ろしてもらったことがあったんだ。伐採したての森だったんだけど、クマが出て来そうだなって思いながら、伐られた木の切り株の年輪を数えたら、八百何十年ぐらいあってね。そうするとさ、たぶん平安以前ぐらいからずっと育っている木だよね。そう思ってみるとね、自然のものすごさっていうものを実感したね。

中島　そういう先住民から教わったことに、先生はかなり影響を受けられたんですね。

倉本　すごくあった。……というより、しっくりきちゃった。

中島　しっくり……なるほど。

齋藤　そういうそれまでと違った考えを聞いたときに、そうやってスッと受け入れられたっていうのは、先生が富良野に来られて、ここである程度今までとは違う視点とか、ある意味リセットした部分があって、そういう素地が出来ていたからと思うのですが。

倉本　それもあるだろうね。富良野に来た最初の冬に僕、鬱《うつ》になったんだ、ものすごい鬱に。もう死にたくて死にたくてっていう鬱が2週間続いて、自分から精神病院に駆け込んだんだけどさ。で鬱から抜けるんだけど、医者から「来年もこの時期になると鬱になるよ」って言われて。でもそれが起こんなかったんだよ。次の年になっても。……たぶんそれは、ここの土地の霊にテストされたって気がした。それで、合格したんだって。

齋藤　土地の霊に認められた。

倉本　その合格感覚がハイダでもあってね。ハイダの森でも最初の晩は寝られなかったんだよ。やっぱり最初は獣の恐怖。あの辺はクーガがいるからね。そして霊の恐怖も。一緒にキャンプしたカナダ人の女性がちょっと霊感がある人で、テントの周りをちっちゃなハイダの少女がぐるぐる回っていたっていうんだ。

小川　そういうのは、万国共通であるんですね。

倉本　ハイダの場合も俺は一晩で合格しちゃって。翌日から、ものすごくよく眠れるようになったから。そう

「何が環境かを知らせるには地球ってものから考えようと」

だ、「オーラの泉」※っていう番組があっただろう？

小川　はい。

倉本　あれで江原さんと三輪明宏にその話をしたら、江原さんが笑って、「あなた、前世はそこの住人よ」って言われて。

一同　（笑）

倉本　ハイダのトラップラインもそうなんだけど、萱野さんっていうアイヌの先生から教わったのは、アメリカ大陸の先住民には〝自然は子孫からの借り物〟っていう言葉があって、それに近い考え方がアイヌの中にもある。昔アイヌもその年に自然がつくってくれる、自然の利子の一部で食ってたと。だけど今、日本人は自然という元金に手をつけてしまっている。元金が減ったら利子は減るっていうのは当たり前で、どうして経済観念の発達している日本人がそこに気が付かないんだって、萱野さんが僕に言ったことあるのね。これには、グワーンって頭を殴られた気がしたね。これが、僕にとってものすごく大きかった。

林原　ハイダの人とか萱野さんにしても、みんな共通してるのは自然の中で暮らしてる人ですよね。本物なんですね。

倉本　本物だね。

※

小川　それでいよいよ富良野自然塾を始められるわけですが、そもそも始められたキッカケは何だったんですか？

倉本　俺、元々人工林ってものすごく嫌いだったの。こっちの山は戦後、炭坑の坑木用にカラマツばっかり植えてひと山全部カラマツってところも多い

※スピリチュアルカウンセラー江原啓之、三輪明宏の『オーラの泉』(テレビ朝日)に倉本がゲスト出演したのは、2009年８月15日放送の２時間スペシャル。

じゃない。面白みがないんだ。それに元々の地場のものじゃないから、ものすごく不自然で。

小川　はい。

倉本　俺はそれ以前から、CCC（自然・文化創造会議／工場）というのをやっていて、日本中あちこちで植樹をやって来たんだけど、やっぱり植樹会っていうと、どこでも出来あいの苗木を植えるだけになるんだ。俺は最初から、つまり種から苗木にして、そして植えるってことをやりたくて。しかも地場の木の種をね。でも、そうするにはじっくりと腰を据えて取り組むしかないと思っていた時に、その話が来たんだよ。

小川　プリンスホテルのゴルフ場が閉鎖になるっていう話ですね。

倉本　西武の堤オーナーとは、中学時代からの友人だったからね。ゴルフ場の跡地利用の相談を受けた時、「森に還そうよ」って言ったんだ。俺がここに暮らし始める時がちょうどゴルフ場造成の時で、それ以前の元もとの森を見知っていたから、それでその森に戻そうよって。まあ金になる話じゃないから断られると思っていたら、堤があっさり「それいいね」って、わりと素直に応じてくれて。それで6ホール任せるよって。

小川　それで「富良野自然塾」が誕生したわけですね。

倉本　同時にここで環境教育をやりたいと思ったわけだよ。その何年か前から科学技術省と文科省が、もっとみんなに環境っていうものを教育しなきゃいけないっていうことを考えてできた、環境……あの長ったらしい名前の。

齋藤　俗に言う環境教育推進法ですね。

「それで石の地球や地球の道を使った今のカリキュラムが……」

倉本 それができたんだけど、一向に進展しないわけ。そのシンポジウムに三年ぐらい出されたんだけど、科学者が出てきて難しい話をするだけなの。でみんな自分の分野のことだけを専門的に言うから、なにが環境かってわからなくなって。ゴミのことだって思っているやつもいれば、フロンガスのことを環境だと思ってるやつもいる。それをトータルに総合するとなんだろうかって考えたんですよ。大地、水、太陽、空気っていう風に、どんどん絞っていったんですよ。家内にイチイチ相談しながらね。そこから、じゃあやっぱり「地球」ってものを考えないとダメだねっていう話になって。

小川 「石の地球」や「地球の道」という今のカリキュラムは、そこから来ているんですね。

倉本 今の学問がね、数値で教えちゃって比較で教えないでしょ？ でも比較した方がわかりやすいんだよね。地球と月の距離は何メートルというよりも、この大きさの地球に対して、この大きさの月があるっていう風に説明した方が子どもにも実感としてわかりやすいって。

「石の地球」地球が『奇跡の星』と呼ばれる所以など、オブジェを使いながら解説

小川 なるほど。

倉本 それで地球の誕生から今まで46億年経ってるって聞いて、それなら6ホールで460メートルあったから、460メートルに置き換えて道をつくってみたらどうかっていう話になって。実際に歩きながら、ここらへんがマグマオーシャンで、ここら辺が恐竜時代でって測っていったら、最後の産業革命から現代までが0・02ミリになっちゃって（笑）「ここはどうやって表現したらいいのか」ってだいぶモメたんだよ。それで「そこだけ拡大するかな」って（笑）。

一同 （笑）

倉本 僕はまだまだ自然塾ってのは、発展形がいっぱいあると思うんだよ。今の「地球の道」と「裸足の道」と「石の地球」にこだわり過ぎちゃって、あそこから発想がなにも発展してないんだよな。最初に作りながら考えた中でね、我ながらおもしろかったのは、恐竜時代のところで最初、恐竜のフィギュア（模型）を置きかけたんだよね。

小川　え、。

倉本　だけど、フィギュアを置くよりも、恐竜の足跡が現実にあって、しっぽがあっちで、首を伸ばすとあそこと木の先の、あの欠けてる枝の葉を食った！ってやった方が、お客の想像力を刺激できるよね。そういう想像力を刺激しながら教えていくって方法が、やっぱりベストなんじゃないかっていう風に思ったんだよね。だからもっともっと考えれば、いろんなことが出来ると思うの。

一同　はい。

倉本　今、一日の授業になっちゃってるじゃない。それを一週間やっても通用するだけのカリキュラムをね、作らないとだめだよね。これもうみんなに、宿題で。

一同　はい。

※

林原　最後に、大震災後を生きる今の日本人にとって、何が大事だとお考えですか？

倉本　そもそも日本人は、非常にリスクの高い繊細な島の上に乗っかって暮らしてる民族でしょ。だから景色がいいわけだよね。ヤバイから景色がいいわけだよね。その景色を享受して日本の文化っていうは膨らんできたわけじゃない。それを知っていて昔の日本人は「もののあはれ」って言葉を大事にしてきたんだネ。

林原　「もののあはれ」ですね。

倉本　この「もののあはれ」が日本人の自然観とものすごい結びついてると思うのね。いつかはやっぱり消滅するっていう。で、自然だから、いつかは変わるし、いつかは消滅するし、それはしょうがないことなんだと。その間、生きている世代がそこでなんとか暮らして、ここがダメならまたあそこっていう風に逃げ回りながら、場所を転々としてきたんだね。でもそのうち、できるだけ景色のいいところに住みたいっていう本能と、いい作物ができるからこの土地に住みたいっていう欲望がでてくるわけだよ。でも、その全てが根本的に、自然の営みの中に組み込まれなくちゃいけないと思うんだよね。「もののあはれ」の中にね。

※倉本聰が富良野自然塾の塾長として、震災後の我々の生きる姿勢を問うたエッセイ「ヒトに問う」が巻末に掲載されています。そちらも併せてお読みください。

「萬葉の森をめざして」

富良野自然塾の記録

倉本聰
（点描画も著者）

時々フッと深夜に考えこむ。一体自分は何をしようとしているのだろう。家族を巻きこみ周囲を巻きこみ、こうと閃いた自分の思考を実現に向けて動き出させる時、それは自分と自分の周囲のとてつもないエネルギーを必要とする。今踏み出した自分の行動が、果たしてそれに価するものなのかと。

時々又フッと想いに沈む。三十年前東京を捨て北海道富良野に移り住んだこと。「北の国から」というドラマを書いたこと。富良野塾というものを始めてしまったこと。いずれもさしたる熟考もなく、まづ跳び、然る後ゆっくり考えた。熟考したら逡巡したろうし、そしたらもしかして、跳ばなかったかも知れない。まづ跳ぶ、然る後考える。それがこれまでの行動理念だったし、「跳べ！」と心に囁きかけたのは常に自分でない何者かの声、サムシング・グレートの命令だったように思う。

今回も全く段取りは同じだった。

二〇〇四年夏。

中学からの友人である堤義明氏から、富良野プリンスホテルのゴルフ場を閉鎖しようと思うのだが、何か再利用の道はないかと相談され、森に還したらと僕は提言した。

富良野には二つのゴルフ場がある。

一つは三十年前に作られたプリンスホテルゴルフコース（18ホール）であり、今一つは十数年前に新設された36ホールの富良野ゴルフコースである。堤氏が今回閉鎖し

ようとしたのは以前からあるプリンスホテルゴルフコースの方で、アーノルド・パーマーの設計によるものである。僕もしょっ中そのコースでプレーした。ゴルフコースのオーナーが、いったん苦労して作りあげたものを、いきなり元の森に還せというのは、ずい分無茶な提案だと思ったが、堤氏は意外にも快諾してくれた。そして18ホールのうちの6ホール、34ヘクタールの広大なその土地を、森に還すことを許してくれた。

カムイミンタラというアイヌ語がある。今は大雪山の一帯をそう呼ぶが、「神々の遊ぶ庭」という意味である。

三十年前、僕が丁度富良野に移り住んだころ、折から僕の住む森のすぐ上にある森林が伐られ、土地が造成され、ゴルフ場建設が始まっていた。だからそれ以前の昔の森の情景が僕の頭にはぼんやり残っていた。タモ、シナ、セン、ハン、クルミ、トチ、カバ。ハルニレ、オヒョウ、アカシア、ナナカマド。イタヤ、ミズナラ、サクラ、エゾマツ、トドマツ、そして戦後に植えられたカラマツ等々。数々の樹種が混在し、それらの中をシマリス、エゾリス、ウサギ、キタキツネ、タヌキ、テン、エゾモモンガ、イイズナ、そしてエゾシカ、ヒグマが自由に歩き、無数の鳥が、虫たちが遊ぶ、まさに一つのカムイミンタラだった。その失なわれたカムイミンタラを、今一度再生できないかというのが、僕の大それた想いだった。

失なわれた森を再生できないか。

そういう発想が萌芽したのは二十三年前にさかのぼる。

*

その年僕は富良野塾を興した。

布礼別の眠っていた谷を拓き、若者たちと暮し出した。

四十人からの人間が暮すのに、必要なのはまず水である。

倖いその谷には明治期から続く豊かな湧水の奔出があ

り、その水を使って暮しを始めた。ところが開塾して一年目、その湧水が突然枯れてしまったのである。塾の湧水のみならず、界隈の井戸が軒なみ枯れた。蒼白になって井戸を掘る一方、その原因は何かと探った。当時その地区の上流に当たるペペルイの広大な山林が、農地改良事業の為に広範囲にわたって皆伐されていた。そのことと水の枯渇の間に何らかの因果関係があるのではあるまいかというのが、僕の抱いた疑問であり、農林省(当時)の友人にも問うたが、結局何の証拠もないまゝ、うやむやになって終ってしまった。

　しかしその時から森と水のことに僕の思考はのめりこんで行く。東大富良野演習林のドロ亀サンこと高橋延清先生、二風谷アイヌの長老である萱野茂先生などの門を叩いて、森の勉強を僕は始めた。その中で強烈に残っている当時の北大教授東三郎先生から教わった「葉陰の効用」という言葉がある。

　古来人類は、材木を採る為の畑として森を見、従って直木は善木、曲木は悪木と考えてきた。しかし、水の貯蔵という観点から見たとき、森の地面を常に湿らせる葉陰というものは重大なものであり、従っていかに曲りくねった木でも、それが葉陰を作る以上、極めて大切な森の役割だというのである。この言葉にはがんと頭を殴られた気がした。

　無視され続けてきた葉っぱの役割り。

　考えてみると水以上に大切な酸素というもの。それがなければ三分と持たない、我々の命を支える酸素というものも、光合成によって木々の葉っぱが作り出している。酸素がなければ三分はおろか、一分も我々は生きられないのに、それが——呼吸しているということが、あまりにも日常的に当たり前すぎる行為である為に、僕らはそれを忘れてはいまいか。しかし、空気と水という我々動物にとって根源的な必需品を供してくれるのは、実は木々の持つ葉っぱの役目なのだ。然るに我々人類は有史以後永いこと森を見る時、「幹を見て、葉を見ず。」だったのではあるまいか。

その想いが永いこと僕の中にあり、ゴルフ場の為に伐られた森を元の姿へと還せないかと思ったのだ。

*

二〇〇四年から二〇〇五年にかけて。

森へ還すというこの発想に、環境教育というもうひとつの野望を、僕は秘かに燃やし始めていた。

みんながそれを心に思いながら一向進まない環境への意識。それを何とか進展できないか。


十年程前、環境先進国ドイツへ環境教育の勉強に行った。その時ドイツで教わったことは、彼の国が国民の環境意識を変えるのに、実に三十年かかったということである。小さなことからじわじわこつこつと、忍耐強くやらなければならない。たとえば？という僕の問いに、一人の文部次官がこのように答えた。

環境はあまりに多岐にわたりすぎています。学校で環境という学課を作っても教え切れるものではありません。ですからドイツでは小学生から、あらゆる学課の中にそれを忍ばせます。

たとえば「5－3＝2」という算数を教えるのに我々はこういう教え方をします。

「生ゴミの袋が5ツあります。収集車が来て3ツの袋を持って行ってくれました。生ゴミの袋は後いくつ残っているでしょう。5ひく3、イコール、2ツ。」

最初聞いた時ピンと来なかった。だが日本に帰国して

何日か経ったとき、突然ハッと気がついた。日本ではたとえばどういう教え方をしているのだろうか。

「銀行に5万円の預金があります。3万円を引き出しました。銀行にお金はいくら残っているでしょう。5ひく3、イコール、2万円。」

更に記憶が蘇った。僕が実際に国民学校で受けた、戦時体制下の算数の授業である。

「藪の中に敵兵が5人ひそんでいます。鉄砲で3人殺しました。後敵兵は何人残っているでしょう。5ひく3、イコール、2人。」

＊

かかる尊大な野望を果たすのに、一人の力では無論なし得ない。

周囲を見廻し、二人の犠牲者に白羽の矢を立てた。

ＴＢＳの人事部長やスポーツ局長を経て近年停年退職した旧友林原博光、通称バラ。

富良野塾13期のリーダーであり、広島で永いこと林業の現場に携わっていた齋藤典世、通称ノリ。

最強の―と云いたいが最弱のトリオが誕生した。

何故最弱か。三人共文系であり、何とも理科に対して全く弱い。木の生育のメカニズムに関しても、地球環境の仕組みについても、殆んどが理科系の世界のことなのだが、見事に三人共ド素人である。そこで三人で猛勉強を始めた。

植林については今や北大名誉教授となり、日本全国、世界各地で木を植え続けておられる東三郎先生。

地球環境については元ＮＨＫ解説委員で、防災情報機構会長伊藤和明先生。

とにかく三人共これまでの生涯で、これほど真剣に勉強したことはない程勉強した。

誰に向かって物を聞いてるンだ！というのが当初の我々の常用句だった。判らないことがあって互いに質問する。質問された奴が怒って返事する。

「誰に向かって物を聞いてるンだ！

俺に聞いたって答えられるわけねえじゃねえか！」

それ程全員が無知蒙昧、五里はおろか十里霧中のスタートだった。そこへ更なる無知数名、富良野塾ＯＢ小林修二、梅原卓、松木直俊、太田文、佐々木麻恵、それに地元の高校を出たばかりの鴇田真理が加わった。いずれも更なる無知だった。

これで良いのだと僕は思っていた。

理系皆無のオール文系。というより早く云えば体育会系。しかしまず「跳ぶ」にはこの方が良いのだ。机上で理屈をこねる奴らより、汗することを厭わぬ者の方が尊い。物事の事始めはそんなものである。

とにかく、かくして自然塾はスタートした。

＊

二〇〇五年五月六日。

プリンスホテルゴルフコースのスタッフの持ち込んだショベルカーによって、きれいに刈られたフェアウェイの芝に最初の一槌がガンと下ろされた。

さすがにしんとなる一瞬だった。

ショベルカーを扱ってくれているのは、去年までコースの芝の状態を三十年近く管理しつづけたこのゴルフ場のグリーン・キーパーたちである。その彼らが営々と整備してきたフェアウェイの芝を、自らの手で破壊しようとしている。その心情を思うとさすがに胸がしめつけられた。その責任者であった黒岩総支配人、時田氏、伊賀氏らも言葉なくその情景をじっと見つめていた。

ゴルフ場は通常、除草他の為に農薬を多く使用するという。僕の心配はそのことにあった。

十年前、富良野塾の農園を作る為に10ヘクタール（10

町歩）の農地を手に入れた。そこで完全な無農薬による農業経営を始めたのだが、その土地はそれ以前永いこと農薬漬けの土地だった。その死んだ土壌にミミズを蘇らすまでに五年以上の歳月がかかった。芝の下にあるゴルフ場の土がどれ程農薬の影響を受けているのか、僕にはそれが大きな不安だったのだ。うちのゴルフ場では僅かな量しか使っていなかったと管理者たちにきかされていたのだが、果してその僅かがいくばくのものなのか土を見るまでは正直判らない。芝の剥がされた大地にかゞみこみ、土に触れた時思はず叫んだ。そこには何尾ものミミズがいたのである。土壌菌の死滅した農園の土とは、明らかに大きなちがいがあった。

メディアはゴルフ場の農薬について、目の仇のように大きく糾弾する。そういうゴルフ場もあるかもしれない。しかし彼らはゴルフ場と農地、その使用する農薬の量について果して本当に調べているのだろうか。ゴルフは確かに遊びである。それに対して農業は食糧生産である。重みから云ったら全くちがう。だが、だからといってよく調査もせず、ゴルフ場を叩き農業を叩かないその風潮は、メディアの怠慢と偏見である。

富良野塾では二十三年間、塾生を援農に送りこんできた。だから現行の農業の中でどれ程の農薬が使はれているかを僕らはつぶさに目にしてきた。

百合根の植付けにたづさわった塾生たちの声が出なくなったことがある。百合根は植える時種になる百合根を、石灰状の農薬にまぶす。その粉を吸い一斉に声が出なくなったのである。

じゃが芋は種芋を作る時、一ヶの芋を幾重にも切る。その切る為の包丁を、農薬を薄めた液の入った箱に浸し、一切り毎に包丁を変える。つまり種芋の断面を全て農薬でコーティングするのである。

玉葱にいたってはもっと激しい。育苗から収穫まで、こゝらでよくきくのは、玉葱の層の数だけ農薬を散布するというのである。

いずれにしても、芝を剥がしたゴルフ場の下土に無数のミミズが現れたということは、僕にとって嬉しい衝撃だった。

東先生がＰＨ（酸性度）を調べると、それも合格点に達していることが判った。

但し問題は他にあった。

かつてゴルフ場を造成した時、大量の表土を除いてしまった為、芝の下にある僅かな土の下にいきなり固い粘土層が現われてしまったことである。しかもこゝらの土地は石が多く、植樹する為の穴を掘るにはかなりの苦労が強いられると予想された。

＊

植樹というものは誤解されている。

緑の日などのイベントの時、偉い方々は盛られた軟い土の上に一メートル程の育った苗木を植える。それをメディアが報道するから、人々は植樹とはあゝいうものだと、どこかで無意識にすりこまれている。だがそれは現実と大きくずれている。

森を創るということは、まづ種を採ることから始めなければならない。それも本来その土地にあったいわゆる地場の樹種をあくまで主とする。

種は土に落ち、まづ根が生じる。その根が地中の水や栄養を吸い、然る後地上にやっと芽を出す。だが、その芽はそのまゝでは育たない。根が育つ。然る後芽も育つ。芽は最初は草と同じようなものだが、根が育つにつれ茎が木化する。それが現地に移植できる、即ち生育した苗になるまでには、種を蒔いてから永いものでは数年の歳月を必要とする。いわば苗木を育てるまでには、オギャアと生れた赤ン坊を、小学校に入れるまでに育てる、それ程の労力がかかるのである。

＊

跳んだはいゝが、いざ跳んでみて、えらいことを始めたと正直ゾッとした。

しかも僕らは植樹のみならず、環境教育までこゝで行いますと、前後を考えず宣言してしまったのだ。

森を創るには50年かかる。

71歳の春を僕は迎えてしまっていた。

（カムイミンタラNo. 1より）

富良野自然塾

富良野自然塾
フィールドディレクター　齋藤典世

　7年目を迎えた富良野自然塾のフィールドには、現在、多くの人々の手で植えられた約5万本の木が育っています。初期に植えた木たちは苦しい最初の時期を乗り越えて成長の勢いを増し、ヤマザクラは花を咲かせ、ヤナギやハンノキは種を飛ばして自ら植樹を始め、自然の力強い復元力を示しています。私たちはそのお手伝いに蜂と格闘しながら草刈りに励む毎日ですが、刈った草は微生物によって栄養となり、少しずつではありますが元ゴルフ場の土を変えています。自然塾のフィールドには鳥や虫の姿も増え、最近ではクマゲラが頻繁に訪れるようになり、目に見えて命の循環が復活しています。参加いただいた方々の汗の一滴一滴が実を結んでいます。

　環境教育では、「地球の道」を中心とした環境教育プログラムが好評で、個人、企業、学校から多くの方々に参加いただいています。そのプログラムは種を飛ばすように富良野の外にも広がり、昨年は今治自然塾と京都自然塾が開塾し、今年は北九州市や岡山県鏡野町、さらに海を越え韓国でスタートする予定です。その他にも「闇の教室」、学校や企業に出向いて行う「ビジットプログラム」など様々な環境教育を行っています。どうぞ皆さん、ぜひ一度私たちの活動に参加してみてください。

倉本聰直筆の石碑

地球の道

石の地球

TEL：0167-22-4019（受付時間：9:00～16:00）　http://furano-shizenjuku.com/

第5章 倉本聰の歴史

今年で77歳になる倉本聰。大学時代にはすでにラジオドラマを作っており、55年以上は脚本家活動を続けていることになる。さらに地元・富良野を観光の名所にさせるなど、その功績は大きい。

倉本聰　年譜

※幼少期からテレビドラマ執筆初期の記載は、倉本本人の記憶を元に作成しており、確認できない部分もあるのですが、いかにして作家「倉本聰」が生まれたかを考察する際に必要だと思われるものは、掲載させていただいております。
※情報の入手が困難と思われる初期の作品については、倉本所蔵の資料をもとに詳細な記載をさせていただきますが、それ以降の作品については、代表的な作品のみを記載しております。
※●印は受賞歴で、作品は放送年でない場合があります。
※敬称を略させていただきます。

1935年（昭和10年）　0歳

1月1日、東京・代々木に生まれる。本名山谷馨（やまや　かおる）※実際の誕生日は昭和9年12月31日。当時は数えで年齢を数えるため、生まれて2日目で2歳というのはあまりにも不都合だろうと、両親が戸籍登記を1月1日とした。※当時よく行われていた慣習。

山谷太郎・綾子の3男2女の次男。父・太郎は自然科学関係の本の出版社を経営。野鳥を題材にした俳句を詠む俳人「山谷春潮」。

4歳頃

一家で杉並区善福寺に引っ越し。

父に連れられ、日本野鳥の会創設者・中西悟堂の〝探鳥の会〟に参加。

1941年（昭和16年）　6歳

4月　豊島師範付属国民学校入学。

1944年（昭和19年） 9歳

8月　学童疎開（集団疎開）で、山形県上ノ山へ。

1945年（昭和20年） 10歳

4月　縁故疎開で家族と共に岡山県金光町へ。（翌春に帰京）

1947年（昭和22年） 12歳

4月　私立麻布中学入学。

1948年（昭和23年） 13歳

中学2年の時、麻布中学校内雑誌「言論」に、処女作「流れ星」を発表。学童疎開したときの体験を元にした創作小説。

1950年（昭和25年） 15歳

4月　私立麻布高校に自動的に進学。このとき所属した音楽部で磨いたハーモニカ演奏の腕前は特技のひとつ。

1952年（昭和27年） 17歳

父・太郎死去。

1953年（昭和28年） 18歳

3月　麻布高校卒業。

大学受験に失敗し、2年間浪人生活。芝居と映画をひたすら見て、劇作に興味を持つ。

※後に倉本が主宰する富良野塾の講義で「見るべき映画・読むべき戯曲」としてあげた作品の多くがこの前後、日本初公開されている。映画では、52年『第三の男』『陽のあたる場所』『天井桟敷の人々』『巴里の空の

下セーヌは流れる』『肉体の悪魔』53年『禁じられた遊び』『ライムライト』『終着駅』54年『素晴らしき哉、人生！』『恐怖の報酬』『第17捕虜収容所』など。若き倉本は、映画監督フランク・キャプラ（米）、ジュリアン・デュヴィヴィエ（仏）の作品を愛好し、戯曲はフランスのジャン・ジロドゥに傾倒。敬愛する劇作家・加藤道夫（53年自殺）の『なよたけ』が芥川比呂志演出で初演されたのが55年。この加藤道夫が、ジロドゥを始めとするフランス演劇を多数日本に紹介し、著書「ジャン・ジロドゥの世界」を書いた。学生時代の倉本が、古本屋で購入したこの本の中の一節「街を歩いていたらとてもいい顔をした男に出逢った。彼は良い芝居を観た帰り道に違いない」に出逢い「この一文が人生を変えた。」（「愚者の旅」）

4月

東京大学文学部入学。20歳

東大の駒場祭で、戯曲処女作「雲の涯」上演。演出は後の東映映画監督・中島貞夫。俳優座スタジオ劇団、劇団「仲間」文芸部に入る。以降、大学にはほとんど通わず、劇団の方に通学。この「仲間」の稽古場で、主宰者・中村俊一の舞台演出に大きな影響を受ける。劇団「仲間」の旅公演中、劇作家イプセンをもじったペンネーム「伊吹仙之介」で、ラジオドラマ『鹿火』（青森放送）で、デビュー。大学4年の冬、ラジオドラマ『この太陽』（新日本放送・現毎日放送）放送。原作は3つのペンネームで作品を書き分ける小説家・長谷川海太郎が「牧逸馬」の名で発表した家庭小説。制作費が少なく、出演の大木民夫と加藤治子の二人が全ての役をこなしたという。※「愚者の旅」によると、この時すでにニッポン放送への就職が決まっており、〃内職厳禁〃への配慮から、ここで「倉本聰」のペンネームを使ったとある。東大の本郷キャンパスで「美学」の竹内教授から学んだアリストテレス美学の基本「美には利害関係があってはならない」が、倉本の人生における座右の銘。

1959年（昭和34年）　24歳

東京大学文学部美学科卒業。
ニッポン放送に入社し、主にラジオドラマを作る。
ラジオドラマの代表作として作・寺山修司と創った「いつも裏口で歌った」（61年3月21日放送・制作担当）、「もう呼ぶな、海よ」（61年8月27日放送・演出担当）などがある。

1960年（昭和35年）　25歳

『パパ起きて頂だい』（日本テレビ）の脚本で「倉本聰」の名でのテレビドラマデビュー。同ドラマは59年1月18日から62年4月29日まで日曜の朝10時半から30分枠で放送された全172回のホームコメディ。出演・市村俊幸（パパ）、寺島信子（ママ）、江木俊夫（俊夫）ほか。メインライター安部徹郎と共に、上條逸雄、野末陳平、倉本が脚本を執筆。倉本が担当した回で確認されているものは132回『市村号出航す』（61年7月23日放送）、136回『虫よ、帰ってこい』（61年8月20日）、143回『お帰んなさい、ズボン君』（61年10月15日）、163回『卆業式に雪が降る』（62年2月25日）、168回『でっかい家を建てろ』（62年4月1日）ほか。

1961年（昭和36年）　26歳

劇団「仲間」女優・平木久子と結婚。

テレビドラマ『教授と次男坊』（日本テレビ）の脚本を安部徹郎とともに執筆。61年10月23日から63年4月8日まで月曜夜8時から30分枠で放送された全76回のホームドラマ。

有島一郎（教授）と坂本九（次男坊）の父子コンビが人気を呼ぶ。坂本九が歌う主題歌『ボクは我が家の次男坊』『明日があるさ』もヒット。普通の家庭の問題を軽快なドラマで視聴者に提示したことも人気の要因とされる。

倉本の担当作も多数。3回『九番目のブルース』（61年11月6日放送）、22回『燃える為に燃やせ』（62年3月19日）、8回『親爺の初舞台』（61年12月11日）、23回『冬の陽が残った』（62年3月26日）、39回『現代っ子頑張る』（62年7月16日）、42回『生まれて初めての朝』（62年8月6日）、71回『3000円の幸福』（63年3月4日）ほか。

1963年（昭和38年）　28歳

ニッポン放送退社。シナリオ作家として独立。

倉本が企画を出し脚本を書いたテレビドラマ『現代っ子』（63年4月1日〜64年4月6日・日本テレビ）が大ヒット。放送中の7月28日、日活にて同タイトルで映画化封切り。脚本は倉本と引田巧治の共作で、監督は中平康。

※倉本は独立当初、日活と契約し、舟木一夫の『学園広場』(63年)、『北国の街』(65年)、スパイダースの『ザ・スパイダースのゴーゴー向こう見ず作戦』(67年)など、日活歌謡映画を多数執筆。

※プロのシナリオライターになってからも倉本は修行と研鑽を極め、「加藤道夫先生やジロドゥの世界は心の中心に確実に燃えていた。しかし一方で久保栄のリアリズムや、映画の世界では小津安二郎、野田高悟のセリフ術、特にその頃自分の弱点は構成力の弱さにあるという自覚があったから、橋本忍や菊島隆三氏、あるいは鈴木尚之の脚本を読みあさり、ノートし、分析することをやった。」(「愚者の旅」)

※60年代のTVドラマで印象に残っている仕事として倉本自身があげるのは、67〜68年に放送された松本清張原作の『文吾捕物絵図』(NHK)。松本清張のほかの著作もすべて自由に翻案しても良いという製作条件の中で、時代劇という枠での自由な発想でオリジナル・ストーリーの名作『男坂界隈』(68年4月26日放送)を生みだす。クリエーターを志す者にとってこの『文吾〜』の翻案、脚色、オリジナル化は、重要な研究対象。倉本自身「凄まじい修行になった」(「愚者の旅」)と述べている。

1971年(昭和46年) 36歳

●『おりょう』(CBC)日本民間放送連盟賞最優秀賞受賞。

1972年(昭和47年) 37歳

●『風船のあがるとき』(HBC)日本民間放送連盟賞優秀賞受賞。
●『平戸にて』(RKB毎日)日本民間放送連盟賞受賞。
●『ぜんまい仕掛けの柱時計』(NHK)芸術祭最優秀賞受賞。

1973年(昭和48年) 38歳

●『祇園花見小路』(CBC)日本民間放送連盟賞受賞。

１９７４年（昭和49年）　39歳
母・綾子死去。
ＮＨＫ大河ドラマ『勝海舟』執筆中、ＮＨＫと衝突。６月17日北海道・札幌へ。
※『勝海舟』は第１回「青年」（１月６日放送）から９回「幕臣」（３月３日）まで主役・勝海舟を演じた渡哲也が病気で降板。10回「海鳴り」（３月10日）から松方弘樹が海舟を演じる。倉本は衝突後の札幌でも脚本を書き続け、43回「大政奉還」（10月27日放送）まで務める。翌週の44回「竜馬死す」から中沢昭二に交代し、最終話「無血開城」（12月29日）で終了。全52回。現在、ＮＨＫのアーカイブス（公開ライブラリーの端末を持つ各地の放送局）で、局内限定で「総集編」を鑑賞できる。ダイジェスト版であるため、倉本脚本の魅力である「リズム」や「間《ま》」がかなり端折られている。

１９７５年（昭和50年）　40歳
●『６羽のかもめ』（フジテレビ）、『ああ！新世界』（ＨＢＣ）ギャラクシー賞受賞。
立風書房より「あなただけ今晩は　星の世界の夕子」出版。フジテレビドラマの小説化。

１９７６年（昭和51年）　41歳
●『前略おふくろ様』（日本テレビ）ゴールデン・アロー賞、毎日芸術賞、芸術選奨文部大臣賞受賞。
●『うちのホンカン』（ＨＢＣ）毎日芸術賞、芸術選奨文部大臣賞受賞。
●『幻の町』（ＨＢＣ）芸術祭優秀賞、芸術選奨文部大臣賞受賞。

１９７７年（昭和52年）　42歳
富良野へ移住。

１９８１年（昭和56年）　46歳
10月９日『北の国から』第１話放送。（〜翌年３月26日まで。全24話・フジテレビ）

１９８２年（昭和57年）　47歳

●『北の国から』テレビ大賞・山本有三記念「路傍の石」文学賞受賞。

●東宝映画『駅ＳＴＡＴＩＯＮ』キネマ旬報・毎日映画コンクール・日本アカデミー賞最優秀脚本賞受賞。

１９８３年（昭和58年）　48歳

富良野市西布礼別地区心和農場所有の原野を借り受け、富良野塾開設の地とする。

●『波の盆』（日本テレビ）芸術祭大賞受賞。

理論社より倉本聰コレクション（全30巻のシナリオ全集）刊行開始。

１９８４年（昭和59年）　49歳

炭坑町を舞台にしたドラマ『昨日、悲別で』放送。（日本テレビ・全13話）

4月6日、富良野塾第1期生入塾。

１９８６年（昭和61年）　51歳

●山路ふみ子文学財団特別賞受賞。

脚本『時計　Adieu l'Hiver』で劇映画初監督。

１９８７年（昭和62年）　52歳

●『北の国から'87初恋』小学館文学賞、ギャラクシー賞大賞受賞。

１９８８年（昭和63年）　53歳

1月、富良野塾としての舞台第一作『谷は眠っていた～富良野塾の記録～』初演。

１９９０年（平成2年）　55歳

3月、舞台『今日、悲別で』初演。
●『失われた時の流れを』(フジテレビ)ギャラクシー賞テレビ部門大賞受賞。
●放送文化基金テレビドラマ奨励賞・児童特別賞受賞。
●日本民間放送連盟賞・番組部門最優秀賞受賞。

1992年(平成4年) 57歳
●『北の国から'92巣立ち』、およびラジオドラマ『今日、悲別で』(ニッポン放送)日本民間放送連盟賞最優秀賞受賞。

1993年(平成5年) 58歳
3月、舞台『ニングル』初演。
環境保全意識の高い作家仲間と「CCC(Creative Conservation Club)自然・文化創造会議/工場」を設立。議長として植樹と自然保全の啓蒙活動を行う。

1996年(平成8年) 61歳
●モンブラン・デ・ラ・キュルチュール賞受賞。

1997年(平成9年) 62歳
3月、舞台『走る』初演。
札幌で行われている「YOSAKOIソーラン祭り」で、1997年(第6回)～2007年(第16回)まで、審査委員長を務める。また、08年と09年は名誉審査委員長に就任。

1998年(平成10年) 63歳
●『町』(フジテレビ)芸術祭テレビドラマ部門大賞受賞。

1999年(平成11年) 64歳

久しぶりのNHKで衛星ドラマ劇場『玩具の神様』全3話放送。自身の偽物詐欺師事件を元に、脚本家の苦闘ぶり、〝創る〟ことの追求を描く。

2000年(平成12年) 65歳

●紫綬褒章受章。

10月20日、倉本が創造役を務める「富良野演劇工場」が完成。記念式典と特別公演「富良野塾グラフィティー」を上演。※こけら落とし公演は11月17日からの『走る』ロングラン公演。

2001年(平成13年) 66歳

3月、舞台『屋根』初演。

10月、舞台『オンディーヌを求めて』初演。

2002年(平成14年) 67歳

3月、舞台『地球、光りなさい!』初演。

●北海道地域文化選奨受賞(富良野塾として)。

●北海道新聞文化賞特別賞受賞。

●『北の国から2002 遺言』向田邦子賞受賞。

●『北の国から』菊池寛賞受賞。

2003年(平成15年) 68歳

富良野市名誉市民となる。

NHKのテレビ放送50周年記念ドラマの執筆依頼に、三人の脚本家の連作(競作にして合作)を提案。川を流れる〝浮玉〟がつなぐドラマ『川、いつか海へ ~6つの愛の物語~』(12月21日~26日)放送。倉本は3話6話(最終話)、1話5話を野沢尚、2話4話を三谷幸喜が執筆。

2005年（平成17年）　70歳

●北海道功労賞受賞

5月6日、のちに富良野自然塾となるフィールドに最初の植樹。

2006年（平成18年）　71歳

4月、NPO法人・富良野自然塾設立、6月1日、環境教育プログラム開講。

6月1日、富良野演劇工場にて、舞台『地球、光りなさい！』ロングラン公演開催。

（※以降、夏6月中旬〜7月中旬、冬1月中旬〜2月中旬のロングラン公演が定着。）

2009年（平成21年）　74歳

6月、舞台『歸國』初演。

2010年（平成22年）　75歳

4月4日、富良野塾閉塾。富良野GROUP結成。（2007年夏公演より「富良野GROUP公演」の名称使用）。

4月、北海道教育大学・旭川校の演劇的コミュニケーション講座を監修。

●春の叙勲　旭日小綬章受章。

2011年（平成23年）　76歳

1月、舞台『マロース』初演。

『北の国から』放送30周年に際し、当時の創作ノートを元に、富良野GROUPライター講義をまとめた「獨白　2011年3月『北の国から』ノーツ」を書き下ろす。

原発事故の福島の子ども達を、富良野市麓郷に迎え入れる疎開プロジェクトを立ち上げる。

2012年（平成24年）　77歳

6月、新作舞台『明日、悲別で』上演。富良野公演の後、東北被災地ボランティア公演。

倉本聰が富良野に残した足跡

地域密着型のドラマづくりを行ってきた倉本聰。それらのドラマのための舞台（家や店、庭など）も実際に造り上げてきた。ドラマの思い出を胸に訪れる観光客も急増。倉本聰は、ドラマで地域おこしをしている。

1981年に第1回目の放送を行ったテレビドラマ『北の国から』。さらに2002年まで続けられた8本のスペシャル版、そして、2005年の『優しい時間』、2008年の『風のガーデン』と立て続けに富良野を舞台にしたドラマづくりを行ってきた倉本聰。その創り方は、あくまでも〝ホンモノ〟を追求し、黒板五郎が造る丸太小屋や石の家をはじめ、森の中にある喫茶店、北海道の花にこだわった美しいガーデンなど、すべて実際に使えるように造り上げている。

それらは、今でも富良野に残されており、だれでもが訪れることができる。テレビドラマで感動をした舞台がそのまま残されているのだから、訪れた観光客も感慨無量になっていく。

1965年頃から過疎化が始まってきた富良野。主要産業は農業で、観光で訪れる人はあまりいなかった。最終作である『北の国から　2002遺言』では、視聴率38・4%という驚異的な数字を叩き出し、その年の観光客は249万人を数えた。『優しい時間』の舞台となった喫茶店は、今でもカウンターでコーヒー豆をミルで挽くのを楽しみにしている人の波が絶えず、春から夏にかけて美しい花々を咲かせる『風のガーデン』には、カメラ片手に多くの人が訪れている。まさに倉本聰は、ドラマを通した地域おこしの達人といえるのではないだろうか。

麓郷の森

1981 年当時の『北の国から』ロケで使われた丸太小屋を中心に、森の写真館や彩の大地館、森の喫茶室などが森の中に点在している。最も歴史ある『北の国から』のスポットだ。

富良野の地図

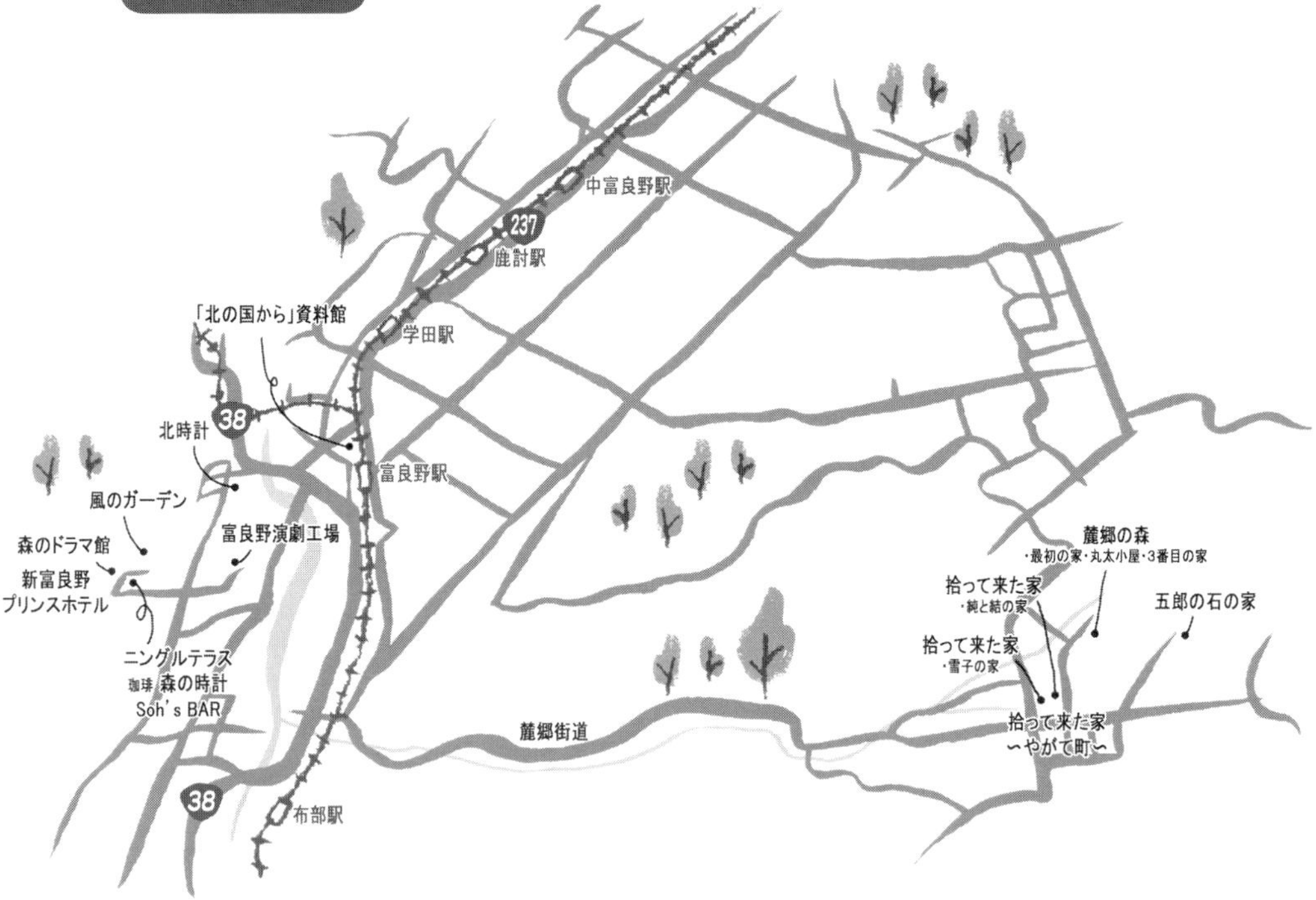

丸太小屋

五郎の手でシリーズ17話から造り始め、24話で完成した丸太小屋。東京への出稼ぎから帰ったその日に、当時一緒に住んでいた正吉と純の火の不始末から全焼してしまう。火事のシーンは別の丸太小屋を建てて撮影した。

最初の家

黒板一家が最初に住んだ家とされている。純と蛍が寝泊りしていた2階に上がることもできる。また『北の国から' 81 連続ドラマ』で、五郎が廃屋同然の家を修理し、水を引き、風力発電を作った。07 年に今の場所に復元。

石の家

『北の国から 89 帰郷』で五郎は、丸太小屋を建てようと計画したが、92 巣立ちで純がタマコを妊娠させ中絶したため、誠意を見せるために金を作ろうとして、丸太小屋を諦め、その後、コツコツと建てた。

3 番目の家

丸太小屋が全焼した後、初めての時のように離農した農家の廃屋を直して住むようになった。屋根の上には純が父への誕生日プレゼントとして風力発電の装置を作った。

拾って来た家・純と結の家

『北の国から 2002 遺言』終了後、五郎が純と結の新居として、大型バスを中心に廃材を使って造られた。家の中でもバスの部品がうまく使われ、リビングでは後部座席がソファーの代わりになっている。

拾って来た家・雪子の家

『北の国から 2002 遺言』の中で、黒板五郎が雪子のために廃材を集めて造った家。卵ケースやバーボンのビン、スキ―場のゴンドラを使ったエコロジカルな作りになっている。

ニングルテラス

「森のショッピングロード」。ログキャビンのクラフトショップと喫茶店などがあるこの森は、森の妖精「ニングルが暮らす集落」と見立てた演出。『北の国から 98 時代』では「森のろうそく屋」が登場した。

北時計

『北の国から 95 秘密』で、シュウが純に自分の過去を告白するシーンに使われた喫茶店。シュウが純に自分の過去を告白し、2 人は仲直りする場面で登場した。『優しい時間』にも登場。(2011年閉鎖)。

風のガーデン

『風のガーデン』のドラマの舞台となったブリティッシュガーデン。約2,000㎡の場所に365品種の花々が植えられた新しい庭「北海道ガーデン」だ。実際にドラマで使用した施設を一般公開している。

森の時計

ドラマ『優しい時間』の舞台となった喫茶店。雄大な自然に囲まれた空間でくつろげる。ドラマにちなみ、カウンター席に座った人は、自分でコーヒーミルで豆を挽いてコーヒーを飲むことができる。

富良野演劇工場

NPO法人指定を受けた公設民営の劇場。演出から大道具や衣装、音響に至るまで観客とともに作りあげる空間。倉本聰が創造役（芸術監督）で、舞台公演のほか、映画やイベントなど幅広く行っている。

北の国から資料館

『北の国から』の貴重な資料を、歴史を感じさせる大きな倉庫を改装して展示。思い出のあのシーンが、鮮やかによみがえる。ドラマで実際に使用された小道具や倉本聰自筆の脚本などが展示されている。

森のドラマ館

『北の国から』『優しい時間』『風のガーデン』のドラマで使用した資料の展示やグッズを販売。店舗は昭和17年頃の富良野駅開業当時を再現し、現在では珍しい「ダルマ薪ストーブ」が設置されいる。

Soh's　BAR

倉本聰がプロデュースしたバー。富良野演劇工房にほど近い場所にあり､芝居を観た後に語り合えるバーとしての役目の持っている。『風のガーデン』で「森のバー」として登場。

巻末提言

ヒトに問う

東日本大震災に寄せて

倉本聰

一

四国の今治市と京都府宮津市で、夫々自然塾が開塾し、オープニングセレモニーで講演をして来た。いずれも富良野自然塾のコンセプトを踏襲し、夫々の土地の特色を活かしたもので、富良野で特訓したインストラクターが指導に当たる。

さてその講演。

「あたりまえの暮しを求めて」という演題でしゃべったのだが、東日本大震災の直後でもあり、話は否応なくそのことと関連した。


今回の大災害。

大きく二つに僕は分けている。

一つは、地震・津波によるいわば天災。

今一つはそれがもたらした原発事故という二次災害。こっちには人災というものが大きく絡んでいる。


「想定外」という言葉を毎日目にしている。

想定とは、ある一定の状況や条件を、想像によって定めることを云うのだと思うが、この場合、科学者の想像によって定められている。津波の大きさ然り。それに耐抗する原発施設の堅牢さ然り。想像力が不足していれば想定の不確実性は当然であり、殊に西暦八百年代、清和・陽成天皇朝に三陸を襲った貞観《じょうがん》の大津波が、今回の津波の上を行っていたことが古文書にきちんと記されているのに、それを見落したのか知らなかったのか、少なくとも想定に入っていなかったのは、科学者の不勉強、又は怠慢とそしられても弁解の余地のないところだろう。

いつも科学者に馬鹿にされているから、これを機に大きく云わしてもらうが、科学が万能であると断じるのはやはり神話であり傲慢である気がする。何故なら、科学者は地球史の中で幾度も大陸の大変動があったと御云るが、その時具体的にどの位の地震が起こり、どの位の津波が発生し、大陸同士がくっついて、山脈がもり上って作られたときには、どんな音がし、どんな匂いがし、海がどのように陸地を襲い川はどのように逆流したのか、そこらの細部の映像を科学者は描いてくれないからである。そこらの想像が明確にあって、初めて「想定」という基準は生まれるのではあるまいか。

誰もその何億年前の出来事を目撃した証人がいない以上、想像力が貧困であるなら「想定」という言葉は不確かになる。貞観の大津波は辛うじて古文書に遺されているが、それ以前にそれ以上の津波があった可能性が、ないと果たして云い切れるのか。

かくも頼りない想定を元にして、やみくもに科学者の分析を信じ原発などという恐ろしいものを作ってしまう危険を僕は危ぶむ。

何も科学者をのみ責めているのではない。自動車が何故走るのかを殆ど知らずに我々は車を運転し、電子レンジが何故一瞬にチンと料理を作るのかを判らずに連日チン、チンと暮しを進めている我々自身を危ぶむのである。

＊

「電気がないッ⁉　電気がなかったら暮せませんよ！」

「そんなことないですよ」

「夜になったらどうするのッ‼」

「夜になったら、眠るんです」

これは三十年前に書いた拙作『北の国から』の一節である。

都会のアスファルトの上で生まれ育った少年が土の匂いのむんむんと漂う原野の一軒の廃屋の前に立ち、これからこゝに住むと父に云われた時、愕然として思わず発する台詞。

夜になったら闇が来る。元々一日の三分の一は闇である。闇になったら眠れば良い。

町が暗いのは危険ではないか。

危険と思えば外へ出なければ良い。

だがその夜にも仕事がある。そんな仕事は作らなければ良い。夜は眠る為の時間である。

今回の東日本大災害を、大きく分ければ二つと書いたが、細かく云えば四つの要員で形成されている。
即ち
地震
津波
原発事故
風評
の四要素。
これを第三の敗戦と呼ぶ人もいる。即ち、明治維新による幕藩体勢の崩壊。第二次大戦の敗戦による軍国主義国家の徹底潰滅。そして今回の大災害である。
維新の時の国家再建については、生まれていなかったから僕は知らない。だが第二次大戦の敗戦と復興については、僕の中に明快な記憶がある。既存概念の大転換という記憶である。
それまで我々は、「質素こそ美徳」と教えられてきた。一つのものを直し、繕い、使えるだけ使うのが善だと教えられた。ところが敗戦でこの思想が一変した。アメリカから流れこんだ資本主義という巨大な津波が、それまでの思想を一挙に流し去り、これからは、再生産不能の商品は作ってはいけないのだといきなり云われ、仰天した。物はこわれないと次のものが売れない。こわれないものは作ってはいけないのだと、これからはそういう世の中になったのだと、大人に説明され心底戸惑った。物はこわれればすぐに破棄され、新品を買うことが奨励された。その為に物が大量に作られ、古くなったものはどんどん捨てられた。こわれないものを丹念に作っていた職人の文化も同時に捨てられた。大量生産、大量消費、大量廃棄という新しいシステムがまたたく間に日本全土を覆った。そのシステムは多大のエネルギーを必要とし、これまでの主役だった人間自身の持つエネルギーから代替えエネルギーへと主役の座を譲った。

そして、ここそ大事なところだが、「経済」と「科学」がこれに組した。彼らの旗印は「便利」という言葉であり、「便利」は「豊かさ」を生み、「豊かさ」は人々の「倖せ」を産むという不思議な方程式を編み出した。

便利とは人間が自分のエネルギー消費量を出来るだけ抑えるということである。5メートル歩けばボタンが押せるのに、歩かずリモコンでボタンを押すことで歩くエネルギーを使わぬことである。即ち人間がサボルことである。

豊かとは不足なく倖せなことである。

倖せとは現状に充ち足りる心である。

1953年　白黒テレビが世に出た。

1961年　自動販売機が出現する。

1963年　高速道路がスタートした。

１９６４年　新幹線が走り出した。
１９６５年　日本初の原発が運転開始した。
１９７５年　コンビニが24時間営業開始。
１９７９年　ＮＥＣがパソコンを発表。
１９８７年　ＮＴＴが携帯電話を発売。

全てが科学の成果であり、企業がそれを金儲けに利用し後押しした。

１９９５年　地下鉄サリン事件

やろうと思えば科学はサリンも簡単に作れることを実証したが、さすがに企業はこれを後押しすることはしなかった。

しかし少しだけ考えて欲しい。

これらの年にこれらの文明の利器が登場する以前、我々は別に暮しの上で不便を感じることはなかった。だが一度それらが世に出廻り、それを使うことがあたりまえになると、それのない生活は考えられなくなった。まして生まれた時からそれらがあった世代には、それのない暮しは信じられない。

買物は昼間にすれば良いだろうと思っても、若者の世代は飲みたい時いつでもビールを買いに行け、しかもそれが冷えていないと満足せず、夜道は危険だから街灯が照らし、部屋では深夜でもテレビが見られる。しかもしかもテレビはリモコンを押せば待機電力によって瞬時に画面に映像がうつる。そうした生活が普通なのであり、それが出来ないのは不便なのである。

第二次大戦後の日本の復興はたしかに一つの成功を修め、この国を世界に冠たる経済大国に押し上げた。その功績は評価するとして。

さてこの第三の敗戦に際し、我々がこの国を復興させるには、どのような思想の転換をはかれば良いのか。

一つ厄介な問題がある。

今回の大災害が東日本のみの問題であるとし、この国全体の問題と捉えられていない部分である。しかし、福島で飛び散った放射能はどこの地域に飛散するか判らず、海洋に溶けこんだ放射性物質はどこの他国へ流れつくか知れない。現にそのことに神経をとがらす諸外国は、たとえば四国今治の特産品であるタオルの輸出製品にすら、放射能汚染のないことの証明書を添付することを要求しているのである。

原発反対の大きなうねりが更めて世界に巻き起こっている。日本に於けるより諸外国の方が、今回の事件を芯で捉えている。それに対して当事者の日本は、余りのことにパニックに陥り、目先の復旧復興のみに目を奪われて、人類の生活の根本部分を考え直さねばという哲学を考えない。

だから「消費こそ復興への鍵」などという、事態の根っこへの反省の豪もない浅薄な主張が大新聞の社説を飾る。果たしてそういうことで良いのか。

復興はともかく復旧という言葉は、元へ戻るという意味である。元の社会の我々の哲学に大きな過ちがひそんでいたからこそ、我々は過大な電力を必要とし、為に原発を作ったのではなかったか。

*

「覚悟」という言葉を今考える。

我々はこの不幸な大事故後の人間生活のあり方について、大きな岐路に立たされている。

一つの道は、これまで通り、経済優先の便利にしてリッチな社会を望む道である。その場合これまでの夜の光量、スピード、奔放なエネルギーの使用を求めることになるから、現状では原発に頼らざるを得ない。その場合再び今回同様の、もしかしたらそれ以上の、想定外の事故に遭遇する可能性がある。

その時に対する「覚悟」があるか。


今一つの道は今を反省し、現在享受している便利さを捨てて、多少過去へと戻る道である。この場合、今の経済は明らかに疲弊し、日本は世界での位置を下げる。そうしたことを認識した上で今ある便利さを、捨てる「覚悟」があるか。


以上二つの選択の道を宮津市の講演会場で問うてみた。

その日の講演会場は八百の客席が満員。一階が一般市民。二階が全て高校生だった。まず一般市民にのみ問うてみた。

何と90％が、過去へ戻る道。

一寸驚いた。

次に高校生たちに問うてみた。一般市民が首をめぐらし、二階席を仰ぎ見た。

70％が、今の便利を続ける道。30％が便利を捨てる道。静かなどよめきが会場に流れた。

全国民に僕はこの二者択一の答を聞きたい。今こそマスコミはこうしたアンケートをとるべきだと思う。

＊

昨日、韓国の方々と話した。

彼らは被災者東北の人々の、冷静な対応にしきりと感嘆の声をあげていた。同時にそれを不思議ととっていた。これが韓国ならあんなに静かな反応はとれまい。韓国人なら泣き喚くだろうと。あれは何故ですか。日本人はみんなあんなに冷静なのですかと問われた。問われて僕は考えこんだ。

津波が襲ったのが東京だったら、事態はかなり違ったのではないか。

東北には地方の絆があり、被災者同士の連帯があったから、自らの不幸を想うと同時に他人の不幸をも考える「結《ゆい》」がある。それがあったから冷静でなくても冷静を演じる心があったのではないか。もしかしたらそれは、日本人の心に永年根づいてきた「恥」という思想と関係あるのかもしれない。自分の苦しみをあからさまに出すことを恥ずかしいとする一つの美学。それは、葛飾の水が汚染されたと聞くと、恥も外聞もなくスーパーに走り、箱ごと寄越せ！と大声で喚いている都会の人類とは異なるものである。

大体。

自分たちの豊饒の原点を支えてきた、他の地福島の災難に対して、東京人は如何程の後ろめたさ、反省、謝意を痛みとして持ったのか。もしも今後も東京が今の、豊かさ便利さを享受したいなら、東京を賄う原子力発電所はあくまで都内に作るべきではないのか。

しかし。

計画停電下の東京人たちからいくつかのメールや手紙をもらって僕は少しばかり、オヤと思った。

電気の消えた東京の街を、何時間かけて家路をたどりながら、いくつものことに気づいたというのである。まず、家への道順が判らなくて驚いたと。これには笑った。普段地下鉄ばかり使っていたら、地上の道は判らないだろう。いにしえの人たちのやったように、星から位置を割り出す能力も殆んどの人々が持っていないと思う。最初の二、三日は怖かったという。でも三日目に少し馴れてきたそうな。五日目にはこの程度の薄暗さなら我慢できる。いや、も少し暗くても大丈夫だ。自分はこの暗さに馴れてきた、と。

馴れてきた。

この一言は重要であり希望である。

僕らは戦時下の燈火管制の時代から電力不足の敗戦期まで殆んど薄暗がりの中で夜を過してきた。日本は瓦礫の中から立上がり、アメリカに追いつけ追いこせと懸命になって走り始めた。次第に夜の街が明るくなった。その頃の目標、三種の神器。洗濯機、冷蔵庫、白黒テレビというゴールめざして走る間に、ふと気づくと夜の街はどんどん明るくなった。そして我々はゴールの紐を切った。切ったと思ったら経済社会は次の商品を忽ち作り出し、いや今迄のはあくまで第一のゴール。今度は第二のゴールを目指せ。新・三種の神器が生まれた。車、クーラー、カラーテレビ。この頃夜の街にネオンが現われ、眩しいばかりの光の渦が東京の街に輝き始めた。その眩しさは東京の夜空から、見える筈の星を見えなくしていたが、そのことに我々は気づかなかった。我々が目前に見据えていたものは、ウインドウの中に恍々と照らされた、新・三種の神器、それしかなかった。眩しいことに我々は馴れて行った。いや、馴らされていった。そうして企業は便利さの為に、次々と新しい文明の利器を、科学の力で開発し、それまでつくのに時間が少しかかったテレビも、待機電力という便利な代物でいきなりつくように克服し、更に科学は新々・三種の神器を発明し、企業は儲かるからそれを宣伝し、人生のゴールは限りなく先へ伸び、前年比という不思議な言葉が定着し、常識となり、ワープロ、ファックス、ケイタイ、パソコンと新しいものに馴れることを強いられ、「馴れることに馴れること」が文明だと云われ――。

だが今日本人が馴れることに馴れたのなら、今後は逆に薄明りに馴れること、少し昔に、不便に馴れることもやれば出来るのではあるまいか。その能力をいつのまにか我々は、知らず知らずに身につけていたのではないか。

＊

三十五年前、富良野に移住して、初めて過した夜のことを想い出す。
森の中に建てた小さな小屋に、工事の手違いで電気が入っていなかった。

九月。曇天の森の中の小屋は、日が落ちると忽ち漆黒の闇に包まれた。黒の上に何重にも黒を塗ったような、船酔いするような全くの闇である。自分の指先が全然見えない。おまけに北海道の九月はもはやかなり寒い。

ローソク一本。シュラフにもぐりこみ、ウイスキーをあおりつゝ眠《ね》ようとするが、気が立って全く眠れない。気が立つ以上に心細い。怖い。

こゝらの森は元々羆《ひぐま》の棲家だときいていたから、地鳴りのように啼く虫の声が突然パタと停止すると、羆が来たのではないかと心臓が音たて出す。恐いから歌う。大声で歌う。自分の歌う声が無気味にきこえる。気はますます立ち眠るどころではない。そのうちある瞬間、ゾン！と音たてて恐怖の種類が変った。即ち羆から霊的なものへである。心臓の鼓動は止み、代りに全身が震え出した。体中の繊毛が逆立つ気がした。お判りだろうか、この恐怖と畏怖が。

それが際限なく長時間続き、もはやこの闇は死ぬまで続く、朝はもう二度とやって来ないと絶望の淵にとびこみかけた時。

突然かすかに小鳥の声が聞こえ、恐る恐るシュラフから首を突き出すと森の根方に白い色が浮き出し、それが次第に勢力を増し、白にだいだいの色が加わってやがて太陽が上って来たのである。一時はもう二度と昇らないのでは、と思っていた太陽が。

その時僕は生後四十年、考えもしなかった太陽というものの、光と熱のありがたさに気づいた。そしてそれまでそのような〝あたりまえ〟を、考えてもいなかった自分に気づいて愕然としたのだ。

もしかしたら今の文明というものは、あたりまえにさからい、それを敵にし征服しようという敵意に充ちた挑戦ではなかったか。そう思うことが最近時々ある。

暑さを寒くし

寒さを暑くし
冷たさを熱し
熱いものを冷やし
暗さを明るくし
時を速くし
それを成し遂げると快適！と叫び、満足感に盃をあげる。そしてその成立点に新たな基準線を置き、都合良いから皆それに倣う。合わないものを不都合という。不都合な真実は抹消される。それでも消せない真実に対しては、タブーという名で触れないようにする。

我々の築いてきた文明社会は、そういう欺瞞の上に成り立っているのではあるまいか。そしてそれを今資本主義経済社会が、内心感じている不安を押しかくして、懸命に、必死に縋り応援に廻ろうとし、国家も政治もその路線の上で生き伸びようと追随しているのではあるまいか。

たとえば、一寸待つことの不便に勝てず、あらゆる電化製品にあたりまえのようにつけられてしまった待機電力装置。もったいないからソケットを抜けという前に、どうして電気メーカーは待機電力装置を持たない製品を、一般市場で売ろうとしないのか。それは不便だから人が買わない、だから作らないとメーカーはいうが、毎晩眠る前にソケットを抜いて歩く、そういう不便を感じる人もいる以上、少なくとも買う者の選択する余地を残しておくのは、メーカーの義務だと僕は思うのだが。大体その装置を外した分だけ、商品の価格は安くなると思うし。

物を売るものにはそれなりの倫理と、見識がなければならないと思う。サリンは売ってはいけないのだ。そうした見解への小さな無視が、一歩又一歩、金儲けの為に世を変えてきた。その責任を想像できない倫理なき科学者と経済人が、そうはいっても一家を支えねば、そうはいっても金がなければ。些細な私欲、上昇欲の為に、原発に向かって世を進めてきた。

本気で想像してみて欲しい。

あなた方の小さな、些細な私欲。倫理を忘れた成功の快感。僅かな金銭につながる欲望。そうしたものが今福島の原発施設から、小さなセシウム、微量のヨウ素の一粒となって、日本を、全世界を脅かしているということを。


そして更に恐い風評被害。

この実態の来たるところは、個人の噂好き、知ったかぶり、他人の知らない情報を掴んだという愚かにして情けない優越感。これらが近頃はインターネットやメールという、科学と経済の生み出した最新の文明の利器によって全国各地へパッと流布される。

今や風評という言葉を使っては、風に対して失礼である。

そうしてそうした心ない噂が、何の罪もない福島の住民、農作物・家畜をしめ殺している。それは完全な人災であり、人々の性根の低さに拠っている。そしてこゝでもその噂の拡まり、規模、そのスピードの迅速さに、科学の凶器が寄与してしまっている。同時にその凶器を無差別に売りまくり金を儲ける経済社会がだ。

消費・浪費を奨励する社会は、狂っているとしか僕には写らない。

＊

最後にもう一度諸氏に問いたい。

あなた方は再び今回のような事故を想定の内に覚悟しながらも、なお現在の豊かさを望むのか。

それとも多少の不便と経済の後退を覚悟して、昔へ戻る勇気を持つのか。

二

風のガーデンを歩いていたら一人の青年から声をかけられた。家族と一緒に富良野を訪れてきた福島市の病院の一人の医師だった。座りませんかと椅子をすゝめてしばらく話をした。

3・11のあの日以来、全く休みなく働きつづけて漸くとれた休暇だという。大変でしたねといたわると、仕方ないことだと思ってますと、爽かな笑顔で明るく応じた。

彼は救急救命の担当医で、3月12日から搬送される被災者の医療に当たって来た。一番最初に防護服を見たのは震災のすぐ翌日、福島原発から運ばれてきた、瓦礫で頭を打ち怪我をした自衛隊員であったという。

＊

震災以降の国の対応に止惑いと焦立ちを感じたのは多分国民全てだったろう。

未曾有の災害に呆然とし、混乱とパニックに陥ってしまった当事者、政府の混沌はよく判る。天災と人災、それがごった煮の津波のように日本全土に押し寄せたのだから、無理からぬことと同情もする。只僕にとって極めて気になるのは、この「人災」という部分である。原発事故という人災ではない。その後の処し方、対し方に於ける、日本人の姑息がもたらしたどうしようもない人災の部分である。

事実の隠蔽、責任逃れ云い逃れ、世論を操作しようとする電力各社、原子力安全庁のやらせメール、エトセトラ。日本人はこゝまで堕ちてしまったのかという、むしろそのことへの絶望感である。

戦時下の一つの記憶が蘇る。

昭和19年、国民学校4年生だった僕らの前に、その頃始まった学校配属将校制度にのっとって一人の将校が突然現われた。彼は僕らを横列に並ばせ、開口一番いきなりぶちかました。

「特攻を志願する者、一歩前へ！」

僕らは全員凍りついた。

特攻を志願するということは、国の為に死ぬということである。命を断つということである。それが仮想の世界ではなく目の前の軍人の口から発せられたのだから、僕らはそれを現実として受けとめ、死ねるかという設問に必死に想いをめぐらしたのである。

勇ましいのがいきなり一人前へ歩を踏み出し、つられたように二、三人が出た。一寸間があって、はじかれたように大きな集団がどっと前へ出た。

僕はその時まだ出られなかった。どうしたら良いのか懸命に迷っていた。隣をチラと見ると親しい級友が蒼白になって半分震えていた。そいつと目が合った。同時に二人共バッと前へ出た。反射的に残っていた人数が残されることに恐怖するように震える足を前へ踏み出した。だが、最後まで出なかったものが二、三名いた。

配属将校が「よし、戻れ！」と云い、一同の緊張がフッと解けた時、誰かが、最後まで出なかった生徒たちに向かい、「卑怯者」と小さく呟いた。その言葉が未だに耳に残っている。

彼らは本当に卑怯者だったのか。その設問がそれからしばらく僕をさいなんだ。

僕がいきなり出られなかったのは、明確に死ぬ度胸がなかったからである。にも拘らず結局出たのは、もしこゝで出なかったら後で周囲から何と云われるか、そのことの方が恐かったからである。真の卑怯者は最後まで遂に出なかったものより、周囲におもねって迎合してしまった僕の様な者にこそ当てはまることではなかったか。こんな話を突然思い出したのは、何故男たちはパニックの中で、真実を語るより会社の利益、あるいは自分の立場を考えてすぐバレる嘘をついてしまうのだろうかということを考えたからである。

今回の事故後の事態を複雑化してしまった事実の隠蔽、虚偽の発表、或いはやらせメールの問題等もろもろの中に、僕は組織にしがみついて身を守ろうとする、あの時の僕と全く同種の人間心理の弱さをどうしても見てしまう。企業や巨大な組織の中にあって、周囲を裏切り、はみ出すことは、真実を貫くより恐いことなのか。そのことが今回の事故の被害を否応なく拡げてしまったのではないか。

戦後六十余年、あやまちは二度とくり返さぬと、口では美しく唱えながら、ヒトの本質は全く進歩していないものなのか。

*

8月11日。

政府は原子力規制の新組織として設置する予定の「原子力安全庁(仮称)」を環境省の外局とする方針を発表した。ところがこれに対し環境省はむしろ戸惑いをかくさなかったという。環境省にとって原子力問題はこれまで専門外であり、実行力は全く未知数。つまり自信がないというわけである。

なんとも奇妙な話である。

そも環境とは。環境省とは一体何なのか。

空気が放射能で汚染されているのに、それが環境と関係ないというのか。それが専門外のことだというのか。それに処するのが環境省ではないのか。

国の中での環境省の位置にかねがね大きな疑問を持ってきた。

平成23年度の一般会計歳出概算を一つの表にすると以下の如くになる。(単位 億円)

厚生労働省	289,638
総務省	177,216
文部科学省	55,428
国土交通省	50,193
防衛省	47,752
農林水産省	21,266
財務省	12,773
経済産業省	9,568
法務省	7,508
外務省	6,262
裁判所	3,200
警察庁	2,415
環境省	2,009

この後

国会	1,396
皇室費	63

と続く。環境省の予算は厚労省の予算の何と百分の1にも満ちていない。

たしか橋本内閣組閣の時だったか、組閣人事がやっと終り、やれやれと一息ついたとき、アレ？ 環境省（庁）がまだあった、忘れていた！ という笑い話が残っている。環境大臣はいつも最後の最後に、員数合わせのように決まる。永田町は環境というものをおどろく程軽く考えている。だが環境とは問いつめれば我々が生き得る究極の条件、空気（酸素）や水や太陽や大地、そういったものを司る省であり、全ての省庁のトップに来なければならぬ重大な機関であらねばならない、と僕は思っている。

我々は一分間に十五、六回呼吸して体内に酸素をとりこんでいる。その作業をしなければ生きることも歩くことも眠ることもしゃべることも、国民の健康と駈業の確保を考えることも、国土の開発・利用・保全・交通・気象を考えることも、学術・研究・教育などを考えることも全てが出来なくなるのである。ところが生まれつきの習慣としてやっている「呼吸」というこのあたり前の行為は、それがあまりにもあたりまえ過ぎる行為である故にみんなすっかり忘れてしまっている。吸っている空気の酸素濃度が落ちてきたら、その中にセシウムが混入してきたら、などということは想定外と思ってしまうせいか誰も真剣に考えようとしない。だから環境という言葉・問題を経済や景気より低位置に置き、「環境省」の意味を考えない。

人が生きる、という根本事態を、金や仕事のおかげと誤認し、呼吸しているおかげであることをどっかに忘れてきてしまっている。

僕は紛れもない愚者だと自認するが、物事の根本を忘れた賢者は愚者にも劣る「バカ」である。

環境省のお役人の、これまで何人もと会話を交した。意識の高い方、低い方、人によってそれは様々だったが、何となく共通して感じたことは、彼らが自分の所属するところの環境省という機関に対してどこかで何となく無力感を持っている。そういう情けない印象だった。

一体それが何処から来るのか。

何故この省は最下位に見られるのか。

環境大臣はどうしていつも最後の最後に決まるのか。

何故その予算はかくも低いのか。

どうすればそれは改善されるのか。

それらのことを、昔この省のトップ近くにいた一人の政治家に聞いたことがある。

彼はしばらく考えていたが、やがてポツンと呟くように云った。

「総理経験者が大臣にならなくちゃ、環境省を変えるのは無理でしょうね。」

ゴア元副大統領が叫んだ如く、資本主義経済の王制下にあっては、王の座にいる経済にとっての「不都合な真実」は結局抹殺されてしまうのだろうか。

＊

3・11以来、世の中の風潮は変わったといわれる。

脱原発や減原発に傾いた国民のパーセンテージは、たしかに以前より進んだかにみえる。しかしその現在の風潮も僕には浮草のようにはかなく見える。これは一種の流行ではないか。今鮮明にある3・11の記憶も時間と共に薄れるのではないか。その露骨な証拠の一つが、テレビというメディアの態度である。

3・11の直後にはさすがに自粛していたおふざけ番組が、あれから僅か五ヶ月にして大手をふって蘇って来た。

庶民が節電15%を目指し夫々懸命に努力しているというのに、怪物テレビは反省の色もなく、どうでも良い番組を24時間流しっ放しに又流し始めた。テレビの仕事を永年して来たものにとってこの状況は心が痛む。これは明らかに節電意識の足をひっぱり、国民の善意に水をさす行為である。

テレビが今流す番組たちが、今この時期に放送するに真に価するものなのですかと、テレビ局の人々に問うたなら、彼らは何と答えるのだろう。価しないものは流すべきではない。価するものがないなら、その時間放送をストップすれば良い。それに抗議する視聴者は殆んど世間にいない筈だ。一方で報道という使命を負い、世に重大な役割りを果たしているテレビの中のジャーナリストたち。あなたたちは自らの局が他方でやっているこうした浅薄な愚行に対して、テレビ内部からどうして声を挙げないのですか？

それも処世の術ですか？

例の「疾ましき沈黙」ですか?

それとも考えてみないのですか?

こゝに至って僕は再び、少年期の自分の、あの日の卑怯を思い出してしまう。

特攻を志願するもの、一歩前へ!

たれ流し番組を否定するもの、一歩前へ!

＊

さっぱりまとまらない混乱の中で、3・11後の日々を過している。

nobles《ノブレス》 oblige《オブリージェ》! という言葉がある。

高い身分には義務が伴う。位高ければそれだけの義務を負はねばならない、という、多分元々はフランス語かラテン語である。

事故を起こしたのは東電だから、それを許可して後押ししたのは政府だから、それらの責任を負う義務がある、などという低次元の義務について云っているのではない。東電や政府をいくら責めても、それはあくまで抽象的組織だから内部の人間はいつでも逃げてしまう。いや、逃げようと思えばいつでも逃げられる。一寸の間マスコミにさらされ、一寸の間世間の罵声を浴び、屈辱を受け、それにしばらく耐え、耘を奪われ、しかし周囲からは慰労され同情され時には感謝され、多額の退職報酬をもらって夫々の家庭へと帰って行く。nobles oblige という言葉の重みはそういう軽々たる次元のものではない。

事態が表面的に終息しても、未だセシウムが日本のどこかをさまよっている限り、それを発生させてしまった自分、それを消せないでいる自分の責任を、義務として最後まで負うことである。云い方を変えれば事件の勃発を予測できなかった自分の無能、想像力の欠如を、はっきり懺悔する覚悟である。

*

宮城の稲わらからセシウムが検出され、為にそれを喰った各地の牛肉や牛乳が出荷停止となってしまった。大文字の送り火に使う筈だった陸前高田市の松林の薪から同じくセシウムが発見され、使用することが急拠中止された。

この二事象を例にとっても、福島原発の放射能汚染は、思いもかけぬ広い部分に飛び火していることが見てとれる。しかもこの飛び火と風評被害を防ごうとする努力を行政が本気でしようとしているのか、僕にはどうも疑問である。

例えば稲わらと牛肉の問題。

最近富良野のプリンスホテルに、北海道産の牛肉と牛乳の使用をしばらく見合わすようにという通達が本社から出された。政府発表による宮城の稲わらの流通先に、北海道が入っていたからである。

このニュースは僕もテレビで見ているが、問題の稲わらの流通した地域が都道府県ごとに地図上真赤に塗られている。福島県赤、宮城県赤、茨城県赤、そして北海道全域が全て真赤。

冗談じゃないかと目を疑った。

北海道の面積は広い。国土の22%を占めている。その中に県は存在しないが、根室振興局、釧路総合振興局、十勝総合振興局、空知総合振興局、上川総合振興局、渡島総合振興局、檜山振興局、胆振総合振興局、日高振興局、留萌振興局、石狩振興局、後志総合振興局、オホーツク総合振興局、宗谷総合振興局等いくつもの行政区に分けられている。十勝だけでも全国で七番目の岐阜県より広い！これを一括して北海道全部赤！というのは何たる杜撰《ずさん》な発表であるか！そのことによって、血の出る想いで酪農家が生産した全北海道の牛肉・牛乳の出荷が止められたとするなら、彼らの無念は如何ばかりのものか。彼らの損失は誰が補うのか。だが政府の発表した汚染地図が北海道全体を赤としたなら、ホテルは止むなく北海道の牛製品を一時使用見合わせにせざるを得まい。

現に、政府公表の資料の中に次の様に明白に記されている。

(汚染された稲わらが給与された17道県)

(ア)政府指示による出荷制限(4県)福島、宮城、岩手、栃木

(イ)その他(13道県)北海道、青森、山形、秋田、新潟、茨城、群馬、埼玉、千葉、静岡、岐阜、三重、島根

調べたところ宮城産の稲わらを仕入れたのは、根室振興局内浜中町の浜中農協のみである。しかもこの浜中農協は道内でも図抜けて優れた農協といわれ、独自の品質研究センターまで持って製乳の検査、成分分析まできちんとやっていることで知られている。

そも北海道の肉牛飼料として使われる稲わらは、その半分が韓国・中国産であり残りの半分が価格の高い国産稲わらを使っている。特に宮城産の稲わらは、冬期間屋外で干すという手間のかゝる作業をやっている為に、稲わらの中でも高級品である。

それらの事態をしっかり把握して政府は単に「北海道」と、あたかも北海道全域ともとれるマスコミ発表をしたのだろうか。

これは明らかに政府のばらまいた一つの風評被害である。

更にそれ以前に問題がある。

八月一日に、農林水産省消費・安全局が各都道府県知事に当てた通達の中にこういう一節がある。

「東京電力福島第一原子力発電所の事故に伴う放射線物質の降下の影響で、原発周辺県で収集された動植物堆肥原料(家畜排せつ物、魚粉、わら、もみがら、樹皮、落葉、雑草、残さ等)が放射性セシウムに汚染され、これらを原料として生産された堆肥が高濃度の放射性セシウムを含有する可能性があります。」

「一方、米ぬか、ふすま、魚粉などの肥料原料は飼料の原料としても使われている場合が多く、飼料が

家畜排せつ物・肥料を経由して農地土壌へ還元され農作物へ吸収されるといった物質循環があること、また、今後、平成23年度の飼料米、米ぬか、ふすま、稲わら、油かす等が直接飼料として、又は配合飼料等の原料として使用され、畜産物に放射性セシウムが移行する可能性があることから、飼料全般について、慎重に対処することが必要です。」

これらの文章から推測するに、一体稲わらがどういう形で直接牛に与えられていたかというリアルな現実を、農水省がどれ程しっかり把握していたのかという疑問である。

牛が飼われるとき何が飼料になり何が寝藁になり、どんな藁や水が与えられ、どのような過程を経て肉となり、どのように牛乳が作られるのか、その過程を体験し熟知した農水省の役人がどれ程いたかという問題である。

今や農協の内部を見てさえ、農業経験のない人間が多数いる。まして霞ヶ関に鎮座まします農林省のお役人の中に農業体験者は皆無なのではあるまいか。だから稲わらのセシウム汚染が疑われた時、それが畜産に及ぼす影響に気づくのがこれ程遅れてしまったのではないのか。

現場を知るものがもっといれば、稲わら被曝の事の重大さをもっと早く察知できたのではないのか。稲わらだけではない。牧草汚染、土壌汚染、水質汚染、廃水汚染、農機具汚染、車輌汚染。それらの汚染がどのような流れで農業、牧畜の中に拡まって行くのかを、農業体験のないホワイトカラーが一体どこまで想像できるのか。

今後農水省の役人たちは、少なくとも一、二年現場に散って、農業・牧畜・林業・漁業を泥まみれ汗まみれで体験することを義務づけるべきだと僕は考える。

＊

前章にも既に書いたことだが、我々は今大きな岐路に立たされている。

二本の道が目の前にあり、いずれを選ぶか決めなければならない。

一つの道は、これまで通り、経済優先にしてリッチな社会を望む道。その場合これまで同様のエネルギー供給、電力供給を望むことになるから、当分は原発を必要とする。その場合今回のような想定外の事故がいつ起きるとも限らないが、起きても仕方ないという覚悟があるか。

但しその覚悟は、遠くの原発を想定してはならない。近くの原発、隣の原発を想像してもらわなくては絶対に困る。

あなたは原発から2～3キロ以内に住んでいる。庭の向うは原発である。もしかしたらそういう危険地域だから家賃・地代は安いかもしれない。だが原発に何かが起これば、マグニチュード9の地震が起これば、危険信号が出される前にあなたは既に放射能を浴びている。それでもそこに住む度胸があるか。

今一つの道は、現在享受している便利さを捨て、多少の不便へと戻る道である。即ちこれまで電気が石油が、代替エネルギーがやってくれたことを、自分の力で為さねばならない。今のような楽は出来ないだろう。今のようなスピードは望めないだろう。日本の国力はたちまち衰え、日本は小国へと沈没するだろう。

それでもそっちの暮らしを望むか。


最近一つの実験を試みた。

今、世に溢れている電化製品を三百あまり列挙して、その中から周囲の若者たちに三種に分類してもらったのである。
○ 絶対になくては困るもの。即ち生活必需品
△ 捨てようと思えば捨てられるもの
× 不要なもの

人夫々に格差はあったが、平均すると〇をつけたものが30～40位の数に上った。

そこで一つの問いかけをした。

君らがもし今津波で家を流され、バラックを建ててそこでカツカツの暮しを始める。君の所持金は10万円。どうしても買いたい電化製品はいくつあるか。

〇に相当する電化製品の数は、いきなり最大で13、最低で零に減った。


溢れるものから捨てることは難しい。

だが、無から暮しを構築しようとするとき、僕らは全く別の発想に立てる。

こうした零からの発想というものこそ、今我々に必要なものではないか。

前にも云ったが今や風評という言葉を使っては、風に対して失礼である。

そうしてそうした心ない噂が、何の罪もない福島の住民、農作物・家畜をしめ殺している。それは完全な人災であり、人々の性根の低さに拠っている。そしてこゝでもその噂の拡まり、規模、そのスピードの迅速さに、科学の凶器が寄与してしまっている。同時にその凶器を無差別に売りまくり金を儲ける経済社会がだ。

消費・浪費を奨励する社会は、狂っているとしか僕には写らない。

*

最後にもう一度諸氏に問いたい。

あなた方は再び今回のような事故を想定の内に覚悟しながらも、なお現在の豊かさを望むのか。

それとも多少の不便と経済の後退を覚悟して、昔へ戻る勇気を持つのか。

三

遅ればせながら東北の被災地を一週間かけて歩いてきた。最初の三日間は福島県。その三日間のことは後で述べよう。後の日数を宮城、岩手に当て、三陸海岸を北上した。塩竈、松島、石巻、南三陸、気仙沼。そして最後に釜石の、津波で家を流された富良野塾ＯＢの元を見舞った。

蛯名というその男は釜石市のやゝ南、唐丹《とうに》という村の中学の教師をやっている。

唐丹は小さな漁港であり、その山側に学校はある。地震が発生し津波が押し寄せた時、彼は学生を誘導して山の方へと走るのだが、一人の児童が、ばっちゃんが家にいると救いに走り、そのまゝ津波に流されてしまったそうである。

彼の話では津波が襲う前、圧倒的な海の匂いにあたり一面が包まれたという。それはいつもの海の匂いではなく、無数の木材の破壊されたような、いわばオガクズの匂いに満ちていたという。

石巻、南三陸、気仙沼と、テレビの報道で何度も見てきた惨憺たる被災地の情況を、只声もなく見て来たのだったが、津波の来る前の海の匂い、それもオガクズの匂いに満ちたという表現に、映像即ち視覚からだけでは想像できない圧倒的な迫力を感じて、僕には出てくる言葉がなかった。

彼の住居は市をはさんで北側、鵜住居《うのすまい》地区という入江にあるのだが、そこに妊娠三ヶ月の奥さんを一人残していた。

鵜住居地区はまともに津波の襲撃を受け、わずかに学校といくつかの建物の残骸を残すのみ、切り込んだ山間の谷合いの奥まで全ての住居が消失していた。残された土台のコンクリートからは、もぎとられた鉄筋のわずかな名残りがわずかに10センチ程ねじ曲って残り、しかもそれらが右向きや左向き、勝手な方角へへし曲っているのが、寄せ波と退き波の激しさを思わせる。電話連絡は全くとれず峠を越える道は遮断されて、彼は奥さんをあきらめる。彼が奥さんと再会するのは、三日後、漸く現地に入り、近所の人から避難所にいる奥さんの生存を知ってからである。

石巻市は駅周辺まで津波に洗われ、殆どの商店が一階部分を破壊されていたが、同じくやられた公民館の二階に、各町で発見された写真や小さな品々が、持主を待って展示されていた。集められた写真は地元ボランティアの人々が、一枚一枚泥を拭い、ファイルに入れて並べられている。彼も震災後避難所から何度も足を運び、自分の家のあった敷地内の泥をフォークで丹念に掘り起こしたそうだ。奥さんのネックレスや小さな装身具が泥の中から出てきたという。

＊

震災から８ヶ月。

今原発から遠く離れた被災地の瓦礫の受け入れを、いくつもの自治体が拒否しているという。

何たる悲しい報道だろう。

それが同じ東北だから放射能がついているかもしれないとし、それをどうしてわが地で受け入れねばならぬのかという心ない人々の心ない声が、各自治体の態度を鈍らせ、受け入れ拒否に走っているとするなら、日本は何という情けない国に、いつからなってしまったのだろう。

震災当初、都会からかけつけたボランティア達に、リーダーがブリーフィングしていた言葉が残っている。

みなさん、ガレキとかゴミとか云う言葉は絶対に使わないで下さい。みなさんにとってはガレキであっても、これはここの人たちにとっては財産のすべてなんですから。

その都会からのボランティアの数も、今や当初の２割に減ってしまったという。

*

「関心」という言葉を考える。

一つの事変が起こった時、ヒトはその事変に関心を持つ。好奇心といった方が良いかもしれない。その事変によって不幸なものが生まれればそれを救おうという本能が生じる。アメリカが他国の紛争にお節介なまでに干渉して行くのも、善意に解釈すればその心情の表れなのかもしれない。

東日本大災害への日本人全ての関心は、明日は我が身という感覚もあってか、異常な程に当初盛り上った。そこへ原発の事故が加わり、放射能拡散という大変な事態を招くにいたって益々異様な盛り上りを見せた。それ自体は結構なことである。しかし人間の厄介は、新たに又別の事変が起こると関心の重心をたちまちそっちへ移行させてしまい、第一の事変への最初の関心を次第に薄めて行くことである。

これは中央紙の記事の内容と、東北地方の地方紙の紙面の、内容の差を見れば歴然と判る事実である。福島民友、福島民報、河北新報、岩手日報などの東北各地の地方紙が未だに震災の報道を第一面にとりあげているのに、朝日・毎日・読売などのいわゆる大手全国紙はそのトップ記事をＴＰＰ問題に移行してしまっている。仕方ないことといえば仕方ないことなのだろうが、かくして日本全体の関心が、東北被災地への「減関心」を生みつゝある。

瓦礫受け入れへの地方自治体の冷たい反応に、僕はそうした減関心を見る。

*

地震・津波に襲われた時、ヒトのとる行動に三つのパターンがあるという話を聞いた。第一は正常性バイアスというもので、なにこの異常はすぐに修まる。間もなく正常な状態に戻ると潜在的に正常を祈願してしまう心理。第二は同調性バイアスというのだそうで、周囲と行動を共にしたがる。こっちよりあっちが安全らしいと二三人がこっちからあっちへ走ると他の大衆もそれに同調する。そして第三が、愛他行動というもので、自分のことより他人のことを考えて思わず行動してしまう。今回の津波の被害者にはこの愛他行動による被害が多かったときいた。これにはずいぶんと考えさせられた。

アフリカのサバンナに生きる草食動物たちの行動を見ると、ライオンやヒョウに仲間が襲われても助けようというものが殆んどいない。即ち愛他行動は見られない。しかるにヒトは、アリストテレスの云う社会的動物であって、群れを作り、群れを守るということをＤＮＡにすりこまれてしまっている。故に目の前を流されてる人がいれば、我が身をかえりみず助けようとする。だが。待てよとこゝで疑問が起こる。

たしかにヒトには愛他行動があって自分より他人を助けようとする心が本能的反射的に動くのは判るが、ではもし津波が襲って来た時、身近かに老いた両親、妻、兄妹、わが子、更には孫がいたとするなら、全部を一時に助けられない以上、誰に一体手をさしのべるのか。どういう順序で助けようとするのか。その順位の中で一体自分は、どういう位置に位するのか。即ち愛他行動というものはどれ位の重量を占めてくるのか。

甚だ厄介な設問であってたやすく答にとみちびくのははばかるが、減関心という心の動きには、どうもこゝらが究極絡んでいるように思えてならない。

とにかく現地では日本全体の関心度が冷たくなっていることを感じている。それが声高《こわだか》に云えないだけに、被災地での痛みは心奥《しんおう》に向かっている。そうして福島では、原発事故、風評被害、帰郷不能という人災を伴うだけに、被災者たちの行き場のない怒りが、今や融点に達しつつある。

＊

福島へはまず仙台空港から入った。

福島民友の報道デスクの方が全てをアテンドして下さり、亘理《わたり》町から山元町を経て相馬市松川浦の津波被災地、そして半径30キロ圏内の南相馬市原町地区へ入った。

今回の旅では被災地の病院に絞って取材することに決めていた。

報道で知る限り、被害が余りにも多範囲、多岐にわたっており、現場に立ったら一体どこから取材に手をつけて良いのか迷うにちがいないと思っていたからである。それより病院という人の命を集約する場を切り取り、そこに絞ってお話を聞こうと思っていた。

20キロ圏内にある南相馬市立小高病院。大町病院、市立総合病院、鹿島厚生病院、更には米沢に個人避難している渡辺病院の看護師さんを訪ねた。

僕の居住する北海道も同じだが、東北も亦基本的に医師、看護師不足に悩まされている。

本来病院のベッド数と看護師の割合いは、看護師1人に対し病床数7、看護師1人に対し病床数10というのが普通だが、こゝで訪ねた多くの病院は看護師1人に対し病床数13というのが当たり前のようだった。それが既に通常のシフトである。そこへもって来て津波による被災、ある場合は死亡。更には子供を抱えての緊急避難の為、一挙に看護師が足らなくなってしまう。そういう事象が各病院で同時に発生した。

20キロ圏内にある小高病院の場合、避難区域に指定された為、病院を捨てて避難所での医療を続行するが、33人の看護師は23人に減り、3人いた医師は全員退職してしまう。残った看護師は避難所の他、近くの中学、保険センター等を廻って訪問看護をしなければならない。

あせらず話を災害発生時に戻そう。情報は最初全く入らず、行政からの情報も指示も出てこない。情報はテレビ報道に頼るのみ。その中で原発事故は音たてて進行する。

3月11日　19:03　原子力緊急事態宣言
　　　　　21:23　F·1より半径3キロ避難指示（F·1＝福島第一原発）

3月12日　05:44　F·1中央制御室で放射能上昇
　　　　　　　　F·1より半径10キロ避難指示
　　　　　15:36　1号機建屋 水素爆発
　　　　　18:25　半径20キロ避難指示

3月14日　11:01　3号機建屋 水素爆発

通信インフラの破綻の為、これらの情報は病院の中へテレビ、ラジオのみからしか入ってこない。第一原発から23キロ地点にある南相馬市立総合病院では、詳細のよく判らない原発事故による恐怖から職員の無断欠勤が増え、病院内での意志統一が乱れる。

通信インフラ　殆んど不通
生活インフラ　水道、電気、ガス OK
生活物資　　　食料、ガソリン、調達不能
救急車輌　　　30キロ圏内に入らず

病院インフラ　重油　　2週間分あり
灯油　　　　　1週間分あり
液体酸素　　　3日分のみ
調剤薬局　　　閉院傾向

14日 11:01 の3号機水素爆発を受けて、同11:15、病院は緊急全体会議を開く。

「病院に残るかどうかは、スタッフ各人の判断に委ねる」という苦渋の発表。

200人いた入院患者のうち歩行可能な患者140人を強制的に退院させる。

3月15日　　11:00　F・1より半径20~30キロ圏内　14万人を対象に屋内待避指示発令

これによって全職員の2／3が翌日病院からパッと消えてしまう。140人いた看護師のうち一名は津波で死亡。一挙に40人に減ってしまう。

人と物資の流入が途絶え、院内の食料、スタッフのガソリンが底をつき、職員は病院に寝泊まりすることになる。

パッと消えたとひとくちで云ったが、残された者も消えた人間も、この時の苦渋は計り知れない。残酷な質問だと思いつゝも、看護師長に思い切って聞いてみた。看護師たちは消える時、きちんと師長に断ったのですか、と。

断った方もいらっしゃいました、と口ごもるように師長は答えたが、同席した副院長がいきなり脇から、はっきり云ってしまいなさい、断った人は殆んどいなかったですよ、と切り捨てるように僕に云った。しかし、と彼は言葉を続けた。多分病院を捨てて去りますとは、面と向かってとても云えなかったのでしょう。彼女たちの気持はよく判ります。彼らには夫々ナースとしての極めて強い使命感があります。しかし一方家庭を抱え、特に子供の被曝を考えれば一瞬でも早く逃げたかったでしょう。その相剋に苦しんだんです。

その時消えた看護師たちが、その後次第に復帰してくる。そういう看護師の一人に聞いた。

「あの時は頭がまっ白でした。

入院患者さんのこともあったけど、子供も守らねばという強い想いがとにかく頭を占めてしまいました。でもいざ病院を離れてしまった後の、復院するまでの心の痛みは、思い出したくもありません。患者さんを捨てたという罪の意識に連日連夜苦しみました。あゝいう思いだけはこの先二度と味わいたくないと思っています。」

以上が当時の市立総合病院のごくごく一部の情況である。

そして3月23日、日本看護協会は、厚生労働省と協議の結果、ナースの身分が国家保障されない為、福島県への災害派遣ナースの派遣を不可能であると通告してくる。

国が起こした事故の責任を国が逃げるとはどういうことなのか。現に一方自衛隊員は、身をかえりみず家族をかえりみず、自らを危険に投じているではないか。

看護協会はともかくとして、厚労省は所轄の看護師が放射能の危険にさらされることを絶対に避けなければならなかったのだろう。人道上は筋が通っている。だが一方で厚労省が国の機関の一つであるのなら、その国が責を負う放射能飛散から自省だけが逃げるという行為は絶対に許されない。厚労省は派遣ナースの命のことだけを考えて、そこに残された現地ナース、及びナースを求めている原発事故の被災者を完全に捨ててかかっている。これは国家を担う一機関として重大な判断の誤りであり、今後「戦犯」の一人として糾弾されるべき重大な過失である。

そのようなことが無数に見られる。

事故の重大さを何とかかくそうと、懸命にごまかす企業の態度。世間にパニックが拡がるのを恐れて控え目に控え目に事態を小出しにして行く政府の態度。それらが逆に疑心暗鬼を生み、福島を恐怖へと追い込んで行ったこと。それを想像する能力がこの国の首脳に全くなかったこと。それらの責を負うものは、今後徹底的に戦犯、いや災犯として糾明され、法の場でしっかり裁かれなければならない。そうした災後処理がなされないから、この国では目先の利のみを得んとする哲学のない小人が増えて行くのだ。

9月19日付の福島民友は一面トップで菅前首相のインタビューを載せている。その中で菅氏は原発事故発生の当初について次のような重大な発言をしている。

（一）最悪の場合、首都圏の三千万人が避難対象となることを想定していた。
（二）初動において、現場である原発と官邸の間の意思疎通がうまく行っていなかった。
（三）原子炉冷却の為の電源車を確保したが、つながらず、一体どうなってるんだと思った。
（四）東京電力本店が現場に意志を伝えているのか確信が持てなかった。
（五）一番危ないと思ったのは発生から最初の十日間だ。

だがこの重大な告白は、共同通信のインタビューに拠るからか中央の人々の目にはあまり触れていない。しかもこれだけの重大な告白をしながら最高責任者の位置を去った菅氏は、福島の人々が苦しんでいる中、お遍路様に出かけてしまうのだ。

＊

旅の間中僕の頭を、ふるさとという言葉が常に占めていた。

緊急時避難準備区域にも、計画的避難区域にも、美しい農村はそのまゝ残り、荒れた畑と人影の見えないことを別にすれば、それはそのまゝふるさとの姿だった。

収穫できない稲が穂を垂れ、採るもののいない真赤な柿の実が村のあちこちにたわわに実っていた。

安達太良山が静かに座っている。

川俣町の山木屋から比曽峠を超えて飯館村の長泥にいたる峠道は、折からの紅葉に染め上げられていた。だがその美しい山道へ入ると、0・3マイクロシーベルトに設定していた線量計が突然激しく音をたて始め、数値は見る見る上昇して10・88まで数値をあげた。

紅葉の赤がセシウム色に思えた。

見上げると空を走る高圧線の電線が夕陽にキラキラと輝いて見え、何故か突然その輝きが、かつて沖縄で見た町を覆いつくす米軍基地のフェンスの針金を想起させた。

常磐炭鉱、福島原発と、この地は都会のエネルギーを支える基盤の部分を常に担って来た。そのエネルギーに基く眩いばかりの豊饒と便利に、若者は魅せられて都会へと走る。地方を離れて中央へと走る。だがその若い世代たちも、究極の心の拠り所として無意識にふるさとを求めているのではあるまいか。

災害後富良野では疎開家族を受け入れた。

今まだ住んでいる人々もいるが、大半はふるさとへの執着を捨て切れず、次々と福島へ帰って行った。帰って行ったが元の場所へは結局住めず、山形や新潟、福島の近郊。少なくとも富良野よりは多少とも故郷に近い場所、地続きの位置で暮している。

これはどういうことなのだろうか。

事故後文通を続けている浪江町からの避難者の老女は、安達太良山のことをいつも書いてくる。安達太良山が見えるということが、彼女の心の支えであるらしい。

――千恵子は東京には空がないという。

高村光太郎の千恵子抄にある千恵子の恋する福島の空は、如何にセシウムに犯されていようとも、福島の人にはふるさとの空なのだ。

福島の人にはふるさとと書くとき、古里と書く人が多いのに驚いた。驚く方がおかしいのかもしれない。ふるさとは元々古里であり、その第一意として、「古くなって荒れ果てた土地。昔、都などのあった土地。古跡。旧都」などの解釈があり、第二意として「自分が生まれた土地。郷里。こきょう。」と書かれている。左様にふるさとという名詞には、どことない悲しみと郷愁がつきまとう。

中島みゆきの「異国」という歌に「忘れたふりを装いながらも靴を脱ぐ場所が空けてある　ふるさと」という歌詞がある。

今我々は福島の人たちの古里を、そうした詩や文学の中の言葉として閉じ込めてしまって良いものなのだろうか。

四

3・11から一年を経過して、この国は猶《なお》一年前とさして変らぬ混沌の中にいる。

国会内でもかなり揉めたらしいが、2月、政府は復興庁を、被災地ではなく東京に置くことを決定した。都心のどこにその中枢が事務所を置くのか僕は知らない。しかし、復興を指揮する事務所の窓から華やかな東京の情景が見えるのと、窓外に未だに荒涼とした災害の爪跡が拡がるのとでは、そこで働く人々の心理に随分差異が生じるのではあるまいか。それは暖房やクーラーの効いたきれいなオフィスビルの中にあってエネルギー問題や気象変動の問題を論ずるのと、煮え立つような真夏の路上、或いは10分と立っていられない氷点下20度の富良野の戸外で同じ問題を論じ合うのとの、歴然たる生理的思考の差が生じることに等しいことと思えてならない。

先年北海道洞爺湖で、環境に関する先進国サミットが行なわれた時、僕は道庁の役人に、会場の窓を開け放ち、外気と飛び交う虫たちを遠慮なく受け入れながら、その中に各国首脳を迎え入れて議論が出来ないかと提案したが、一蹴された。僕の想いは、気候を論ずるのに今ある気候・自然を感知せず人工的な快適さの中で話をすすめることに大きな違和感を感じたからである。けれどもそれが一蹴されたのは、恐らく道庁や外務省が、国が迎える来賓に対しそんな失礼な対応は出来ないという礼儀の問題を優先的に考えたからだろうと思われる。サミットに来る各国元首に、もし心ある人がいたなら、どっちの応対を是と感じ、日本の心根を理解しただろうか。同根の意志を、今回の復興庁東京設置に僕は感じる。

便利さの問題は無論あるだろう。

復興予算の様々な接渉には各省庁が絡まねばならず、それをいちいち被災現地から東京へ問合わす煩雑さを思えば東京に本部を置いた方が効率的で便利だというそういう思考が優先するのだろう。しかし単純に割切って云うなら、現地へ通えば良いではないか。毎週のように現地へ通い、今の復興の進行状況をその目でしかと見つめるべきではないのか。もっと云うなら、現地にいれば良いではないか。いや、いるべきではあるまいか。

一つの省庁を地方に移しても今のＩＴ技術を以ってすれば複雑な連絡も瞬時に出来る。それは国会と議員会館、霞ヶ関との連絡速度と何ら変わらない筈である。折角ＩＴ社会になったのに、近くにいないと云うのはおかしい。同時に省庁が地方へ移れば、それに伴うインフラの整備、人の流れを考えてみても、その土地に金が落ちることは確かで、復興庁と名乗る以上被災地に役立つことをまず第一義として思うべきではないのか。

かつて首都を東京から地方へ移す案が出され結局うやむやにされたことがあったが、首都とまではいかずとも復興庁などという絶好のものを今被災地に設置することは、一極集中から地方分権への大きな実験ともいうことが出来る。それを東京にあくまでこだわるのは、料亭や秘密の会合の場所が地方にはないと思うからだろうか。

そんなもの人が集まれば、忽ちニョキニョキと出来ちゃいますよ。

情報や映像で物を識《し》るのはあくまで第百次第千次情報であり、実際に現場でそれを見るという第一次情報との間には拭うべくもない大きな差がある。一度や二度現地を見学しただけで現地の情況を把握したというオ偉イサンが本当にいるなら、それは傲慢以外の何者でもなく、被災当事者に対して無礼極まる。

*

「責任」ということについて考えている。

国や東電の責任ということではなく、日本人全体の責任についてである。

そもこの原発事故に対する責任は我々全体が負うべき責任である。

危険なものを作ってしまったこと。

最終処理法も判らぬまゝにこのようなものを国家が作り、それを国民が容認してしまったこと。

俺は最初から反対だったと、今頃云ってももう遅い。我々はそれを許してしまい、その上に立って今の豊かさを多かれ少なかれ享受してきたのだ。許した原因が無知であったにせよ、無関心であったにせよ、或いは己れの非力であったにせよ、我々は許容し、黙認して来てしまった。そうしてこういう事態が起きた。


　僕は自分の責任を問うている。

　君も自分の責任を問い給え。

*

　中谷巌氏は、その著「資本主義は何故自壊したのか―日本再生への提言」（集英社文庫）の中でこういうことを述べておられる。

〈マッカーサーが日本に進駐して来た時に、歴史・道徳などの教科停止命令を出した。それは日本の愛国心をもぎとることが目的であった。自らのルーツを知らない国民は根無し草になり、国は衰退する。というのが戦略であった。日本の教育界はまんまとこの戦略にひっかかった。〉

　自分自身をふり返るとき、まさにどこかでこの戦略にひっかかり成長して来たという忸怩たる想いが拭えない。

　政府や企業や科学者たちの倫理観の欠如を責める前に、人間が決してコントロール出来ない、作ってはならない原発というものを、僕らは何故漫然と許してしまっていたのだろう。今更ながらそのことが僕の心を責め立てる。

今を去ること半世紀。１９５７年のバグウォッシュ会議で、参加した日本の物理学者たち、湯川秀樹、朝永振一郎、小川岩雄の先達たちが、すべての核兵器は悪だと声明を出し科学者の責任を世に問うている。しかしこの声は、核抑止力という奇妙な論理に押し潰され、声として世界に届かなかった。しかもその核物理の平和利用という、原子力発電の創成に関しては、平和利用という美名に幻惑され、ものの見事に僕らは騙された。何より僕らが騙されたのは、原発から出る核廃棄物の処理方法が見つからぬま丶この計画が進行していたという事実である。愚かにもこのことに僕らは気づいていなかった。いや、僕らというのは僭越かもしれない。無知だったのは僕だけかもしれない。少なくとも愚者である僕はそのことを深刻に考えていなかった。この無知は万死に価する。

七十年代から原発に反対し、為に出世の道を断たれた京都大学原子炉実験所助教・小出裕章氏はこういうことを述べられている。

〈原子力についての学問は、ものすごく細分化されています。原子核工学科の中には、原子炉物理学、原子炉工学、核燃料工学、放射線計測学などがあり、講座に属する教員は自分の科目のことしか知りません。社会問題はもとより、原子力発電の全体像も知らないのです。〉

こういう超専門的人間のことを僕らは通常オタクというのだが、こゝまで学問が細分化し、科学者が研究を進めることが人類の幸福につながるのか、あるいは不幸につながるのか根本的なその命題が科学者自身の中で曖昧になったとき

〈国家が原子力を進めると決めると、周囲に電力会社や、日立、三菱、東芝という巨大な原子力産業が生まれ、土建屋さんも含めて無数の下請け企業が集って来ます。一度産業の構造体が出来てしまえば、囲いこまれた労働者も含めて、みんなが諸手をあげて原子力を推進してしまうことになります。すると、学者などはイチコロで、構造体についてゆくのが一番楽です。社会的な意識の低い人たちですから、自

分の研究をしたいと思えば、研究道具、私から見れば子供が遊ぶ玩具のようなものを次から次へと欲しがって、そうなれば研究費は無尽蔵に必要です。すると社会的責任などは見えなくなりますし、見ないままでいる方が楽なのです〉（小出裕章氏。新潮45 2月号「反原発という人生」佐伯一麦氏との対談より）

グローバル資本主義社会に於いては、仮に他者が不幸になったとしてもそれに対して何の道徳的責任を感じたりしない合理精神こそが、自由競争の勝利者に求められる資質である。という前出中谷厳氏の一文にシンクロする。

科学者・政治家・そしてマスコミを含むこうした倫理道徳観の欠如は、一体いつからこんなに日本人を蝕んで来たのだろうか。

最近一つの悲しい事例が僕の心にショックを与えた。

*

東日本大震災で生じた瓦礫処理を受入れる考えを示していた九州武雄《たけお》市の樋渡《ひわたし》啓祐市長が、2月1日、一転断念を表明した。市民の間には「妥当だ」「英断だ」という意見もあった一方で、市には千件を超える批判が殺到し、「放射能が拡散されるので止めて欲しい。住民への健康被害が懸念される」「放射能を含んでいない瓦礫はないと思う。受入れは反対」などの声に圧《お》され、中には脅迫めいた電話まであって受入れ断念を余儀なくされた。

僕個人の考えを述べれば、こゝまで遠隔地である九州が名乗りをあげているのに、より近い北海道が名乗りをあげないのは恥ずかしいという考えだが、道選出の国会議員に問うと道には元々受入れの意志があり、日高がその候補として名乗りを上げかけたが、やはり周辺の反対でその案は押し潰され、殊に反対者の中には福島から自主避難をして来た人がいて、折角こゝまで逃げてきたのに再び放射能の危機にさらされるのはたまらないという猛反論まで出たからだそうである。

ここまで云われると判らなくなる。

福島の窮状を想うとき、全国民がその痛みを分担するのは当然であると僕は思う。第一、福島の原発のおかげでこれまであれだけの豊饒を享受して来た東電管内の関東地方が率先して名乗りをあげないのはおかしい。散々恩恵を受けてきたのにリスクから逃げるのはどういうことなのか。日本人はそこまで卑怯な民族になったのか。

こゝで再び頭をかすめるのが、日本民族の精神をねじ曲げた67年前のマッカーサー戦略である。

日本人は骨抜きにされてしまった。武士《もののふ》の魂を忘れてしまった。

*

これまで人類は、石炭・石油・天然ガスと、太陽エネルギーが永年かかって地球に埋蔵して来たものを掘り起こし、それを使って生活の質を向上させあらゆる産業を発達させて来た。

ところが原発の技術では、太陽本体の中で行なわれている核融合反応そのものを模し、人工的にそれと同じものを科学の力で作り出してエネルギー源に据えている。一昔前の云い方でいえば、科学は「神の領域」に踏みこんでしまった。科学者を偉いと尊敬すべきなのか、やり過ぎであると非難すべきなのか。僕は元々天を畏れる臆病な一介の愚者であるから、やり過ぎであると思う方に組する。第一彼らは太陽本体が自身の中で行なっている核融合の結果たる産物を地球の生態圏に持ち込んだ時、どうしたらよいかを知らないではないか。知らないまゝの見切り発車で無知なる資本主義産業界と組みし、金儲けの為に、現在の為に地球を絶望へと売り渡したのではないのか。

更めて先人の言葉がかすめる。

「地球は子孫から借りているもの」

＊

絶望ばかり語っても仕方ない。希望への道のりを少し考えよう。

脱原発は望む所だが、今の暮しを日本人が続けるならどうしても原発は必要になる。自然エネルギーに変えるといっても、その方角は一向に見えてこない。

僕は今後の世界に於いて、原発を別のエネルギーと変えるのではなく、消費するエネルギー量そのものを減らすことしか根本的解決策はないと思っている。

これは小出裕章氏の提唱に一致するが、氏の試算では今の日本のエネルギー消費量を五分の二にすると、大体一九七〇年頃のエネルギー消費量になり、それでも生命体としての寿命は十分支え得るという。そして実はそのエネルギー量は、ちょうど現在の世界平均になるのだという。

こゝで愚者の私見を述べる。

日本人の就寝時間は、22時に寝る人の割合をとると

１９６０年　65％
１９７０年　45％
１９８０年　35％
１９９０年　28％
２０００年　24％

と、どんどん少なくなっている。

それに対して日の出は5時19分、日の入りは17時57分（２０１１年9月10日東京地点）、とこれは例年

変らない。これを均《な》らして日の入り6時と仮定した時、そこから闇が来て照明の要る時間帯に入るから、そこから就寝までの何時間かに我々はより多くの電力を消費する。10時に寝るもので4時間分。11時に寝るもので5時間分。12時に寝るもので6時間分。1時に寝るもので7時間分。

起きて活動しているということは当然照明以外の電力も消費しているわけで、家庭に限った電力需要構成を見ると一位エアコン37%、二位冷蔵庫15%、三位照明12%、四位テレビ8%、と続く。これらが太陽の恩恵を借りずに無理やり浪費しているエネルギー量である。

今もし我々の社会生活が、大規模に活動時間の変革をなし、陽のあるうちに働き行動し陽が沈んだら床につくという人間本来の暮しを取り戻したら世の消費するエネルギー量はどの様な変化を遂げるのだろうか。

そうはいっても——と云ってはならない！

変革の前ではそれは禁句である。

第一そうすれば生活費もかさまない。余計なストレスもかからない。本来ヒトに組み込まれている天然の波長に従って生きるのだから日々安穏で顔つきも変ってくる。

それにはまず会社の始業時間を7時とし、4時には終業としなければいけない。パパは5時には自宅に帰り、一家揃って6時に食卓を囲み、少なくとも8時には風呂に入って寝なければいけない。テレビは10時には放送を止め、パソコンも10時以降は使って見つかると罰金をとられる。酒はローソクか燈油でたしなむべし。

夢物語とこれを笑うものは、あなたが既に文明バブルという儚《はかな》い夢の中で暮しているのである。

＊

〈生物の種がやがて絶滅してゆくのは、いわば自然の摂理だが、人類がひとり膨大なエネルギーを使うようになるにつれて、多くの生物種が次々と絶滅に追いこまれている。

地球は微妙にして繊細なバランスの上に成り立っている。

人間という一種類の生物が、他の生き物たちを絶滅に追いこんで行けば、いずれは人間も滅びてしまう。〉(反原発40年　小出裕章氏より引用)

そういう作業に加担することはヒトとして恥かしいと思わねばならない。

少なくとも戦前僕ら日本人は、そういう恥を厭《いと》う教育を受けて来たのだが。

五

２０１２年3月11日、富良野自然塾、富良野グループ総勢35名と共に福島の被災地を訪れた。津波でやられた海岸線にローソクの灯をともす為である。

用意したキャンドルは計一万本。

三千本は南相馬、津波により流され30名の犠牲者を出した老人ホームの廃墟にともし、こっちは自然塾のメンバーが担当。残りの七千本はいわき市豊間地区、３キロに及ぶ海岸線と消失した家々の基礎の上にともした。

北海道では海難事故が起こると、遭難者に帰るべき村の位置を教える為に大きな焚火を海辺で焚きつゞける習慣がある。

豊間では富良野塾ＯＢの女優が両親と祖母を津波で失っており、彼女を初めとする村の人々を慰めようと今回の企画を遂行した。現地の人々が協力してくれ、かつての美くしい海岸の町が小さなローソクの灯で埋った。

ローソクの炎と電灯のちがいは、燃えつきる残量が、はっきり目で見て判るところにある。電灯の使用量はメーターを見なければ判らないが、ローソクの場合はその使用量、残量が誰の目にも明白に確認できる。

考えてみるとクーラーにしても冷蔵庫にしてもそのエネルギー消費量が目で見てはっきり確認できないから、我々は日頃の暮しの中で、ついつい無駄な浪費をしてしまうのではないか。

南相馬は福島県東岸、福島第一原発の北部に位置し、いわき市は原発による立入禁止区域をはさんで丁度その南部に存在する。この間を走る国道６号線は未だ立入厳戒区域で、通常だと福島・郡山と大きく西へ迂回しないと通れない。今回僕はオフサイトセンターの好意により、特にその厳戒区域に入れてもらって、浪江町鯖江川の河口近辺でローソクの灯をともさしてもらい、そのまゝ原発に沿うように人気ない6号線を南下していわきへ直接脱けさせてもらった。

鯖江は原発から6キロ地点。

道路の瓦礫は除去されていたが、周囲の田圃は事故当時のまゝで、津波で流された船や車が、まだごろごろと転ったまゝ。こゝは事故当時からいわば時間が凍結していた。

携帯して行った線量計は意外なぐらい針がふれない。0・6〜0・7位を行き来している。しかし国道を南下し大熊町のあたりへ来ると、ふいに8まではね上った。それでも去年、はるか西方の川俣町から飯館村へ越える峠で経験した10・88には達していない。大気の流れが気ままに運ぶ、目に見えぬ放射能の恐さを想った。あの時峠にあった放射能たちは、森林の葉や苔に沈滞し、それが落葉として土に溶け、雨や雪溶けの水にまじってじわじわ下流へと移動しているのだろうか。それが目に見えず判らぬだけに、人々の恐怖を増幅するのだろう。

それにしても。と考える。

福島から遠く離れた東北北部の瓦礫まで、日本各地の自治体が受け入れを躊躇している現状は、僕にある種の怒りさえ燃えさせる。

受け入れを拒否した札幌市に抗議のメールを送った知人のもとへ、たちまち逆抗議のメールが殺到したそうだ。しかもその殆んどが地元札幌の人間でなく、他県の人々からであったという。

放射能の量を調べ、あくまで安全と認められたものまで拒否する人々の疑心暗鬼は、もはやヒステリーの域に達している。それとも国の調査結果がそこまで信用できなくなる程日本人は国を信じなくなってしまったのだろうか。

瓦礫はゴミではありません。これは被災者の財産です。3・11直後、集結して来たボランティアの人々に声を涸らして注意していたボランティアリーダーの言葉が心に残っている。その通りだと僕は思う。決して裕福とは云えない人々が、年金をはたき、ローンを組んでやっと購入した家や家具たち。それが一挙に地震と津波でずたずたに壊され元の原型をとどめなくなった時、それをいっしょくたにガレキという言葉で表現され、敵視される邪魔物と扱われるなら、被害者たちはたまったものではあるまい。そこには夫々の家族の歴史、愛や想い出までつまっているのだ。

＊

扨。

少しばかり話を本質に戻そう。

富良野自然塾にある「地球の道」を時々僕はゆっくりと歩く。

8年前、2004年にこのプロジェクトを企画した頃、僕はまだ60代の最後を歩いており、体力も気力も充分にあった。

46億年前のマグマオーシャンを形にする為に、洞爺有珠山の火山岩を300トン近く運びこみ、それを一ヶ一ヶ積み上げたものに赤いペンキで一つずつ着色し、連日半かがみで岩と格斗した。おかげですっかり腰を痛め、背柱間狭窄という持病を得て杖をつく日常となってしまった。77才の現在に至る8年間という時間の中で、情けないことに僕は老いこんだ。この僅《わづ》か8年を、46億年という地球の経過した時間―地球の道では460メートルに比べると距離にして何ミクロンに相当するのだろうか。

46億年を460メートルの距離に置き変えるという作業の中で、ホモサピエンス誕生から現在まで僅か2センチ。西暦元年から0・2ミリ。産業革命から0・02ミリ。この距離をフィールドでどう表現したら良いのか、まだゴルフ場の匂いの残る芝生の上で何度も呆然と立ちすくんだものだった。

生命誕生が40億年前。

生物誕生が6億年前。

恐竜死滅が6500万年前。

以後様々な種の生物が現われては消え、現われては消えるが、その原因は全て天体としての地球システムの変動の結果である。

人類が現われある種の知性を身につけてから、我々はこの、地球変動の人間への影響を「災害」という言葉で呼ぶようになった。

地震も津波も、まさにこれである。

だが人間の文明が肥大化すればするほど、その変動＝災害の影響は大きくなる。

たとえば我々はいつの頃からか、美意識というものを持つようになった。海を美しく、川を美しく、山を美しく感じるようになりそれを風景として己れの生活に取り入れたくなり、オーシャン・ヴューやリバーサイド、或いは山岳に憧れるようになった。その美が即ち地球変動の結果の産物で、いつ又そうした変動が再度起こるか判らない危険な場所であることを忘れた。それより今の美しい風景、今の絶景の魅力に勝てなかった。海辺に住むものは津波の危険を、川岸に住むものは洪水の危険を、覚悟して初めて住めるのだという前提条件をすっかり忘れ、風光明媚なそういう場所を、高い金を払って好んで選んだ。今回の災害がいきなり起きた時、これまで美景を堪能して来たのだから仕方ないのだと思った人間が一体どのぐらいいただろうか。

それはまァ良い。いずれにしても、我々は地球という天体の上で、その変動の僅かな隙間に仇花のように生まれ文明を営み、仇花のように咲き誇って来たのだ。だから災害は運命である。一つの運命として受け止めねばいけない。しかも産業革命以後、我々は太陽が地球に長い年月をかけて蓄積して来た化石燃料に依存して生きて来た。おまけにそのストックが尽きかけた現在、太陽そのものの核融合という、いわば神の領域を真似ようと試み、その後始末さえ判らぬまゝに、見切り発車で原発という未知の領域にふみこんだ。

こゝで今僕が茫然と思うのは、天罰＝神の怒りというものに思いを馳せた人間が今回皆無に近く見えたという現状である。

昔、日本には信仰があった。

様々な形でサムシンググレートへの謙虚にして真摯な信仰心があった。それは日本古来の文化と連動し、この国の精神を形成して来た。

科学と経済がそれを破壊した。

宇宙科学者でありＮＡＳＡの客員研究員である松井孝典氏は、その著の中で次のような意味のことを述べておられる。

〝現在の自然は、宇宙の始まりから存在していたわけではなく、宇宙の誕生から　現在までの歴史の蓄積の結果である。

自然とは、宇宙の歴史を記録した古文書。

我々は20世紀になってから、やっとその古文書の解読作業にとりかかったばかりで、自然のことをまだ何も判っていないに等しい。〟

これは仲々深い言葉である。

古文書の解読作業に、今我々はとりかかった。

古文書の存在を知る以前、我々はひたすら自然というものを、畏敬・信仰の対象とし、西欧ではそれを征服しようとしたが、日本ではそれを神のものとして敬《うやま》い、運命として受け入れようとした。それが西欧と日本との、いわば大きな思想の差だった。

一体どっちが倖せだったのだろう。

＊

四月。

旧知の元総理細川護熙氏から連絡があり、植物学者宮脇昭先生が、被災地東北の海岸線に、森の万里の長城を築こうという計画を進めておられるから協力しませんか、と云ってこられた。

一も二もなく即座に同意した。

宮脇先生の計画はこうである。

今問題になっている東北地方の瓦礫の山。その中から有毒物のみを排除して、地中に埋めこみ、高さ20メートルの土台となるマウンドを南北300キロ、幅30〜100メートルにわたって築き、そこに木を植えて巨大なグリーンベルト「森の防潮堤」を創ろうという、度肝を抜くような壮大な案である。

植える植種は、シイノキ、タブノキ、カシ等の土地本来の潜在自然植生。それらを主木に、亜高木、低木、草本植物による鬱蒼たる多層群落の森を創ってしまおうというのだ。

これまでの日本の海岸林は、クロマツを主流とする松林である。白砂青松という言葉が表はすように、又、広重他の浮世絵師が描いたように日本の海岸の風景といえば、常に松林の林立だった。だが今回の沿岸部での調査で判ってきたのは、大津波に対し、コンクリートの防潮堤の多くが決壊し、クロマツの防潮林が殆んど機能していなかったという事実である。しかも津波で根こそぎ掘り起こされたクロマツが流木と化して市街地を襲った。

陸前高田では七万本あったマツが一挙に流失し、たった一本しか残らなかった。それは、マツが如何に弱かったかという証左である。

「希望の一本松」と人々は唱えるが、逆に云えば、これは、マツの弱さの象徴である。

何年前だったか台風18号の到来で、僕の森の樹々が散々にやられた。勿論それは台風の風によるもので、津波の場合とは異なるのだが、胸高3～40センチの成木が見事に次々と倒された。

余談になるがその時僕は、風というものが決して漫然と吹くのではなく、一つの川の流れのようにベルト状に木々をなぎ倒し通過して行くものだということを知った。幅5～6から10メートル。その間の木だけがなぎ倒され、そのベルトの外の木は全くうそのように無事なのである。

同時にもう一つの現象も見た。

中途からボキッと折れる木と、根むくれと云って根もろとも起こされ倒れる木があることである。根むくれを起こした木は、根が完全に露出するから、その根の拡がりがよく見える。それらの木の根には、本体を支える中心的な主根が顕著には見られず、むしろ浅く広く平面的に伸びている支根に支えられているものが多いと感じた。

その時僕の思ったことは、広く横へ根を拡げるスギ、マツ、カラマツなどの樹種よりは、直根性、深根性という性質を持つ木々の方が単純に強いという感想だった。

宮脇先生の計画では将にこうした直根性、深根性の樹種を、潜在自然植生の中から選んで植えようとなすっている様だ。しかし現地には海岸林＝マツ信仰が根強く、林野庁なども「白砂青松と昔から云うし、住民感情というものもあるから、海岸はマツ」と云っているらしい。これは計画の本旨から云って、先生の主張の方が絶対に正しい。

宮脇先生のことを少し語ろう。

先生は現在84才。なのに小生等の軟弱者とちがい今猶世界をとび廻って各地での植林を実施しておられる。

実は自然塾開塾の時にも、先生をお呼びして植樹方法の直接指導を受けたのだが、苗は間隔を置いて植えてはならない。何本かの苗をくっつけて植えろ、としつこく云はれた。自然塾はそれを実践している。

これまで4千万本以上の木を世界各地で植えてこられた先生の原点はドイツにある。

それまで雑草の生態学を学んでいた横浜国大の研究室助手宮脇先生は、植物の根に関する論文が縁でドイツ国立植生図研究所のラインホルト・チュクセン所長の元へ留学を果すことになる。先生、この時30才。朝から晩までひたすら現場で穴堀りに従事し、土壌の構成を調べさせられる。その頃チュクセン所長が研究していたのは、当時荒地になっていたドイツ最大の自然保護地域リューネンブルクハイデにおける植生だった。この荒地は本来存在すべき森が人間の生活活動によって消滅していた。チュクセンはその荒地にかつてどんな森が存在していたのかを、土壌や土中の残滓からイメージしようという研究をしていた。「潜在自然植生」と呼ばれる植物社会学である。

この延々たる穴ほりという労仂作業に飽きた宮脇先生は、ある日チュクセンにこう直訴する。

「自分はもう少し科学的な勉強がしたい。色々な論文も読みたいし、ベルリン工科大学で教授の講義もききたい。」

するとチュクセンはこう応えた。

「お前はまだ本を読むな。そこに書いてあることは誰かが書いたことの引き写しかもしれない。

お前はまだ人の話をきくな。誰かが話したことのまた聞きかもしれない。

お前はまず現場に出て、自分の身体を測定器にし、自然がやっている実験結果を目で見、匂いを嗅ぎ、なめて、触って調べろ」

（一志治夫―「宮脇昭84才の執念」より）

チュクセンによって叩きこまれた徹底的なこの現場主義がその後の先生の生き方を決める。

帰国した先生は全国の「土地本来の森」＝「潜在自然植生」の調査に打込むが、66年発表した「関東地方の潜在自然植生」の中で、関東本来の森は、もうなくなっていると述べる。

「関東地方の植生は、国木田独歩の〝武蔵野〟や徳冨蘆花の〝自然と人間〟に出てくるように、落葉広葉樹のクヌギ、コナラ、エゴノキ、ヤマザクラが暗黙のうちに自然の森のように思はれてきた。ところが実際はそれらを含め、人間によって緑の自然は変えられつづけてきたものである」そして
「鎮守の森や屋敷林、或いは浜離宮などにある、冬も緑の常緑樹こそが、日本に於ける土地本来の樹木である。」

と結論づける。

こういう事態は痛いこと判る。

かつて永住の地を求めて北海道を二年程さまよった。欲を云えば原生林、自然の森が僕は欲しかった。だが、どこに行ってもぶつかるのはカラ松林の人工林であり、かつてこの土地を覆っていたときいたミズナラやホオやシナノキやセンノキには仲々遭遇できなかった。戦後北海道の広葉樹は国土復興の旗手として伐られ、かわりに炭坑の坑木の為のカラマツやスプルス、トウヒなどがどんどん人工的に植えられたからだ。宮脇先生の仰云る様に、北海道本来の自然植生はこうして次第に判らなくなって行ったのだろう。

閑話休題。

今、災害地の瓦礫たちがこうして日本中で邪魔物扱いにされている時、先生の樹《た》てた構想ではこうなる。

「瓦礫を莫大な予算をかけて焼くよりは、人々の思いのつまった瓦礫で利用できるものは利用する。もちろん有毒物は排除するが、殆んどは廃木、廃材などの木質瓦礫であり、これは元々地球資源である。そして瓦礫を埋めたマウンドにみんなで植樹をすゝめて行く」

木質瓦礫のみならず、コンクリートや金属・鉄などの瓦礫の間には空間が出来て酸素がたまる。その

間を縫って植林した木の根は、様々な瓦礫にからみつき強度を増す。僕の曲解も混ざっているかもしれぬが、おゝよそそういう構想であろう。

更に僕自身はこうも考える。

かつて通いつめたカナダ西岸クィーン・シャーロットの原始の森で、鮭の遡上して産卵して死ぬ、そうした川辺の森林の成育が通常の森の1.5倍近くあり、ヴィクトリア大学の研究チームの調査によれば、それらの木の幹の内部から海に主にあるN15という窒素分が検出されたという。死んだ鮭の死骸を熊やハクトウワシやカモメがついばみ、その残りかすが森に散乱して木々の成育を助けたのではないかというのである。ならば東北の海岸線に散らばる水産加工場から出る産業廃棄物を、肥料として与えるのも森作りの一助になるかもしれない。

とにかくそういう一大プロジェクトを宮脇先生は企てられている。

勿論数多の問題もある。

木材廃棄物は焼かずに埋めてはいけないという産業廃棄物処理法があったり、産廃業者他の様々な思惑が渦巻いていたり一筋縄では仲々行かない。

しかしこの国の各自治体が受入れを拒否しているこうした瓦礫を緑の長城のマウンドとして逆利用してしまうこの発想は秀抜であると僕には思える。

日本が今最も慎むべきは、「そうはいっても」とか「前例がないから」という言葉で、めんどくさがり屋の役人たちが、突破すべき壁の高さ多さにおののいて、折角企画した希望への萌芽を、わずらわしがって摘みとってしまうことである。

歩き出さねば、何事も進まない。

*

それにしてもどうしてこの国の政治は、東北復興という最優先の課題を脇に置いてあらぬ方向に政局の進路を向けるのだろう。

中央のマスコミ又然りである。

小沢一郎が白か黒か灰色か、政治資金の問題をめぐって連日騒然と論じ合うより、僕には被災地岩手の代表である小沢氏が、東北の復興の為に今何をやっているのか、それが一向に見えて来ないことの方が大きな罪に思えてならない。

国のことしか考えないという実力者小沢氏の力を以ってすれば、今宮脇氏や我々のような、政治と無縁な一小市民のアクションを助けることぐらい簡単なことなのではあるまいか。たとえば産業廃棄物処理法を改訂し、木質瓦礫を焼かずに埋められることが出来るようにするぐらい。

木質廃棄物を地中に埋めるとメタンガスが発生するから駄目だというのが、どうもこの処理法の論拠であるらしい。

しかし中国の奥地などでは、糞尿から生じるメタンガスを炊事の燃料として使っている場所もある。たしかにメタンはCO_2以上に温室効果を昂めると聞くが、今の科学の力を以ってすれば毒を薬とする何らかの方法も考えられて然るべきではないのか。

都合が悪いと「前例」に逃げこみ、新しい冒険へ挑戦しなければ、折角の「科学」も泣くのではあるまいか。

倉本聰の姿勢

Supervisor 倉本聰

Producer 大石二朗

Editor in chief 押田雅博

Writer 松木直俊
城田美樹

Photographer 今坂雄貴
小川貴史
松木直俊

Designer 浜武美紗

Illustrator おかもとみほこ

Business Planning 荒川香

発行日 2012年7月30日

編集・発行人／大石二朗
発行所／株式会社エフジー武蔵
〒156-0041 東京都世田谷区大原 2-17-6
Tel. 03-5300-5757 Fax. 03-5300-6610

印刷・製本所／凸版印刷株式会社

ISBN：978-4-906877-05-8